ars vivendi Krimi

Petra Rinkes
Roland Ballwieser

Goldschlägernacht

Kriminalroman

ars vivendi

Originalausgabe

Erste Auflage Juli 2012

www.arsvivendi.com

Lektorat: Johanna Cattus-Reif
Umschlaggestaltung: ars vivendi verlag unter
Verwendung einer Fotografie von © Keny/photocase
Druck: cpi, Ulm

Printed in Germany

ISBN 978-3-86913-173-3

Goldschlägernacht

Am Golde hängt, zum Golde drängt doch alles.

Gold.
Gold überall.
Eine ganze Stadt in Gold.

Goldschlägernacht.

Gold im Prosecco.
Gold im Haar.
Gold auf der Schwarzwälder Kirschtorte.
Gold auf den künstlichen Fingernägeln.
Goldene Kugeln fürs Rosenbeet.

Mittendrin
ein Künstler,
ein Kunstwerk –
golden.
Ein Künstlerkunstwerk in Gold.

*

»Mama, was ist das?«

»Das ist ein Kunstwerk, mein Schatz.«

»Ein Kunstwerk? Sieht aus wie zwei Schaufensterpuppen, die jemand in Kaugummipapier eingewickelt hat, in ein goldenes Kaugummipapier.«

»Heute ist Goldschlägernacht. Da ist alles golden. Schau mal, auf dem Schild da steht etwas: *Die Badende. Von Ulla Winkler.*«

»Da sind aber zwei, Mama!«

»Zwei was?«

»Zwei Kaugummimännchen. Da muss es doch *Die Badenden* heißen, mit ›n‹ am Schluss.«

»Da hast du recht. Aber das ist bestimmt Absicht. Ist eben Kunst. Da muss man nicht alles verstehen. Komm, wir gehen ein Eis essen!«

»Mit Gold oben drauf?«

»Natürlich, heute ist ja Goldschlägernacht.«

Ulla Winkler hatte das Gespräch zwischen Mutter und Tochter mit angehört. Sie war genauso ratlos wie die beiden. Wo kam die zweite Badende her?

Gestern Nachmittag hatte sie ihre Installation am Ufer der Schwabach aufgebaut. Und zwar mit nur einer Badenden. Dann hatte sie ihr Werk durch einen Pavillon vor neugierigen Blicken geschützt. Die offizielle Enthüllung vor einer Stunde hatte sie verpasst. Stau auf der A6. So blieb ihr wenigstens das Gesülze der selbsternannten Kunstexperten erspart. Aber was sollte sie jetzt tun? Ihr ursprüngliches Werk wiederherstellen oder alles so lassen, wie es war? Wahrscheinlich hatte sich ein Künstlerkollege diesen schlechten Scherz erlaubt. Da war es vielleicht das Beste, gar nicht zu reagieren. Oder sollte sie …

»Rocko, pfui! Komm sofort zurück. Bei Fuß!«

Doch Rocko hörte nicht auf sein Herrchen. Er sprang über die kleine Ufermauer, lief durch den Bach und begann, an einer der Figuren herumzuzerren. Passanten blieben stehen.

Die Goldfolie zerriss und klaffte auseinander. Rocko blieb ein großes Stück davon im Maul hängen. Vergebens versuchte er, es wieder abzuschütteln. Die Leute lachten.

Nur Ulla Winkler lachte nicht. Sie starrte auf das, was unter der Goldfolie zum Vorschein gekommen war.

Eine Schaufensterpuppe war das ganz sicher nicht.

Die Künstlerin stieß einen Schrei aus.

*

»Buenos dias, chicas! Arriba! One, two, three!«

Der braungebrannte Typ in Schlabberhose und Muskelshirt ließ seine Hüften gekonnt im Rhythmus der Musik kreisen. Die Teilnehmerinnen des Zumba-Trainings versuchten angestrengt, es ihm nachzutun. Einigen gelang es schon recht gut. Stefan Simpel nicht. Der Kommissar der Schwabacher Kripo stand in der letzten Reihe und versuchte, möglichst nicht aufzufallen. Das war nicht einfach, wenn man der einzige Mann unter 20 Frauen war. Bis auf den Vortänzer da vorne, diesen Pseudo-Latino. Bei einer polizeilichen Überprüfung würde sich wahrscheinlich herausstellen, dass er ein waschechter Franke war und Franz Meier hieß. Aber Oberkommissar Simpel war nicht hier, um den Hintergrund eines Sportlehrers zu durchleuchten, sondern er wollte trainieren. Also machte er brav weiter.

»A derecha! One, two, three!«

Es war einfach zu peinlich, dieses Herumgehopse! Aber Simpel war selbst schuld. Warum musste er auch zu spät zu seiner Spinning-Gruppe kommen! Die Trainerin hatte ihm angeboten, es stattdessen mal mit Zumba zu probieren.

»Das ist vom Trainingseffekt her fast dasselbe. Die Bewegungen kommen zum Teil aus dem Kampfsport. Das müsste dir als Polizisten doch liegen, oder?«

Deshalb stand er jetzt hier. Linker Arm hoch, rechter Arm hoch, rhythmisch mit den Füßen stampfen. Super Kampfsport! Wenigstens die Musik war okay, lateinamerikanisch, ziemlich groovy. Doch von einem intensiven Trainingseffekt spürte er bisher nichts.

»Abajo! One, two, three!«

Der Trainer ging in die Hocke und begann, mit dem Hintern zu wackeln. Auch das noch! Simpel war sicher, dass alle ihn beobachteten. Tanzen war noch nie sein Ding gewesen. Und verglichen mit diesem muskelbepackten Gummilatino besaßen seine Bewegungen die Eleganz eines Stückes Brennholz.

Am liebsten hätte er sich schnellstens verdrückt, aber der Ausgang lag auf der anderen Seite, und er hätte an allen anderen vorbeigehen müssen. Dann lieber die Zähne zusammenbeißen.

»Brincar! Un, dos, tres!«

Uff! Eine halbe Stunde später hatte Simpel seine Meinung geändert, zumindest, was den Trainingseffekt betraf. Seine Pulsuhr zeigte schon seit einer Viertelstunde konstant über 130 Schläge. Eigentlich zehn Pulsschläge zu viel für ein effektives Ausdauertraining. Aber für morgen hatte er einen trainingsfreien Tag geplant, da durfte er sich heute schon mal auspowern. Die Übungsteile mit den Kampfsportbewegungen gefielen ihm sogar recht gut. Wenn nur das Hüftgewackel dazwischen nicht wäre. Die Frau neben ihm schaute herüber und lächelte. Simpel lächelte gequält zurück.

»Segundo tiempo! Arriba!«

Segundo tiempo – was? Noch mal so lange? Irgendwie musste er da jetzt raus. Leider hatte er sein Handy im Spind gelassen, sonst hätte er den coolen Polizisten geben können, der zu einem wichtigen Fall gerufen wird. Vielleicht könnte er eine Verletzung vortäuschen oder …

In diesem Moment öffnete sich die Tür und sein Freund und Kollege Jochen Bauer schaute herein. Als er Simpel entdeckte, winkte er wild mit beiden Händen. Also doch die Nummer »cooler Polizist«. Simpel bahnte sich einen Weg durch die Tanzenden. Der Trainer rief ihm noch ein »Ciao, Chico!« zu, und dann war die Episode »Stefan Simpel und das Zumba-Training« beendet – ein für alle Mal.

»Wusste gar nicht, dass zum Triathlon auch ein Tanzwettbewerb gehört?«

Jochen Bauer grinste. Simpels Ambitionen, beim International Swiss Police Triathlon mitzumachen, waren Bauer suspekt.

»Würde dir auch mal guttun, ein bisschen Bewegung«, sagte Simpel. »Drückst dich dauernd vor dem Dienstsport. Deshalb haben sie dich auch zum Bürohengst befördert.«

Er wischte sich mit seinem Handtuch den Schweiß aus dem Gesicht.

»Hey! Ich muss schon bitten! Du redest mit dem zukünftigen leitenden Hauptkommissar der Polizeiinspektion Rosenheim. Von so einem Posten kannst du kleiner Oberkommissar noch Jahre träumen.«

»Schon gut. Ich gönne es dir ja.«

Simpel arbeitete seit gut einem Jahr bei der Polizeiinspektion Schwabach. Er war gebürtiger Oberpfälzer, aber als junger Beamter hatte man keine Wahl. Da schickten sie einen quer durch Bayern. Deshalb saß er erst einmal in Franken fest. Jochen Bauer war einer der wenigen Freunde, die er hier gefunden hatte – und der zog jetzt weg.

»Was machst du eigentlich hier im Fitnessstudio? Bist du gekommen, um mich vor dem Gehopse zu retten?«, fragte Simpel.

Bauer schüttelte den Kopf.

»Ich bin dienstlich hier. Ausgerechnet jetzt, wo ich weggehe, kommt ein außergewöhnlicher Fall rein, vielleicht der interessanteste meiner bisherigen Laufbahn. Du musst sofort mitkommen.«

»Ein außergewöhnlicher Fall? Hier in Schwabach?«

»Genau da! Wo in den letzten zehn Jahren außer Verkehrsunfällen, Eifersuchtsdramen und Kirchweih-Schlägereien nicht viel los war. Und du bist bestimmt wieder der Glückspilz, der den Mord bearbeiten darf. Letztes Jahr die tote Kunigunde in Lauf und jetzt der goldene Tote in Schwabach.«

Der Kunigundenmord war Simpels erster Fall in Franken gewesen. Bauer und der Rest der Dienststelle hatten damals mit einer Darminfektion flachgelegen. Deshalb hatte er, der Neuling, die Ermittlungen geleitet.

»Ein goldener Toter? Wo?«, fragte Simpel und fummelte nervös den Spindschlüssel ins Schloss.

»An der Schwabach, getarnt als Kunstobjekt. Aber geh erst mal duschen, dann kannst du ihn dir selber ansehen. Manuel und Horst sind schon dort. Wir wollten doch sowieso zusammen auf die Goldschlägernacht. Nur das Bier, das können wir jetzt vergessen.«

Simpel duschte in Rekordzeit und saß fünf Minuten später im Wagen.

*

»He, Sie da! Finger weg!«

Simpel zuckte zusammen. Er war neben der Leiche in die Hocke gegangen, um sie näher in Augenschein zu nehmen. Sie war immer noch fast vollständig von der Goldfolie bedeckt. Keineswegs hatte er vorgehabt, irgendetwas zu berühren.

Er stand auf und drehte sich um. Eine kleine Frau mit pechschwarzem, kurzgeschnittenem Haar, vielleicht Mitte fünfzig, kletterte über die kleine Ufermauer und kam auf ihn zu. Sie trug eine verwaschene Jeans und ein schwarzes T-Shirt mit der neongelben Aufschrift *Starke Frauen weinen nicht bei jedem Kratzer.*

»Entschuldigung Kollege, aber keiner fasst hier was an, außer mir! Ich bin Dr. Pfeiffer, mit drei ›f‹, wie in der Feuerzangenbowle.«

Sie gab Simpel die Hand. Der stellte sich ebenfalls vor.

»Simpel, Kripo Schwabach.«

»Simpel? Das kann ich mir merken. Ist ja … simpel.«

Sie lachte trocken. Simpel ging nicht darauf ein, die beste Reaktion, wenn sich jemand über seinen Namen lustig machte.

Dr. Pfeiffer drehte sich zum Fotografen um, der ein paar Meter entfernt an einem Geländer lehnte und rauchte.

»Schluss mit der Pause! An Ihrem verfrühten Herz-Kreislauf-Tod können Sie später weiterarbeiten. Ich habe meine zwei entzückenden Nichten zu Besuch und möchte so schnell wie möglich wieder nach Hause.«

Sie schob Simpel beiseite, zog sich Einweghandschuhe an und wickelte die Leiche langsam aus. Ein winziger Stofffetzen fiel zu Boden. Sie hob ihn mit einer Pinzette auf und steckte ihn in eine kleine Plastiktüte. Die reichte sie Simpel.

»Beweisstück 12/1. Halten Sie mal!«

Simpel stutzte, kam dann aber der Aufforderung nach. Weitere Tüten folgten. Bald hatte er beide Hände voll.

Die Ärztin zeigte auf den Koffer neben ihrer Bereitschaftstasche.

»Da rein!«

Simpel wurde rot. Gehorsam packte er die Tüten in den Koffer, sorgfältig nach Nummern geordnet.

Eine Viertelstunde später war Dr. Pfeiffer fertig.

»Gut. Das war's. Auf Wiedersehen!«

Sie tippte mit der Hand an die Stirn, und bevor Simpel reagieren konnte, war sie schon über die Mauer geklettert. Er lief ihr hinterher.

»Moment! Können Sie mir denn schon irgendetwas sagen?«

Die Ärztin musterte ihn von oben bis unten.

»Junger Mann, ohne genaue Untersuchung läuft bei mir gar nichts.«

»Todeszeitpunkt? Todesursache? Irgendein ... vorläufiges Ergebnis?«

Dr. Pfeiffer atmete tief ein. Dann legte sie los.

»Das Opfer ist männlich, etwa Anfang vierzig, 182 Zentimeter groß, wiegt so um die 80 Kilo. Eine Blinddarmoperationsnarbe, relativ neu, vielleicht drei, vier Jahre alt. Der rechte Unterschenkel war einmal gebrochen, das ist aber schon vor längerer Zeit passiert. Die Zähne sind in recht gutem Zustand, lediglich ein Implantat unten links und Amalgamfüllungen in zwei Backenzähnen, links oben im Fünfer und rechts oben in der Sechs. Todeszeitpunkt nach Leichenstarre und Lebertemperatur etwa gestern Abend 18 Uhr plus minus drei Stunden. Es gibt Hinweise auf ein stumpfes Schädeltrauma. Das heißt, er hat einen tüchtigen Schlag auf den Kopf bekommen. Außerdem hat er Schürfwunden im Gesicht. Die könnten durch einen Sturz entstanden sein. Aber alles vorläufig und ohne Gewähr.«

Simpel hatte dem Redeschwall kaum folgen können. Die Frau verstand ihr Handwerk. Trotzdem konnte er sich von ihr nicht wie ein kleiner Junge behandeln lassen. Schließlich war er hier der leitende Ermittler.

»Vielen Dank, Dr. Pfeiffer. Wann kann ich mit dem fertigen Bericht rechnen? Morgen früh?«

Die Ärztin hob die Augenbrauen. Simpel ließ sich diesmal nicht einschüchtern.

»Wenn Sie es nicht so schnell schaffen, können Sie mir auch einzelne Zwischenergebnisse schicken, zum Beispiel das Zahnschema, wegen der Identifizierung.«

Die Gerichtsmedizinerin sah ihn scharf an.

»Dienstag, frühestens«, sagte sie.

»Danke, Dr. Pfeiffer. Einen schönen Tag noch und Grüße an ihre Nichten.«

Die Ärztin würdigte ihn keines weiteren Blickes und ging mit großen Schritten davon. Als sie sich den Weg durch die Schaulustigen bahnte, stieß sie mit einem Mann in einer abgewetzten Lederjacke zusammen.

»He, passen Sie doch auf!«, fuhr Dr. Pfeiffer ihn an.

»Bitte entschuldigen Sie vielmals!«, sagte der Mann und trat zur Seite. Er schaute ihr hinterher. Dann richtete er seine ungewöhnlich hellen blauen Augen wieder auf das Geschehen am Tatort.

Simpel gab den Koffer mit den Beweisstücken bei den Kollegen der Spurensicherung ab. Dort stand Bauer, der das Zusammentreffen mit der Ärztin beobachtet hatte.

»Die hat Haare auf den Zähnen, die Frau Doktor, was? Aber sie ist die beste, die wir haben. Vor drei Jahren hatte ich mal einen Fall, bei dem der Hausarzt einen natürlichen Tod bescheinigt hatte. Die Leiche war schon freigegeben, da hat Dr. Pfeiffer …«

»Entschuldigt, wenn ich die Gschicht unterbrechn muss.« Horst Vogel, der Senior im Team der Schwabacher Mordkommission, trat zu den beiden.

»Wir wissen edz, wer der Tote is. Der Ludwig und der Ron von der Schutzpolizei ham ihn erkannt, als er ausgwickelt wordn is.«

»Also wer? Mach es nicht so spannend. Muss ja eine ziemliche Berühmtheit sein, wenn ihn gleich zwei unserer Leute kennen. Oder …« Bauer wurde ernst. »Es ist doch nicht etwa ein Polizist?«

»Naa, aber berühmt is er scho. Bald wird's hier von Presseleut nur so wimmln, des kannst glaubn. Und vo der Stadt wern auch bald welche da sein.«

»Horst! Der Name!«

»Scho gut. Der Tote is Benedict Dombrowski.«

Bauer pfiff durch die Zähne. Simpel kam der Name irgendwie bekannt vor.

»Dombrowski?«, fragte er.

»Ein berühmter Bildhauer oder so was in der Art«, sagte Bauer. »Einer der wenigen Schwabacher, die über Franken hinaus bekannt sind. Das bedeutet eine Menge Ärger. Schau, es geht schon los.«

An der Absperrung vorne an der Straße zeigte einer der uniformierten Kollegen in ihre Richtung. Bei ihm standen zwei Männer im Anzug und eine Frau im dunklen Kostüm.

*

Sonntagmittag.

Die gesamte Dienstgruppe saß im Besprechungsraum der Polizeiinspektion Schwabach und wartete auf Hauptkommissar Hertle, den Leiter der Schwabacher Kriminalpolizei.

Ein Mordfall während der Goldschlägernacht, da war es vorbei mit dem freien Wochenende. Dabei war seit ein paar Tagen endlich richtiges Sommerwetter.

Bis spät in die Nacht waren gestern alle im Einsatz gewesen. Spuren sichern, Personalien von etwaigen Zeugen aufnehmen, Neugierige zurückweisen. Den Tatort hatten sie weiträumig abgesperrt, und so hatten die meisten der 20 000 Besucher nichts von der ganzen Aufregung mitbekommen. Mittlerweile allerdings brodelte die Gerüchteküche, und die Telefone in der Inspektion standen nicht mehr still.

Hauptkommissar Hertle kam herein und ließ sich am Kopf des Tisches nieder.

»So, meine Herren.«

Ein Telefon klingelte im Nachbarzimmer. Hertle stand noch mal auf, schloss die Tür und setzte sich wieder.

»Wie immer gibt es genau dann eine Leiche, wenn es gerade gar nicht passt.«

Er räusperte sich.

»Also passen tut es natürlich nie, aber jetzt halt schon dreimal nicht. Der Jochen ist nur noch bis morgen Abend da, und bisher ist mir noch niemand gemeldet worden, der ihn ersetzt.«

Jochen Bauer drehte missmutig einen Bleistift in der Hand. An seinem letzten Tag dieser spektakuläre Mordfall. Der hätte ihn gereizt. Pech.

Hertle wandte sich an Simpel.

»Stefan, am besten leitest du die Ermittlungen. Du hast da ja schon Erfahrung. Horst und Manuel sind auch dabei. Sonst aber erst mal niemand.«

»Ich hoff aber, mir sin fertig mit der Sach, wenn ich mei Feier auf der Ranch mach. Bis dahin müssn wir den Mörder eingsperrt ham.«

Horst Vogel hatte nur noch zwei Monate bis zur Pensionierung. Zu seiner Abschiedsfeier auf seinem Wochenendgrundstück in Kronach war halb Schwabach eingeladen.

Hertle lachte.

»Ihr habt es gehört. Verderbt dem Horst nicht seine Feier.« Er wurde wieder ernst.

»Also, was haben wir bis jetzt?«

Simpel schaute in seine Notizen.

»Bei dem Toten handelt es sich um Benedict Dombrowski. Freischaffender Künstler, 44 Jahre alt, verheiratet. Viel mehr wissen wir noch nicht. Manuel, das ist dein Job. Schau mal, was du im Internet alles über den herausfindest.«

Manuel Küppers, das Küken im Team, war erst seit vier Monaten fertig mit der Polizeischule.

»Wird erledigt, Chef.«

Er salutierte und hätte dabei beinahe die Wasserkaraffe umgeworfen. Zwei Meter Mensch waren nicht so einfach zu koordinieren.

Simpel stellte die Karaffe ein wenig näher zu sich und fuhr fort.

»Die Leiche wurde bei einer Kunstinstallation gefunden. Diese Installation heißt *Die Badende* und besteht aus einer mit Goldfolie umwickelten Schaufensterpuppe, die halb im Bach liegt. Als die Installation enthüllt wurde, waren es allerdings dann zwei mit Goldfolie umwickelte Figuren. Eine davon war unsere Leiche. Was aber erst einmal niemandem aufgefallen ist.«

Vogel gluckste.

»Hat sich halt kanner traut, was zu sagn. Sonst gilt man ja glei als Kunstbanause.«

Simpel zuckte mit den Schultern und fuhr fort.

»Erst als ein Hund sich an der Folie zu schaffen gemacht hat, kam die Wahrheit ans Licht. Die Leiche muss irgendwann zwischen Freitagabend und Samstagnachmittag abgelegt worden sein. Todesursache wahrscheinlich stumpfe Gewalteinwirkung am Kopf. Da müssen wir noch auf die Gerichtsmedizin warten. Wir befragen heute noch die Anwohner. Einen toten Körper kann man ja nicht so einfach unbemerkt durch die Gegend schleppen. Ab morgen durchleuchten wir dann das persönliche Umfeld des Opfers: Familie, Kollegen und so weiter. Ihr wisst ja selbst, was zu tun ist.«

Alle nickten. Simpel verteilte die Aufgaben und alle erhoben sich.

Jochen Bauer schob seinen Stuhl unter den Tisch.

»Denkt dran, morgen nach Dienstschluss gibt es eine kleine Abschiedsfeier. Nicht vergessen, bei dem ganzen Trubel.«

*

Keiner da?

Simpel läutete noch ein Mal.

Vier Namensschilder waren neben der Tür des dreigeschossigen Mehrfamilienhauses angebracht. H. Felbinger-Dombrowski, F. Meisner, Lachner/Bub, B. Dombrowski.

Die Fassade hätte einen neuen Anstrich vertragen können, und an vielen Stellen blätterte schon der Putz ab.

Simpel läutete ein drittes Mal.

Er war mit Hanna Felbinger-Dombrowski, der Ehefrau des Mordopfers, um 11 Uhr verabredet. Eigentlich müsste sie zu Hause sein. Am Telefon hatte sie einen gefassten Eindruck gemacht. Sie hatte bereits Samstagnacht vom Tod ihres Mannes erfahren. Eine Freundin hatte sich dann um sie gekümmert. Simpel war froh, dass ihm das Überbringen der Todesnachricht erspart geblieben war.

Er stand etwas ratlos vor der verschlossenen Tür. Da öffnete sich im ersten Stock ein Fenster.

»Hallo?«, rief eine weißhaarige Dame mit resoluter Stimme.

»Wenn'S von der Zeitung sind, dann können'S gleich wieder gehn, hörn'S!«

Simpel streckte seinen Dienstausweis so weit wie möglich nach oben.

»Kommissar Simpel, Kriminalpolizei Schwabach. Ich bin mit Frau Felbinger-Dombrowski verabredet.«

Die Frau kniff die Augen zusammen und schaute skeptisch auf Simpels Ausweis.

»Sie sind also nicht von der Zeitung?«

Noch einmal musterte sie Simpel eingehend.

»Warten'S einen Moment. Ich mach die Haustür auf. Die Hanna ist in ihrem Atelier, da hört's des Klingeln nie.«

Das Fenster schloss sich, und kurz darauf wurde die Haustür einen Spaltbreit geöffnet. Die Frau war trotz ihres Alters sehr fix.

»Zeigen'S mir den Ausweis noch mal, bitte.«

Die Frau nahm ihn in die Hand und drehte ihn mehrmals hin und her. Dabei murmelte sie: »Kann man auch fälschen, so was. Da haben's uns erst neulich beim AWO-Senioren-Treff gewarnt.«

Gut, dass die alte Dame so vorsichtig war. Aber jetzt könnte sie ihn doch langsam ins Haus lassen, fand Simpel.

»Sie können auch in der Inspektion anrufen, wenn Sie mir nicht trauen.«

Die Frau schaute Simpel noch einmal tief in die Augen.

»Schon gut, kommen'S rein!«

Sie gab den Ausweis zurück und hielt ihm die Tür auf.

»Die Hanna ist in ihrem Atelier, hinten im Hof. Da durch die Tür. Ich glaub nicht, dass sie was arbeitet, nach dieser Geschichte, aber sie ist immer dort, wenn's ihre Ruhe braucht.«

Sie ließ auf Simpels »Danke« ein kurzes »Scho recht« hören. Dann drehte sie sich um und stieg die knarrende Holztreppe zu ihrer Wohnung hinauf.

Simpel überquerte den Hof, klopfte an die Ateliertür und trat ein. Der Raum war ziemlich vollgestopft. Regale mit Eisenschrott, am Boden überall Wurzelstücke und Bretter in allen Größen. Auf einer Hobelbank lag ein Schweißgerät, daneben jede Menge anderes Werkzeug. Von der Frau keine Spur.

»Frau Felbinger-Dombrowski?«

Simpel wäre fast über ein Stück Eisenbahnschwelle gestolpert.

»Hier oben. Kommen Sie rauf.«

Simpel entdeckte am Ende des Raumes eine schmale Wendeltreppe, die hinauf zum Spitzboden führte. Oben staunte er nicht schlecht. Überall bunte Teppiche und Sitzkissen. Die Wände waren mit Zeichnungen übersät. Simpel erkannte den Eiffelturm, eine Ansicht von Neapel mit dem Vesuv und andere bekannte Sehenswürdigkeiten. Auf einem der Kissen saß Hanna Felbinger-Dombrowski, eine schlanke, kleine Frau mit einem Skizzenblock auf den Knien. Den Block hatte sie umgedreht, sodass Simpel nicht sehen konnte, was sie gerade gezeichnet hatte. Ihm fielen sofort ihre sehnigen Hände auf, die nicht so recht zu der sonst zarten Erscheinung passten.

Sie deutete auf eines der Kissen.

»Setzen Sie sich doch bitte. Entschuldigen Sie, ich habe die Zeit beim Zeichnen vergessen. Bestimmt hat Sie Frau Meisner hereingelassen, die Gute.«

Die Frau sprach ruhig, fast ein bisschen zu ruhig, vielleicht hatte sie Medikamente genommen. Sie hatte tiefe Ringe unter den Augen.

Simpel ließ sich im Schneidersitz auf dem Kissen nieder.

Eine ziemlich unpassende Haltung für eine polizeiliche Befragung.

»Frau Felbinger-Dombrowski«, begann Simpel, »ich würde Ihnen gerne ein paar Fragen stellen. Das muss leider sein. Wir wollen schließlich so schnell wie möglich herausfinden, was mit Ihrem Mann passiert ist.«

»Ja, natürlich. Aber es genügt, wenn Sie mich Frau Felbinger nennen. Den Doppelnamen benutze ich so gut wie nie.«

Sie faltete die Hände auf ihrem Schoß, die Sehnen traten noch deutlicher hervor.

»Frau Felbinger, können Sie mir sagen, wann Sie Ihren Mann das letzte Mal gesehen haben?«

»Freitagvormittag hat er mich hier im Atelier besucht, so ungefähr um 10 Uhr.«

»Und danach haben Sie ihn nicht mehr gesehen?«

»Nein, danach nicht mehr.«

»Entschuldigen Sie die Frage, aber haben Sie ihren Mann denn nicht vermisst?« Simpel kam ein wenig ins Stottern. »Ich meine, sie waren verheiratet. Kam es häufiger vor, dass er über Nacht wegblieb? Oder wollte er verreisen?«

Hanna Felbinger sah ihn mit festem Blick an.

»Wissen Sie, Herr Kommissar, mein Mann war Künstler. Eine Ehe im herkömmlichen Sinne hätte ihm nicht zugesagt. Wir sahen uns oft tagelang nicht. Er war dann in seinem Atelier in Lauf oder in seinem Dachstudio hier im Haus oder auch anderswo. Er hat mir das nicht immer erzählt.«

Frau Felbinger stand auf. Ihre Bewegungen waren sehr langsam, wie ferngesteuert. Sie holte zwei Gläser und eine Flasche Wasser aus einer alten Küchenanrichte. Es war ziemlich warm hier oben. Simpel nahm einen großen Schluck.

»Haben Sie denn einen Verdacht, wer Ihren Mann getötet und so zur Schau gestellt haben könnte?«

»Nein.«

»Hatte Ihr Mann Schwierigkeiten oder Streit mit irgendjemanden?«

»Er hatte immer Streit mit jemandem. Benedict war kein einfacher Mensch und lehnte Kompromisse ab. Er war ein Künstler, wissen Sie!«

»Sie sind auch Künstlerin«, sagte Simpel und deutete auf die Zeichnungen.

»Ach die! Das sind nur Erinnerungen. Andere machen Unmengen von Fotografien, ich zeichne. Mit Kunst hat das nicht viel zu tun. Das mache ich nur für mich selbst.«

»Und die vielen Schrottteile? Haben die was mit Kunst zu tun?«

»Die schon, ja. Ich stelle Plastiken her, aus alten Werkzeugen und anderen Abfallprodukten unserer Überflussgesellschaft.«

»Plastiken wie die da?«, fragte Simpel und deutete auf einen siebenarmigen Kerzenständer, der aus rostigen Schraubenschlüsseln zusammengeschweißt war.

«Eine Menora, nicht?«, sagte er.

»Ein jüdischer Kerzenleuchter, ja. Den habe ich mal für einen Freund gemacht. Aber der ist vor einem Jahr gestorben.«

Sie starrte ins Leere. Simpel ließ ihr etwas Zeit.

»Haben Sie die Verwandten ihres Mannes verständigt, oder sollen wir das machen?«

Hanna Felbinger sah auf.

»Benedicts Vater ist schon lange tot. Seine Mutter hat Alzheimer und liegt in einem Pflegeheim. Ich habe dort angerufen, aber die Ärzte glauben nicht, dass sie etwas mitbekommt. Ist vielleicht besser so.«

»Und Sie? Haben Sie Verwandte?«

»Die sich um mich kümmern könnten, meinen Sie? Nein, meine Eltern sind vor zehn Jahren tödlich verunglückt. Ich habe nur noch eine Schwester, die ist aber zurzeit irgendwo in Afrika. Wir verstehen uns nicht besonders gut und haben seit Jahren kaum noch Kontakt. Ich weiß nur, dass sie für ein Hilfsprojekt arbeitet. Aber machen Sie sich keine Sorgen. Ich habe Freunde, die sich um mich kümmern.«

»Eine letzte Frage, die leider sein muss. Können Sie mir sagen, wo Sie am Freitagabend gewesen sind?«

»Freitagabend. Da war ich unten im Atelier.«

»Kann das jemand bezeugen?«

»Ich war allein hier. Nur Frau Meisner war auf einen Sprung da. Die alte Dame, die Ihnen die Tür geöffnet hat.«

Simpel stand auf.

»Danke, Frau Felbinger. Fürs Erste war es das. Rufen Sie mich bitte jederzeit an, wenn Ihnen etwas einfällt, was uns weiterhelfen könnte.«

Simpel gab ihr seine Visitenkarte und wischte sich über die Stirn.

Hanna Felbinger reichte ihm ein Taschentuch.

»Benedict fand immer, dass es in diesem Brutkasten im Sommer nicht auszuhalten ist. Aber mir kann es nicht warm genug sein.«

Wieder im Hof, atmete Simpel erst einmal tief durch. Seine Wohnung war nur ein paar Straßen weiter. Er würde kurz unter die Dusche springen, bevor er zurück in die Inspektion ging.

Zuerst wollte er jedoch mit Frau Meisner sprechen. Die alte Dame öffnete im selben Moment, in dem Simpel auf die Klingel drückte. Sie hatte wohl hinter der Tür gelauert.

»Der Herr Kommissar. Ja bitte?«

»Ich hätte ein paar kurze Fragen, Frau Meisner. Darf ich reinkommen?«

»Ja, freilich, kommen'S rein.«

Die alte Dame führte Simpel ins Wohnzimmer.

»Bitte nehmen'S Platz!«

Sie deutete auf ein Sofa, auf dem eine Unmenge verschiedenster Puppen drapiert waren. Simpel musste erst einige beiseiteräumen, bevor er sich setzen konnte.

»Wie lange kennen Sie die Dombrowskis eigentlich schon, Frau Meisner?«

»Also, die Hanna Felbinger …«, sie betonte den Namen Felbinger dabei besonders, »die kenne ich schon seit ihrer Geburt. Hannas Oma hat das Haus hier gehört, und ich wohne schon seit über 40 Jahren hier. Erst mit meinem Mann zusammen und seit 17 Jahren allein.«

Sie zeigte auf eine Fotografie über dem Sofa. Darauf war das Haus zu sehen, allerdings in weit besserem Zustand als jetzt. Vor dem Haus stand das Ehepaar Meisner und ein kleines Mädchen mit einem roten Dreirad.

»Das ist die Hanna. Die war als Kind viel hier bei ihrer Oma. Vor sieben Jahren hat dann Hanna das Haus geerbt, als die Babett Felbinger, also die Oma, gestorben ist. Ihre Eltern haben's ja da schon durch einen Autounfall verloren gehabt, die Hanna und ihre Schwester Nina. Der Nina hat die Oma das Geld hinterlassen. Eine Zeit lang hat die Nina dann g'wohnt bei der Hanna und ihrem Mann, weil sie war da nämlich erst 17. Irgendwann hat's dann einen Riesenstreit gegeben, die haben sich ja nie gut vertragen, die Felbinger-Schwestern. Eine sturer wie die andere. Um was es ging, hat mir die Hanna nie erzählt. Jedenfalls war sie dann weg, die Nina. Und Hanna war dann viel alleine, weil der Dombrowski ist dauernd unterwegs gewesen in der Weltgschicht.«

»Kannten Sie Herrn Dombrowski gut?«

»Wissen'S, man soll über Tote ja nix Schlechtes sagen, aber ich sag's wie's ist. Der Herr Dombrowski war ein eingebildeter Aff'. Der war gar nicht gut für die Hanna. Aber da war nichts zu machen. Sie ist immer wieder auf den Kerl reingefallen. Wir Frauen sind manchmal furchtbar blöd. Das ist auch keinen Deut besser geworden durch die Emanzipation. Mehr sag ich aber nicht, weil er ja jetzt tot ist, der Herr Oberkünstler.«

Simpel hätte gerne noch etwas mehr über das Mordopfer erfahren, verschob das aber auf ein anderes Mal. Die alte Frau wirkte aufgewühlt. Sie zupfte nervös an den Fransen eines Sofakissens herum.

Eine Frage musste Simpel aber noch stellen.

»Am Freitagabend waren Sie bei Hanna Felbinger im Atelier. Wann war das ungefähr? Können Sie sich noch daran erinnern?«

»Freitagabend? Ja freilich. Wissen'S, ich schau immer bei ihr vorbei, wenn sie im Atelier arbeitet. Ich find's toll, was die Hanna da macht. Ich bleib dann vielleicht so eine halbe Stunde und wir ratschen ein bisschen.«

Plötzlich sah Frau Meisner ihn böse an. Sie riss jetzt ganze Wollfäden aus dem Kissen.

»Sagen'S bloß, Sie meinen, die Hanna hat den umgebracht. Jetzt sag ich Ihnen mal was, und dann hätte ich gern, dass Sie gehen. Um den Dombrowski ist's nicht schade, und ich bin froh, dass die Hanna den endlich los ist. Aber sie hat ihn ganz sicher nicht umgebracht. Sie hat ihn ja vergöttert, den eingebildeten Deppen. Und jetzt auf Wiedersehen, Herr Kommissar.«

Simpel verließ schleunigst die Wohnung der erzürnten alten Dame. Auf der Straße drehte er sich noch einmal um. Das offene Fenster im ersten Stock schloss sich mit einem lauten Scheppern und der Vorhang wurde ruckartig zugezogen.

*

»Sind die anderen schon da, Tina?«

Hauptkommissar Hertle legte Martina Kaczmarek einige unterschriebene Berichte auf den Schreibtisch. Sie sah auf.

»Der Stefan fehlt noch. Der ist bei der Frau von dem Ermordeten, aber eigentlich müsste er bald zurück sein.«

Hertle sah sich verstohlen um, beugte sich dann zu Tina hinunter und flüsterte:

»Hast du die Flasche für den Jochen besorgt?«

Die Sekretärin nickte, öffnete einen Rollschrank und deutete auf eine Flasche Irischen Single Malt, 21 Jahre alt.

»War gar nicht so einfach zu kriegen. Ich musste extra nach Nürnberg dafür. In Schwabach bekommt man so etwas nicht, hat mein Getränkehändler gesagt.«

Sie machte den Rollschrank schnell wieder zu, denn gerade erschien Jochen Bauer in der Tür.

»Ich will euer Tête-à-Tête nicht stören, aber wir sollten mit der Besprechung anfangen. In einer halben Stunde kommt der Metzger und bringt den Leberkäse. Wir müssen schließlich feiern, dass ihr mich endlich los seid.«

Bauer ließ seinen Blick über Tinas Schreibtisch wandern. Sicher hatte das Getuschel etwas mit seinem Abschied zu tun. Da lag ein faustgroßer, rosafarbener Stein, den hatte er hier zuvor noch nicht gesehen. Er nahm ihn in die Hand, hielt ihn gegen das Licht und legte ihn dann auf Hertles Berichte.

»Ein rosa Briefbeschwerer? Meiner kleinen Tochter würde der gefallen. Den werdet ihr mir doch wohl nicht zum Abschied schenken, oder?«

Tina nahm den Stein und legte ihn wieder an seinen alten Platz. Sie blitzte Bauer entrüstet an.

»Das ist kein Briefbeschwerer, du Ignorant. Das ist ein Rosenquarz. Der ist sehr gut gegen negative Energien. Und davon gibt es hier mehr als genug.«

Sie warf Bauer einen wütenden Blick zu und drehte sich zu ihrem Computer um. Die beiden Polizisten sahen sich an. Hertle zuckte mit den Schultern.

»Da kommt Stefan. Also los. Meine Herren.«

Er machte eine auffordernde Geste. Bauer sah zu, dass er der dicken Luft im Sekretariat entkam.

Simpel setzte sich.

»Was habt ihr denn mit der Tina gemacht? Die schaut so giftig.«

»Der Jochen hat sich zum Abschied a bisserla in die Nessln gsetzt«, sagte Horst Vogel und schenkte sich Kaffee ein. »Die Tina hat an neuen Freund, und seitdem hat's so komische Sachn aufm Schreibtisch und red auch anders als sonst. Aber des wird wieder, ihr werd scho sehn.«

Vogel war Vater von drei mittlerweile erwachsenen Töchtern. Er hatte schon manche Spinnerei kommen und gehen sehen.

Simpel berichtete von seinem Gespräch mit Hanna Felbinger und von der alten Frau Meisner.

»Ich habe den Eindruck, die Ehefrau steht ziemlich unter Schock. Vermutlich nimmt sie Beruhigungsmittel. Irgendwie war sie nicht so ganz da. Viel hat sie mir nicht erzählt. Da müssen wir sicher noch einmal nachhaken. Unser Toter scheint kein einfacher Mensch gewesen zu sein. Er verstand es offenbar, sich Feinde zu machen. Manuel, was hast du denn im Internet herausgefunden?«

Als Küppers sich aufrichtete, musste Vogel mit seinem Stuhl zur Seite rutschen. Er hätte sonst nicht gesehen, was sein Kollege nun mithilfe des Beamers zeigen wollte.

»Also, wenn man ›Benedict Dombrowski‹ googelt, erhält man fast eine Million Treffer. Er war schon jemand in der Kunstwelt.«

Auf der Leinwand erschien eine Edelstahlskulptur. Dahinter war ein großes Bürogebäude zu sehen.

Küppers blickte auf seine Notizen.

»Das ist eines seiner bekanntesten Werke. Es steht in Hamburg und heißt *cubos*. Das Gebäude gehört einer Firma, die Schiffscontainer herstellt. Das Ding hat ziemliches Aufsehen erregt, auch weil es nicht so ganz billig war. Das hat einigen Aktionären nicht gepasst. Die Kunstfachleute allerdings waren begeistert.«

Vogel rutschte mit seinem Stuhl noch ein wenig mehr zur Seite und starrte auf das Foto.

»*Cubos*? Und was soll des sei? In mein Garten tät ich des fei ned stelln. Schaut aus, wie wenn mei Enkel was mit alte Schachtln baut.«

»In deinen Garten könntest du dir so was bestimmt nicht stellen. Die Skulptur kostete 280 000 Euro. Nur damit ihr eine Vorstellung habt, in welcher Liga unser Toter gespielt hat.«

Küppers fühlte sich sichtlich wohl in seiner neuen Rolle als Kunstsachverständiger.

»Dann war Dombrowski also ziemlich reich?«, fragte Simpel dazwischen. »Warum hat er dann mit seiner Frau in dem alten Haus in Schwabach gewohnt und nicht in einer Villa?«

»Na ja, so reich scheint er in letzter Zeit nicht mehr gewesen zu sein. Die *cubos* sind von 2003. Da hat Dombrowski in New York gewohnt und nicht in Schwabach.

In den letzten fünf Jahren hat er nichts so großes mehr gemacht. Ich habe zumindest nichts mehr gefunden. Aber ich bin auch noch nicht fertig mit meinen Recherchen.«

Simpel nickte.

»Gut Manuel, mach da weiter. Vielleicht kommt noch mehr Interessantes zum Vorschein.«

Er schaute Jochen Bauer an. Der war schließlich immer noch der Ranghöhere.

»Wenn du einverstanden bist, Jochen«, fügte er hinzu.

»Hey, du hast hier das Kommando. Ich bin praktisch schon weg. Mach einfach weiter. Ich muss mich jetzt um das Essen kümmern. Der Metzger ist gerade gekommen. Schaut, dass ihr hier schnell fertig werdet.«

Bauer stand auf und verließ den Besprechungsraum. Der Duft von warmem Leberkäse schwappte in den Raum. Der Rest des Meetings verlief daher sehr zügig.

Horst Vogel berichtete von den Ergebnissen der Spurensicherung.

Die Leiche war erst nachträglich an den Fundort gebracht worden. Es gab Schleifspuren von der Straße bis zu dem Pavillon mit der *Badenden*. Von den Anwohnern hatte niemand etwas Ungewöhnliches bemerkt. An den Tagen vor der Goldschlägernacht wurde in der ganzen Altstadt gearbeitet, auch abends. Jemand, der einen Sack oder eine Kiste herumtrug, fiel da nicht weiter auf.

Bei der Goldfolie, mit der der Tote umwickelt gewesen war, handelte es sich um Geschenkpapier, ein Allerweltsprodukt.

»Die gibt's überall, auch in der Metro und beim Obi. In die Wochn vor der Goldschlägernacht ist die viel gekauft wordn. Überall hams was eingwickelt. Weinflaschen,

Blumenkästen oder glei ganze Schaufenster«, erklärte Vogel.

»Oder eben eine Leiche«, ergänzte Simpel.

»Genau. Des war's dann auch scho. Im Labor arbeiten's noch an a paar andere Sachn. Des kann aber noch a weng dauern«, schloss Vogel seine Ausführungen.

Hauptkommissar Hertle erhob sich.

»Dann wollen wir den Jochen mal nicht länger warten lassen. Sonst wird der Leberkäs wirklich noch kalt.«

Er drehte sich zur Tür, da fiel ihm noch etwas ein.

»Ach Stefan, Dr. Pfeiffer hat angerufen. Sie bittet dich, am Mittwoch um 9 Uhr zur Obduktion vom Dombrowski zu kommen.«

»Na dann, Mahlzeit!«, sagte Simpel und folgte den anderen zu Jochen Bauers Abschiedsfeier.

*

Alexandra Neuhaus, die Leiterin des Schwabacher Kulturbüros, schüttelte Simpel und Küppers überschwänglich die Hand.

»Vielen Dank, dass Sie das Gebiet rund um den Tatort so schnell abgeriegelt haben. Das hat unsere Goldschlägernacht gerettet.«

»Keine Ursache«, sagte Simpel. »Wir sind ja daran interessiert, ungestört unsere Arbeit machen zu können. Schaulustige, die auf den Spuren herumtrampeln, können wir dabei nicht brauchen.«

»Trotzdem, auch vom Bürgermeister soll ich Ihnen einen herzlichen Dank ausrichten. Die Goldschlägernacht ist schließlich unser wichtigstes Event dieses Jahr.«

»Ich gebe den Dank an die Kollegen weiter. Aber kommen wir jetzt zu Benedict Dombrowski. Sie hatten ja häufiger mit dem Opfer zu tun. Wir denken, der Mörder hat die Leiche bewusst auf so spektakuläre Art und Weise präsentiert. Das legt die Vermutung nahe, dass sein Tod etwas mit dem Kunstbetrieb zu tun hat. Fällt Ihnen dazu etwas ein?«

Ein etwa 50-jähriger Mann, der bisher ruhig neben der Büroleiterin gestanden hatte, ergriff das Wort.

»Halb Schwabach fällt mir da ein. Gestatten Sie, dass ich mich vorstelle, Peter Henlein. Wie der mit der Taschenuhr, aber weder verwandt noch verschwägert mit demselben.«

Der Jeans- und Turnschuh-Träger bildete einen deutlichen Kontrast zu seiner Chefin im grauen Business-Kostüm. Die schaute ihn missbilligend an.

»Wie kannst du so was sagen! Dombrowski war der bedeutendste Künstler Schwabachs. Weltweit anerkannt. Wir waren stolz darauf, dass er in unserer Stadt gelebt hat.«

»Aber er war auch einer der größten Angeber, Schaumschläger und Wichtigtuer Schwabachs, wenn nicht sogar weltweit, der Herr Dombrowski.«

Simpel unterbrach den Disput.

»Es gibt also unterschiedliche Meinungen über Herrn Dombrowski. Wie standen denn seine Künstlerkollegen zu ihm, so allgemein? Gönnten ihm manche den Erfolg nicht?«

Der Jeansträger warf seiner Chefin einen Seitenblick zu.

»Das kann man wohl sagen. Viele haben ihn richtiggehend gehasst, und nicht nur die Künstlerkollegen.

Ganz normale Bürger haben uns Briefe mit Beschimpfungen geschickt letztes Jahr. Da waren sogar Morddrohungen dabei.«

»Morddrohungen?«

Simpel blickte Alexandra Neuhaus an. Die druckste herum.

»Ach wissen Sie, ich habe das nicht ernst genommen, damals. Da sind die Wellen ziemlich hochgeschlagen, wegen der Brunnenverhüllung bei der Ortung.«

»Ortung?«, fragte Küppers.

»Die Ortung ist unsere Kunstbiennale«, erklärte Neuhaus. »Die findet alle zwei Jahre im Wechsel mit der Goldschlägernacht statt. Benedict Dombrowski hatte die spektakuläre Idee, den Schwabacher Stadtbrunnen mit goldenen Toilettenschüsseln zu umbauen.«

»Toilettenschüsseln?«, fragte Küppers, der ein Grinsen nur mühsam unterdrücken konnte. »Und deswegen bekamen Sie Drohbriefe?«

Diesmal antwortete Henlein.

»Und nicht zu wenige! Die haben es uns ganz schön gegeben. Vor allem, als wir Dombrowski dafür auch noch den Kulturpreis verliehen haben. Ich war ja von Anfang an dagegen, aber auf mich hört hier ja keiner.«

»Jetzt reicht es, Peter! Diese Interna gehen niemanden etwas an. Die Polizei interessiert unser Bürotratsch nicht.«

Simpel widersprach.

»Im Gegenteil. Uns interessiert alles, was zur Aufklärung des Mordes an Benedict Dombrowski beitragen kann. Wenn Sie etwas wissentlich verschweigen, ist das sogar strafbar. Also, wie war das mit den Morddrohungen?«

Das wirkte. Die Kulturchefin zeigte sich jetzt deutlich auskunftsfreudiger. Sie berichtete von Anrufen, E-Mails und Briefen. Die Briefe habe sie alle weggeworfen, die E-Mails immer sofort gelöscht.

»Und Sie haben ganz sicher nichts aufgehoben? Keine Kopie angefertigt?«, fragte Simpel.

Neuhaus schüttelte den Kopf.

»Nein. Wir haben das für einen Sturm im Wasserglas gehalten. Nach zwei Wochen ließ es auch nach. Selbst Leserbriefe wurden keine mehr veröffentlicht.«

Das war das Stichwort für Peter Henlein.

»Leserbriefe! Die Zeitung! Einige der Briefe haben wir über die Redaktion des *Schwabacher Boten* erhalten. Vielleicht haben die noch Kopien.«

Simpel war skeptisch. Die Sache lag schon ein Jahr zurück, eine Ewigkeit im Zeitungsgeschäft. Aber es war einen Versuch wert. Sie verabschiedeten sich. Alexandra Neuhaus öffnete die Tür.

»Auf Wiedersehen. Und wenn Sie noch weitere Fragen haben, sind Sie natürlich jederzeit willkommen.«

Simpel bezweifelte das.

Noch bis zum Ende des langen Flurs hörten sie die Stimmen der beiden durch die dicke Tür. Da gab es wohl einiges zu klären im Schwabacher Kulturbüro.

*

»Hanna, bist du da?«

Thomas sah sich im Atelier um.

»Ich bin oben. Komm rauf.«

Hanna hatte Thomas und Agnetha gebeten herzukommen. Die beiden waren ihre ältesten Freunde. Sie kannten sich schon seit der Kunstakademie. Da waren sie noch zu viert gewesen. Thomas, Agnetha, Hanna und Benedict.

Thomas stieg die Wendeltreppe nach oben. Hanna lag zwischen ihren Kissenbergen, wie ein kleines Kind. Sie hatte geweint. Thomas setzte sich neben sie.

»Hey, wie geht es dir?«

Hanna richtete sich auf.

»Benedict ist tot.«

»Ja.«

Mehr sagte Thomas nicht. Sie schwiegen.

Agnetha kam die Treppe hoch. Sie umarmte Hanna und setzte sich.

»War die Polizei schon bei dir?«, fragte sie.

Hanna nickte.

»Gestern war ein Kommissar da, Gimpel oder Simpel oder so ähnlich. Da liegt seine Karte. Und bei euch?«

Thomas und Agnetha schüttelten die Köpfe.

»Meinst du, sie kommen auch zu uns?«, fragte Thomas.

Agnetha stand auf und öffnete ein Dachfenster.

»Ich denke schon«, sagte sie. »Die Polizei wird alle befragen, die Benedict kannten. Schließlich wurde er ermordet. Hast du dem Kommissar von uns erzählt?«

»Nein«, antwortete Hanna.

Agnetha setzte sich wieder.

»Ich denke, wir sollten der Polizei nicht unbedingt etwas von dem Streit an Thomas' Geburtstag sagen.«

Thomas drehte sich abrupt zu ihr um.

»Warum nicht? Meinst du, die verdächtigen dann Hanna? Außerdem, da waren eine Menge anderer Leute dabei. Irgendwer wird der Polizei sicher davon erzählen.«

»Trotzdem.«

Agnetha zündete sich eine Zigarette an.

Hanna nahm sich ebenfalls eine. Beim Anzünden zitterten ihre Hände. Sie machte einen tiefen Zug.

»Was soll ich denn jetzt tun? ... Ohne Benedict.«

Thomas und Agnetha schwiegen.

*

Jochen Bauer setzte seinen Krug ab. Er hatte die Kollegen überredet, noch auf ein Bier in seiner Lieblingsgaststätte einzukehren. Vogel wischte sich den Schaum vom Mund.

»Also des Leitner tät ich echt vermissn. In Rosenheim hams bestimmt ka so gutes Bier. In Oberbayern gibt's doch bloß so a ungenießbares Zeug aus dem Chemiekessel von so ner Großbrauerei.«

»Das stimmt nicht, Horst«, sagte Bauer. »In Rosenheim gibt es ein paar kleine Brauereien, die seit Jahrhunderten in Familienbesitz sind.«

Vogel winkte ab.

»Also, ich war mal aufm Oktoberfest. Mit dem Zeug, des die dort ausschenkn, würd ich ned a mal meine Blumen gießn.«

»Das würde denen auch schlecht bekommen«, lachte Bauer. »Aber wir wollen heute meinen Abschied feiern und nicht über Geschmack streiten.«

»Apropos Abschied.«

Hauptkommissar Hertle sah auf die Uhr.

»Ich muss gehen. Kommst du mal kurz mit raus, Jochen? Dann kann ich dir noch ein paar letzte Ratschläge mit auf den Weg geben.«

Auch Vogel und Küppers verabschiedeten sich. Nur Simpel blieb. Er wollte noch ein letztes Bier mit seinem Freund trinken. Was der Chef wohl für Ratschläge für den hatte? Simpel sah sich in der Brauereigaststätte um. Am Nebentisch saßen ein paar ältere Herren vom Gesangsverein. Die hatte man vor Kurzem noch im Nebenzimmer singen hören. Jetzt diskutierten sie über Fußball, irgendwas mit dem Club. Nichts, was Simpel interessierte. Ansonsten war die Gaststube leer. Der Wirt stand hinter dem Tresen und polierte Gläser.

Bauer kam wieder herein. Er grinste. Simpel war neugierig.

»Der Chef hat dir wohl was besonders Lustiges mit auf den Weg gegeben, was?«

Bauer legte den Finger auf die Lippen.

»Streng geheim. Nur für die Augen und Ohren von Dienststellenleitern.«

»Du kommst dir wohl groß vor, jetzt, wo sie dich zum Sesselpupser befördert haben.«

»Hehe! Mehr Respekt bitte! Du redest mit einem leitenden Hauptkommissar. Prost.«

»Ein bisschen leiser, Jochen. Die da drüben schauen schon.«

»Die Sangesbrüder? Ach, die verstehen das schon, wenn man mal ein paar Bier mehr trinkt als gewöhnlich.«

Bauer hob seinen Krug.

»Prost Hinterhaus!«

»Prost Vorderhaus!«, erwiderten die Tischnachbarn den Gruß.

Simpel prostete halbherzig mit. Er hatte etwas auf dem Herzen. Hoffentlich war Jochen noch nüchtern genug.

Er kramte zwei sorgfältig zusammengefaltete Zettel aus der Jackentasche und reichte sie seinem Freund.

»Schau dir das bitte mal an!«

Bauer runzelte die Stirn.

»Was ist das?«

»Ein Organigramm. Wenn du weg bist, müssen die Aufgaben neu verteilt werden. Da habe ich gedacht ...«

Bauer legte die Blätter auf die Seite und lachte schallend.

»Das kann auch nur einem Stefan Simpel einfallen. Bei einer Abteilung mit drei Leuten machst du ein Organigramm.«

Simpel wurde rot. Er konnte eben nicht aus seiner Haut.

»Genau genommen sind es vier Leute«, sagte er, »du hast Tina vergessen.«

»Tina hat doch nur eine halbe Stelle, und sie arbeitet auch noch für den Chef. Und wenn der Neue kommt, ist dein schöner Plan eh Makulatur.«

»Der Neue?!«

Fast wäre Simpel der Bierkrug aus der Hand gefallen.

»Welcher Neue? Weißt du da irgendwas?«

»Eigentlich soll ich nichts verraten«, sagte Bauer, »aber wie es aussieht, bekommt ihr morgen schon Verstärkung.«

»Morgen schon? Übernimmt der Neue dann gleich die Dienstgruppe?«

Bauer winkte dem Wirt und hob seinen leeren Krug.

»Du auch noch eins?«, fragte er.

Simpel schüttelte den Kopf.

»Los, sag schon, was weißt du noch? Wer ist es? Woher kommt er?«

»Ich weiß gar nichts. Der Chef hat nur gemeint, dass es eine ganz schöne Überraschung für dich werden wird.«

»Überraschung?«

»Der wird ganz schön schauen, der Stefan, hat er gesagt. Aber mehr weiß ich wirklich nicht, ich schwöre es. Und jetzt trinken wir noch eins, komm!«

Aber Simpel bestellte sich nur ein Alkoholfreies. Der Neue sollte morgen keinen falschen Eindruck von ihm bekommen.

So gegen halb eins verabschiedeten sich die beiden.

»Halt mich auf dem Laufenden wegen dem goldenen Toten! Und viel Spaß morgen!«

Simpel grübelte den ganzen Nachhauseweg. Wer konnte der Neue sein? Jemand, den er kannte, aber wer? Hertle hatte gut reden. Eine Überraschung! Wenn Stefan Simpel eines hasste, dann waren das Überraschungen.

Am Nachbartisch schaute man den beiden hinterher.

Ein Dünner mit Glatze setzte sein Glas ab.

»Däi zwaa worn doch vo der Bollizei, odder?«

»Die waren alle von der Polizei. Zu dem einen haben sie ›Hauptkommissar‹ gesagt.«

Der Dünne kratzte sich am Kopf.

»Maansd, däi homm uns zughört? Iich Debb erzähl lauthals, dass mei Hänger kann TÜV mer hodd.«

»Was interessiert denn die dein TÜV. Die müssen einen Mörder finden.«

»Scho, aber drodzdem fohr i morgn glai hii, zum Düff. Bei der HUMA gäihds aa ohne Anmeldung, odda?«

»Den gibt's nicht mehr, den TÜV bei der HUMA, Der ist jetzt ein Stück weiter hinten. Außerdem, wenn die einen verhaften, dann doch den Ludwig.«

»Freili, der hod ja neibieselt in däi Glooschüsseln, däi wo der Dombrowski um unsern schäina Brunna rum baut hod.«

Der Angesprochene fuhr auf.

»Mich verhaften? Warum denn? Bloß weil ich da reingepinkelt hab, bring ich doch keinen um. War teuer genug, die Geschichte. Da hätte ich mein Klo daheim zweimal vergolden können.«

»Drodzdem däd i mir an deiner Stell scho mool an Anwalld soung, ja werggli.«

»Meinst?«

»Scho!«

*

»Guten Morgen, Tina.«

Simpel schnupperte. Im ganzen Sekretariat roch es süßlich, irgendwie nach Räucherstäbchen.

»Sag mal, was duftet denn hier so?«

Tina strahlte ihn an.

»Ha, wusste ich doch, dass du nicht so ein Ignorant bist wie die anderen. Der Manuel hat gesagt, es stinkt, und der Horst ... Na, den kannst eh vergessen bei so was. Das ist ein Raumspray, Spirit Life. Es reinigt die Luft von schlechten Energien. Hat mir Sebastian gestern Abend mitgebracht. Toll nicht? Spürst du schon was?«

Sebastian, das war wohl ihr neuer Freund. Klar, dass sie das Spray toll fand. Simpel zögerte. Er wollte Tina nicht vor den Kopf stoßen.

»Hm, ich weiß nicht. Das dauert vielleicht ein wenig, bis man was merkt. Aber interessant riecht es auf jeden Fall.«

Tina sah ihn enttäuscht an. Sie hatte sich mehr Begeisterung erwartet.

»Du sollst übrigens gleich zum Chef kommen. Er hat eine Überraschung für dich, hat er gesagt.«

Die ominöse Überraschung, der Ersatz für Jochen. Die ganze Nacht hatte er deswegen unruhig geschlafen.

Er klopfte bei Hauptkommissar Hertle an, trat ein und traute seinen Augen nicht.

Mike Ziegler. Am Fenster lehnte Mike Ziegler.

Das konnte doch nicht wahr sein! Ausgerechnet Ziegler, der frühpensionierte Hauptkommissar, der sich beim Kunigundenmord in Lauf vor einem Jahr ständig in seinen Fall eingemischt hatte. Sie waren einige Male kräftig aneinandergeraten. Den hätte er hier am allerwenigsten erwartet. Der war doch schon lange nicht mehr im Dienst.

Hertle klopfte Simpel auf die Schulter.

»Setz dich, Stefan. Da schaust du, was? Der Mike wird dein neuer Partner, zumindest für die nächsten Wochen. Wir können einen so erfahrenen Kriminaler gut brauchen, mit dieser Goldleiche am Hals.«

Simpel war sich da nicht so sicher. Auch Ziegler wirkte nicht allzu begeistert.

»Herr Simpel, ja, so sieht man sich wieder. Aber keine Angst, ich bin zwar der Ersatz für Jochen Bauer, aber ich bin nicht Ihr neuer Vorgesetzter. Ich bin nur ein kleiner Praktikant. Der Boss sind diesmal Sie.«

Hauptkommissar Ziegler schaute etwas säuerlich. Simpel verstand jetzt überhaupt nichts mehr. Praktikant? Was sollte das denn?

Hertle klärte ihn auf. Ziegler, der vor sechs Jahren nach einem Unfall vorzeitig in den Ruhestand geschickt worden war, wollte wieder in den aktiven Dienst. Dazu musste er, unter anderem, ein Wiedereingliederungs-Praktikum absolvieren. Hertle war das zu Ohren gekommen und … hier war er nun, der neue Mitarbeiter der Schwabacher Mordkommission.

»So, Mike, jetzt stell ich dir die anderen vor.«

Hertle war nicht entgangen, dass weder Simpel noch Ziegler sonderlich begeistert wirkten. Das hatte er sich anders vorgestellt. Aber die würden sich schon noch zusammenraufen, die beiden.

Er rief alle im Besprechungsraum zusammen. Horst Vogel kannte Mike Ziegler von früher. Sie hatten einige Einsätze in Wackersdorf zusammen durchgestanden, Anfang der Achtziger.

»Mensch Mike, lang is' her. Schau …«

Vogel zog sein Maßband aus der Hosentasche, das er jeden Tag um eine Zahl kürzte.

»Ich hab bloß noch 56 Tage. Dann hab ich mei Ruh. Bist natürlich eingladn auf mei Feier. Echt schee, dass du edz da bist.«

Manuel Küppers kannte den Hauptkommissar von einer Fortbildung. Ziegler hielt schon seit einiger Zeit Vorträge zum Thema Betäubungsmittel. Als ehemaliger Drogenfahnder konnte er den trockenen Stoff mit Anekdoten aus seiner langjährigen Praxis auflockern. Das hatte den jungen Polizisten beeindruckt. Küppers schälte seine langen Beine unter dem Tisch hervor und gab Ziegler ehrfürchtig die Hand.

Martina Kaczmarek lächelte den neuen Kommissar an.

»Herzlich willkommen. Sie umgibt eine positive Energie, das habe ich gleich gespürt. Sie sind also der Nachfolger von Jochen Bauer?«

Hertle räusperte sich.

»Nein, Herr Ziegler ist hier erst einmal Praktikant.«

Alle außer Simpel sahen ihn erstaunt an.

»Ja, ähm ...«

Hertle wusste nicht so recht, was er sagen sollte. Da half ihm Ziegler aus der Klemme.

»Ich glaube, es ist besser, ich erzähle meine Geschichte selbst, bevor ihr sie von anderen hört.«

Dabei sah er Simpel an.

Dann erzählte Ziegler von dem Einsatz damals bei der Drogenfahndung.

Wie sie den Dealer auf der Autobahn verfolgten. Wie der die Kontrolle über seinen Wagen verlor und dadurch eine Massenkarambolage auslöste. Wie er beobachtete, dass ein blauer Renault Twingo von einem 40-Tonner völlig zusammengestaucht wurde und wie ihm im selben Moment klar wurde, dass darin seine schwangere Freundin saß. Wie er dann über die Autobahn rannte, dabei das Feuerwehrauto übersah und am selben Tag seine Freundin, das Baby und seinen Unterschenkel verlor.

Tina entfuhr ein »Oh Gott!«, die anderen schwiegen betreten.

Ziegler setzte sich auf die Schreibtischkante. Er sah blass aus.

»Das ist jetzt sechs Jahre her, und ich habe lange genug die Wand angestarrt. Ich möchte wieder als Polizist arbeiten. Deshalb das Praktikum.«

Immer noch herrschte Stille. Dann gab sich Simpel einen Ruck.

»Ich muss zur Autopsie. Wie wäre es, wenn Sie gleich mitkommen, Herr Ziegler. Unterwegs erzähle ich Ihnen das Wichtigste zu dem Fall.«

»Klar, Chef«, antwortete Ziegler und nahm seine Jacke.

*

»Guten Tag, Frau Dr. Pfeiffer. Sie erinnern sich, Simpel von der Kripo Schwabach. Das hier ist mein Kollege, Hauptkommissar Ziegler.«

Dr. Pfeiffer nickte kurz und führte die beiden in den Sektionssaal. Dort lag Benedict Dombrowski auf einem Tisch. Schädel und Brustkorb waren bereits geöffnet. Ein junger Assistenzarzt zog gerade einen langen Schnitt vom Brustbein bis hinunter in den Lendenbereich. Er klappte die Hautlappen auseinander und die inneren Organe lagen frei.

Dr. Pfeiffer wandte sich an Ziegler.

»Herr Hauptkommissar, Sie sehen, wir sind noch nicht ganz fertig.«

Die Ärztin hielt automatisch den älteren Ziegler für den Chef. Das ärgerte Simpel. Zu allem Überfluss übernahm Ziegler auch noch die Initiative.

»Können Sie uns trotzdem schon etwas sagen?«, fragte er.

»Wir haben zwei schwere Schädel-Hirn-Traumata«, antwortete die Ärztin. »Da ist einmal diese Verletzung am Hinterkopf. Der Parietallappen weist eine zwei Zentimeter tiefe Wunde auf.«

Ziegler hob die Augenbrauen.

»Da hat jemand ziemlich kräftig zugeschlagen.«

»Oder es ist ein besonders schwerer Gegenstand

gewesen. Ziehen wir keine voreiligen Schlussfolgerungen«, sagte Simpel. »Und was ist mit der zweiten Verletzung, der an der Stirn?«

Dr. Pfeiffer blickte irritiert zwischen Simpel und Ziegler hin und her.

»Da sind die Wundränder scharf umrissen, ein zwölf Zentimeter langer Streifen. Vielleicht von einer Tischkante. Der obere linke Gesichtsschädel wurde durchstoßen und Knochensplitter sind tief in den präfrontalen Cortex eingedrungen. Jede der beiden Verletzungen wäre für sich alleine tödlich gewesen.«

»Und was ist das hier?«

Simpel deutete auf Abschürfungen in der rechten Gesichtshälfte.

»Die hat er sich vermutlich beim Aufprall auf den Boden zugezogen. Auch am rechten Oberarm habe ich Schürfwunden gefunden.«

»Das heißt,«, sagte Ziegler mit einem vorsichtigen Seitenblick auf Simpel, »es könnte sich folgendermaßen abgespielt haben: Das Opfer bekam einen Schlag auf den Hinterkopf. Beim Fallen stieß es an eine scharfe Kante und zog sich so die zweite Verletzung zu.«

Die Ärztin nickte.

»In etwa so hat es sich abgespielt.«

»Könnte es sich abgespielt haben«, schränkte Simpel ein. »Haben Sie sonst noch etwas gefunden?«

»Proben von den Wundrändern sind schon auf dem Weg ins Labor. Vielleicht finden die heraus, mit was der Mörder zugeschlagen hat.«

»Oder die Mörderin«, ergänzte Simpel. »Danke, Frau Dr. Pfeiffer. Den ausführlichen Bericht hätte ich gerne so schnell wie möglich. Haben Sie sonst noch etwas?«

»Nein.«

Dr. Pfeiffer wandte sich an den obduzierenden Arzt.

»Paul, hast du noch was?«

Der Angesprochene öffnete gerade den Magen des Toten. Sofort verbreitete sich ein beißender Geruch im Raum. Der Arzt schaufelte etwas vom Mageninhalt in eine Edelstahlschüssel und stocherte darin herum.

»Er hat vor seinem Tod gut gegessen. Roastbeef, Tortellini, Salat, Rotwein. Eine Probe schicke ich gleich ins Labor.«

Simpel wandte sich ab. Blut machte ihm nichts aus, aber bei Erbrochenem war er ziemlich empfindlich. Er drängte zum Aufbruch.

»Den Bericht schicken Sie mir bitte per E-Mail, sobald Sie fertig sind.«

»Das mach ich, aber ich glaube nicht, dass wir noch etwas wesentlich Neues zur Todesursache herausfinden. Wir haben übrigens festgestellt, dass der Tote bewegt wurde. Aber das wissen Sie sicher schon.«

Simpel nickte.

»Danke. Wir hören dann voneinander.«

Er war ein wenig blass um die Nase. Der Assistenzarzt grinste.

»Sie können gerne noch bleiben und zuschauen. Es dauert vielleicht noch eine halbe Stunde.«

Simpel verzichtete auf eine Antwort.

Auf dem Weg nach draußen kamen sie an einer Toilette vorbei.

»Entschuldigen Sie mich bitte!«, sagte Simpel und verschwand durch die Tür.

Als er sich das Gesicht wusch, sah er sein Spiegelbild wütend an. Verdammt, ausgerechnet wenn Ziegler dabei war, musste ihm das passieren! Der hatte bestimmt wieder einen väterlichen Ratschlag für ihn.

Ziegler stand auf dem Parkplatz und rauchte einen Cohiba-Zigarillo. Mit keinem Wort ging er auf Simpels Unpässlichkeit ein. Auf der Heimfahrt begann er ein unverfängliches Gespräch über Oldtimer. Er wusste, dass Simpel, ebenso wie er selbst, für alte Autos schwärmte.

*

Der Aufzug in der Chefetage der BUBA AG öffnete sich mit einem leisen Zischen. Ein Mann in einer abgewetzten Lederjacke und mit ungewöhnlich hellen blauen Augen trat ins Büro. Die Sekretärin drückte den Knopf der Sprechanlage.

»Herr Buxmann, Herr Stankovic ist da.«

»Soll in fünf Minuten reinkommen«, quäkte es aus dem Lautsprecher.

»Sie haben es gehört, Herr Stankovic. Nehmen Sie bitte Platz.«

Der Mann brummte etwas Unverständliches und setzte sich auf einen der Besucherstühle.

Die Sekretärin versuchte weiterzuarbeiten, doch es fiel ihr schwer, sich zu konzentrieren. Dieser Stankovic war ihr unheimlich. Ihr Chef empfing zwar häufiger zwielichtig wirkende Gestalten – »Die Baubranche ist kein Ponyhof«, pflegte er zu sagen – aber der da, dieser wortkarge Serbe, machte ihr richtig Angst. Dabei existierte er gar nicht, zumindest nicht in den Abrechnungen der BUBA AG. Und als Chefsekretärin hatte sie in vieles Einblick, auch in die Unterlagen, die nicht für die Augen der Steuerprüfer bestimmt waren. Seit drei

Jahren tauchte dieser Stankovic regelmäßig im Büro auf, mindestens einmal im Monat. Er sprach nur mit dem Chef persönlich. Niemand sonst in der Firma hatte Kontakt zu ihm. Es gab schon die wildesten Gerüchte. Privatdetektiv soll er sein, erzählte man sich. Und bei der serbischen Geheimpolizei soll er gewesen sein. Bürotratsch halt.

Ein Lämpchen an der Sprechanlage leuchtete auf.

»Sie können jetzt rein, Herr Stankovic.«

Der Serbe stand auf. Als er an der Sekretärin vorbeiging, ruhten seine Augen kurz auf ihrem Dekolleté. Sie zog die Schultern hoch und schloss den obersten Knopf ihrer Bluse.

»Hallo Bojan! Schön, Sie zu sehen. Wie geht es Ihnen?«

Der Bauunternehmer erhob sich aus seinem Sessel und drückte seinem Gast die Hand. Diese verschwand fast in den Pranken des Zweimetermannes, der in seinem feinen Armani-Anzug ein wenig kostümiert wirkte.

»Danke, mir geht es gut. Warum haben Sie es so eilig? Wir hatten doch erst nächste Woche ausgemacht.«

»Ah, das ist der Bojan, den ich kenne. Kommt immer gleich zur Sache, keine Zeit für Smalltalk.«

»Zeit ist Geld. So heißt es doch. Also, was gibt es?«

Buxmann setzte sich. Er lehnte sich nach vorne, stützte die Ellenbogen auf den Tisch und legte die Fingerspitzen aneinander.

»Sie wissen genau, um was es geht, Bojan.«

»Um Dombrowski? Der Auftrag ist fast abgeschlossen.«

»*Fast abgeschlossen* ist wohl stark untertrieben. Ich würde sagen, er ist erledigt. Ein für alle Mal.«

»Da bin ich anderer Meinung. Es fehlen noch die 150 000 Euro. Deswegen haben Sie mich doch engagiert.«

Stankovic verengte die Augen zu kleinen Schlitzen.

»Sie bekommen doch nicht etwa kalte Füße?«

Buxmann lief eine Gänsehaut den Rücken hinunter. Er hatte den Serben zwar noch nie in Aktion erlebt, aber er kannte die Ergebnisse seiner »Arbeit«.

»Nur die Ruhe, Bojan! Ich bin Ihr Freund.«

Der Serbe schnaubte verächtlich. Er verschränkte die Arme.

Buxmann stand auf und rückte ein Bild gerade, das neben seinem Schreibtisch an der Wand hing. Es zeigte ihn beim gemeinsamen Spatenstich mit dem Verkehrsminister.

»Sie müssen mich verstehen, Bojan. Ich habe Ihnen den Auftrag gegeben, etwas Druck auszuüben, damit Dombrowski mir endlich mein Geld zurückgibt, und eine Woche später liegt er tot in der Schwabach. Wenn die Polizei davon Wind bekommt, sind wir beide in großen Schwierigkeiten.«

»Gar nichts sind wir. Weil nämlich keiner darauf kommen wird. Es gibt keinerlei Verbindung zwischen uns. Nichts, was die Polizei finden könnte, nicht mit den Methoden, die die zur Verfügung haben.«

»Trotzdem kann ich das Risiko nicht eingehen, das müssen Sie doch verstehen.«

»Ich verstehe nur eines. Sie haben Angst, Buxmann, und deshalb schicken Sie mich in die Wüste. Wollen Sie denn Ihr Geld nicht mehr zurück?«

Der Bauunternehmer winkte ab.

»Die 150 000 hole ich mir schon noch. Die Witwe macht sich doch sofort ins Höschen, wenn ich ihr ein paar Anwälte auf den Hals hetze. Da brauche ich keinen ... Spezialisten wie Sie.«

»Der Mohr hat seine Schuldigkeit getan, der Mohr kann gehen. So sagt es doch Ihr großer Dichter Friedrich Schiller. Und was ist mit meinem Honorar?«

»Irgendwann müssen Sie mir erzählen, wo Sie so gut Deutsch gelernt haben, Bojan. Und was das Honorar angeht, den heutigen Tag zahle ich selbstverständlich noch.«

Stankovics Miene versteinerte.

»Und für den Rest der Woche bekommen Sie die Hälfte«, fügte Buxmann schnell hinzu. »Mehr können Sie nicht verlangen.«

Der Serbe erhob sich.

»Es ist immer eine Freude, mit Ihnen Geschäfte zu machen. Wir hören voneinander.«

Der Bauunternehmer wischte sich mit einem Taschentuch den Schweiß von der Stirn.

»Ich denke, es ist besser, wenn wir unsere Geschäftsverbindung für eine Weile ruhen lassen. Bis Gras über die Sache gewachsen ist.«

Der Blick des Serben wurde noch einen Hauch eisiger.

»Wenn Sie meinen, Buxmann. Also, bis irgendwann.«

Er verließ das Büro, ohne die Tür hinter sich zu schließen. Der Sekretärin nickte er kurz zu und verschwand im Fahrstuhl.

Alexander Buxmann lehnte sich zurück und spielte mit dem Siegelring an seiner rechten Hand. Dann griff er zum Telefon.

*

Es waren nur noch wenige Badegäste da. Der Himmel zog sich schon seit einiger Zeit zu.

Da vorne saß Astrid im Gras. Sie hatte schon ihren Neoprenanzug an. Stefan Simpel sah auf die Uhr. Er war pünktlich, drei Minuten vor sieben. Für 7 Uhr hatten sie sich verabredet, am kleinen Rothsee bei Birkach. Sie wollten eine Stunde schwimmen, Training für den Triathlon in der Schweiz.

Astrid Leninger hatte er letztes Jahr in Lauf an der Pegnitz kennengelernt. Vor ein paar Wochen hatte sie Simpel angerufen. Sie hatte seinen Namen auf der Teilnehmerliste für den internationalen Polizeitriathlon entdeckt und ihn gefragt, ob er Lust habe, ab und zu gemeinsam mit ihr zu trainieren.

Er hatte sofort zugesagt. Alleine trainieren ist ziemlich langweilig und – na ja, Astrid gefiel ihm.

Es kribbelte verdächtig in seiner Magengegend. Hoffentlich wurde er nicht wieder wegen irgendeines Blödsinns rot. Stopp, nicht daran denken, sie waren schließlich nur zum Schwimmen hier.

»Hallo Stefan.«

Astrid sprang auf.

Mit dem hautengen Anzug, den langen blonden Haaren und der süßen Himmelfahrtsnase sah sie hinreißend aus, eine richtige Wassernixe.

Die Begrüßung wurde irgend so ein verunglücktes Zwischending zwischen Händeschütteln und Umarmen.

Simpel zog sich schnell um.

Dann setzte er sich neben Astrid, und sie unterhielten sich eine Weile über berufliche Dinge. Astrid war frischgebackene Polizeimeisterin und machte Streifendienst in Nürnberg-Mitte. Simpel erzählte vom

Goldschlägermord. Als er erwähnte, dass Ziegler bei ihm als Praktikant angefangen hatte, freute sich Astrid.

»Das ist toll, dass der Herr Ziegler wieder richtig einsteigt. Ich sehe ihn ab und zu am Laufer Marktplatz, wenn er im *Café Streng* mit Dr. Weidner Schach spielt. Manchmal unterhalten wir uns ein bisschen. Das ist ein richtig netter, der Ziegler.«

Simpel spürte einen Anflug von Eifersucht. Dabei war es ganz normal, dass Astrid dem Hauptkommissar hin und wieder begegnete. Beide wohnten schließlich in Lauf.

Astrid stand auf.

»Fangen wir an? Laut Wetterbericht soll es heute noch kräftige Gewitter geben.«

Sie band ihre Haare zusammen und lief zum Ufer.

»Wenn der Mike Ziegler an eurer Goldleiche mitarbeitet, werdet ihr den Fall sicher bald gelöst haben«, rief sie und verschwand im Wasser.

Simpel stürzte sich ebenfalls ins Wasser und zog mit kräftigen, aggressiven Zügen an ihr vorbei.

Ziegler, der tolle Ziegler!

Nach einer halben Stunde hörte Astrid auf zu schwimmen und zeigte nach oben. Tiefschwarze Wolken standen über ihnen. Schon begann es zu donnern, und die Warnleuchte am Staudamm blinkte. Sie schwammen schnell ans Ufer. So rasch wie möglich zogen sie sich an.

»Ganz in der Nähe ist der *Eichelburger Hof*. Wollen wir da noch eine Kleinigkeit essen?«, fragte Astrid ziemlich außer Atem.

Sie stopfte eilig ihre Schwimmsachen in die Tasche. Immer mehr Blitze zuckten am Himmel, und es stürmte kräftig.

Natürlich war Simpel einverstanden. Er wollte gerne noch ein wenig Zeit mit Astrid verbringen.

Sie rannten Richtung Parkplatz. Der Wind war jetzt so stark, dass sie dagegen ankämpfen mussten. Blätter und Zweige wirbelten durch die Luft. Die letzten Badegäste suchten das Weite oder stellten sich beim Kiosk unter. Da ging es auch schon los. Von einer Sekunde auf die andere goss es wie aus Kübeln. Innerhalb kürzester Zeit waren Simpel und Astrid klatschnass.

So konnten sie natürlich nicht in ein Gasthaus gehen.

Als sie bei Astrids Honda angekommen waren, zuckte sie bedauernd mit den Schultern. Sie bedeutete Simpel mit der Hand, dass sie ihn anrufen würde, stieg ein, und weg war sie.

Simpel rannte zu seinem Auto. Er war nass bis auf die Knochen. Er legte ein Handtuch auf den Sitz. Der Originalbezug des 1990er Golf sollte keine Wasserflecken bekommen. Dann fuhr er nach Hause.

Verdammtes Gewitter!

*

»Guten Morgen Frau Kaczmarek.«

Ziegler war ausgesprochen guter Laune. Er war wieder im Dienst. Zugegeben, nur als Praktikant, aber nach der langen Zeit des Nichtstuns fühlte er sich endlich wieder wie ein ganzer Mensch. Nun ja, nicht ganz, ihm fehlte das eine Bein, aber damit kam er ganz gut zurecht.

»Guten Morgen Herr Ziegler. Sie können übrigens ruhig Tina zu mir sagen. Das ist schön, dass Sie so gut gelaunt sind.«

Tina musste immer wieder an die schreckliche Tragödie denken, die der Hauptkommissar erlebt hatte. Sie würde heute im Buch der heiligen Elisabeth von Bingen nachschauen, welcher Edelstein dem Kommissar guttun würde.

»In Ordnung, Tina. Ich bin der Mike. Oh, Gummibärchen, kann ich eins haben!?«

In einem kleinen Schälchen neben dem Rosenquarz lagen Gummibärchen, nach Farben sortiert und liebevoll zu einem Kreis angeordnet. Er nahm sich ein grünes.

»Nein, bitte nicht, die sind nicht für uns.«

Tina war ein bisschen rot geworden.

»Die sind für die Kobolde.«

Ziegler sah sich das Schälchen noch einmal genau an.

»Für die Kobolde?«, fragte er.

»Ja.«

»Das tut mir leid. Jetzt habe ich eines aufgegessen.«

»Schon gut.«

Tina ersetzte das fehlende grüne Gummibärchen und reichte Ziegler die Tüte.

Der nahm sich ein paar heraus. Tina packte die Tüte wieder weg. In dem Moment erschien Simpel.

»Morgen Tina, Morgen Herr Ziegler. So früh schon Gummibärchen? Na, warum nicht.«

Simpel nahm sich ein gelbes aus dem Schälchen.

»Nein«, rief Ziegler. »Die sind nicht für uns. Die sind für die Kobolde.«

Simpel schaute von Ziegler zu Tina und wieder zurück, das gelbe Gummibärchen noch immer in der Hand.

Tina holte die Tüte erneut aus der Schublade, ersetzte das gelbe Bärchen und hielt Simpel die Tüte hin.

»Schau nicht so, als ob du gleich die Männer mit den weißen Turnschuhen holst. Da, nimm noch eins«, sagte sie.

Simpel winkte ab und verschwand zusammen mit Ziegler Richtung Besprechungsraum.

»Ich soll euch übrigens ausrichten, dass der Chef heute bei der Besprechung nicht dabei sein kann«, rief Tina ihnen nach. »Der kommt später, warum, weiß ich nicht.«

Simpel und Ziegler setzten sich an den Besprechungstisch. Horst Vogel war schon da. Nur auf Manuel Küppers mussten sie noch warten, der telefonierte.

»Was war das denn jetzt mit den Kobolden?«, fragte Simpel.

Vogel lachte.

»Allmächd, ihr habt doch hoffentlich ka Gummibärla gessen?«

Er schüttelte den Kopf.

»Wird scho wieder normal werdn, des Madla. Wartet's ab, neue Liebe, neuer Spleen.«

Ziegler überlegte, ob noch Zeit für einen Zigarillo im Hof war. Doch da kam Küppers mit einigen Blättern in der Hand und setzte sich, beziehungsweise er faltete seine langen Beine unter dem Tisch zusammen.

Simpel zögerte.

Eigentlich war Ziegler der Ranghöhere und auch der Dienstältere. Es war schon eine seltsame Sache, das mit diesem Praktikum. Simpel berichtete den anderen von den vorläufigen Ergebnissen der Obduktion.

Vogel hatte Neuigkeiten von der Spurensicherung.

»Also, an der Folie sind überhaupt keine Fingerabdrück. Der Mörder hat Handschuh getragn. Die Kleidung von dem Dombrowski wird noch auf DNA-Spuren untersucht. Erste Ergebnisse dazu gibt's aber erst morgn.«

Küppers rutschte schon die ganze Zeit auf seinem Stuhl hin und her. Er nahm seine Notizen.

»Ich habe etwas sehr Interessantes herausgefunden. Dombrowski bekam vor ungefähr zwei Jahren von der«, hier musste er in seinen Unterlagen nachschauen, »BUBA AG, das ist eine Baufirma, die einem gewissen Alexander Buxmann gehört, einen Auftrag für ein großes Kunstwerk am neuen Firmensitz. Übrigens, meines Wissens sein letzter Großauftrag. Jedenfalls gab es wohl im Laufe der Planungen Unstimmigkeiten zwischen Buxmann und Dombrowski. Der wollte, warum weiß ich noch nicht, das Kunstwerk plötzlich nicht mehr machen, hatte aber schon einen Vorschuss bekommen. Moment ...« – Küppers blätterte in seinen Ausdrucken herum – »in Höhe von 150 000 Euro.«

Vogel pfiff durch die Zähne.

Küppers fuhr fort.

»Das Ganze ist vor Gericht gelandet. Die Prozessakten habe ich schon angefordert.«

Er sah Simpel an, der nickte.

»Gut gemacht.«

Küppers berichtete weiter.

»Ich habe beim Zoll und bei der Nürnberger Kripo angerufen. Die haben mir erzählt, dass dieser Buxmann einigen Dreck am Stecken hat. Er ist schon häufiger mit dem Gesetz in Konflikt geraten. Zum Beispiel wegen der Beschäftigung von Schwarzarbeitern, aber auch wegen etlicher anderer Straftaten. Er ist nicht gerade zimperlich, wenn Mieter nicht aus den Wohnungen ausziehen wollen, die er saniert. Verurteilt wurde er aber erst einmal. Da hatte er ein paar Rocker engagiert, um einen Konkurrenten krankenhausreif schlagen zu lassen. Auch diese Akten sind schon unterwegs.«

»Gut«, sagte Ziegler. »Wir brauchen auch noch die Unterlagen über die anderen Fälle, bei denen es nicht für eine Verurteilung gereicht hat. Den Herrn Buxmann sollten wir genauer unter die Lupe nehmen.«

Er sah zu Simpel. Der war der gleichen Meinung.

»Das sollten wir auf jeden Fall tun. Aber nach der Mittagspause gehen Herr Ziegler und ich erst einmal zur Zeitung. Manuel, du versuchst noch mehr über Dombrowski und diesen Buxmann herauszufinden. Kontaktiere auch mal die Kollegen von der Steuerfahndung. Und du, Horst ...«

»Ich geh noch a mal Klinken putzn. Da gibt's noch a paar Anwohner, die wo mir noch ned erwischt ham. Is ja schönes Wetter heut.«

»Prima. Und Tina macht uns einen Termin bei diesem Bauunternehmer.«

Er stand auf. Die Besprechung war beendet.

Simpel ging in sein Büro. Er wollte Astrid anrufen.

Ziegler war unterwegs zum Lift, die Schachtel mit den Zigarillos in der Hand.

»Mahlzeit!«

Vogel steckte seinen Kopf durch die Tür.

»Kommt ihr mit? In Schaftnach is heut Schlachtschüssl. Da gibt's die beste Blutwurst überhaupt.«

Schlachtschüssel bei 30 Grad im Schatten. Simpel und Ziegler winkten ab.

Vogel zog die Mundwinkel nach unten.

»Ned? Scho recht, muss ich halt allein gehn, wenn mich die Kollegen im Stich lassn.«

Simpel stand auf. Als derzeitiger Dienstgruppenleiter fühlte er sich für die Stimmung im Team verantwortlich.

»Ich gehe mit, Horst. Da gibt es ja auch was anderes als Blutwurst. Kommen Sie auch mit, Herr Ziegler?«

Ziegler nickte, in einem Biergarten durfte er wenigstens rauchen.

So saßen die drei Polizisten eine Viertelstunde später in Schaftnach unter den großen Kastanien. Unter der Woche war nicht so viel los, und sie wurden vom Chef persönlich bedient.

»Wos derf's denn sei bei euch?«

Vogel nahm die große Schlachtschüssel mit Blutwurst, Leberwurst, Kesselfleisch und weißer Stadtwurst. Simpel und Ziegler entschieden sich für Schnitzel mit Kartoffelsalat. Der war hier besonders gut. Vogel bestellte ein Dunkles.

»Ich als Fast-Pensionär derf des scho, gell? Und Schlachtschüssel ohne Bier, des kannst eh vergessn.«

Simpel bestellte sich ein alkoholfreies Weizen.

Vier braungebrannte ältere Herren in Fahrradkluft setzten sich an den Nebentisch.

Nachdem sie bestellt hatten, zog einer eine Landkarte aus seinem Rucksack. Es begann eine lebhafte Diskussion. Soweit man es verstehen konnte, planten die vier eine Fahrradtour in Norwegen.

Vogel deutete zum Nachbartisch.

»So was mach ich dann a, wenn ich Rentner bin. Ihr dürft dann alleins im Büro schwitzen.«

Da kam auch schon das Essen.

Vogel schnitt die Blutwurst an.

»Sag a mal, Mike ...«

Fett und Blut quollen aus dem Darm heraus. Er vermischte die Masse mit dem Sauerkraut.

»... ich versteh wirklich ned, warum du so scharf drauf bist, wieder einzusteign. Die paar Jahr bis zu deiner Pensionierung, des rentiert sich doch gar ned.«

Ziegler nahm einen großen Schluck von seiner Apfelschorle.

»Ich habe einfach genug davon, zu Hause zu sitzen und Däumchen zu drehen. Vielleicht ...«

Vogel unterbrach ihn.

»Bräucherst halt auch so a Ranch, wie ich. Da hab ich genug zu tun, bis ich den Löffel abgeb.«

»In meinem Garten in Lauf gäbe es auch genug zu tun. Aber echte Polizeiarbeit ist etwas anderes, das musst du zugeben.«

»Hör doch auf! Erst läufst dir die Füß platt und am End steckst irgendan armen Teufel hinter schwedische Gardinen. Ich brauch des nimmer.«

»Horst«, sagte Simpel, »du hast deinen Ruhestand wirklich verdient. Aber nicht jeder denkt so wie du. Ich finde es gut, dass Herr Ziegler wieder ...«

Vogel winkte ab.

»Du bist a noch a junger Spund. Wart ab, bis du in mei Alter kommst. Aber edz a mal was andres. Warum sagst du immer *Herr Ziegler*? Ihr zwaa habt doch scho mal zusammen gearbeitet. In einer ziemlich dramatischen Sach, wie man so ghört hat. Mir in der Inspektion sagn alle Du. Bloß ihr zwaa ned. Hat des an Grund?«

Simpel und Ziegler sahen sich an. Der Wirt kam an den Tisch.

»Bassd alles bei euch?«

Die drei nickten.

*

Nach der ausgiebigen Mittagspause im Biergarten machten sich Simpel und Ziegler auf den Weg zum *Schwabacher Boten.* Dort wurden sie schon erwartet.

Der Journalist schob ihnen einen Stapel Papiere über den Tisch.

»Ich habe schon mal alles kopiert, was ich noch im Archiv gefunden habe. Normalerweise werfen wir Leserbriefe nach drei Monaten weg. Aber diese Brunnengeschichte hat so hohe Wellen geschlagen, da habe ich ein paar aufgehoben. Das war schon ein Ding. Dombrowski hat die Spießergesellschaft hier ziemlich aufgemischt. Dabei sollten die Schwabacher froh sein, einen Künstler von Weltrang hier zu haben. Andere Städte würden sich die Finger danach lecken.«

»Sie haben keine allzu hohe Meinung von ihren Mitbürgern, oder?«, fragte Ziegler.

»Na ja, ist halt Provinz hier, was soll man da erwarten. Ich habe in München volontiert, bei der *Süddeutschen Zeitung*. Das ist ein ganz anderes Niveau als hier. In Franken gilt ja schon die Erweiterung der Gartenzwergsammlung eines Heimatmuseums als bedeutendes kulturelles Ereignis.«

»Warum gehen Sie dann nicht wieder zurück nach München?«

»Als Redakteur bei der *SZ*? Das ist fast aussichtslos. Die nehmen nur die Allerbesten. Und bevor ich beim *Münchner Merkur* lande, bleibe ich lieber hier in Schwabach. Da kann ich wenigstens ein bisschen Licht in das kulturelle Dunkel Frankens bringen.«

Simpel interessierte die Lebensgeschichte des Redakteurs wenig.

»Kannten Sie Dombrowski eigentlich persönlich?«, fragte er.

»Ich kannte ihn sogar recht gut. Ich habe einige Interviews mit ihm gemacht und über alle seine Ausstellungen berichtet. Das waren aber nicht mehr viele in letzter Zeit, genau genommen gar keine mehr.«

»Warum das denn?«

»Ich vermute, er hatte eine kreative Krise. Das passiert auch den Besten manchmal. Ziemlich pleite war er auch, soweit ich weiß.«

»Pleite? Ich dachte, er war steinreich. Allein die *cubos* haben ihm doch mehr als eine Viertelmillion eingebracht.«

»Das ist aber auch schon eine ganze Weile her. Der Markt für Großskulpturen ist momentan so gut wie tot. Die Konzerne haben kein Geld mehr für so was. Die Finanzkrise.«

»Und Kleingartenbesitzer kommen als Kunden natürlich nicht infrage« sagte Ziegler. »Aber was ist mit dem Geld, das er vor der Wirtschaftskrise verdient hat?«

Der Journalist lehnte sich zurück.

»Sie haben Glück, dass Sie zu mir gekommen sind. Ich bin wahrscheinlich der Einzige in ganz Deutschland, der weiß, wo das Vermögen geblieben ist.«

Erwartungsvoll sah er die Polizisten an. Simpel tat ihm den Gefallen und fragte nach.

»Das müssen Sie uns erklären.«

»Wissen Sie, ich beherrsche mehrere Fremdsprachen: Französisch, Spanisch, Italienisch. Natürlich fließend. Deshalb besuche ich regelmäßig die Internetseiten der wichtigsten ausländischen Zeitungen. Im Gegensatz zu meinen Kollegen hier interessiert mich auch das Geschehen jenseits von Pegnitz und Main. Und da bin ich letztes Jahr beim *Corriere della Sera* auf etwas Interessantes gestoßen. Ich habe danach gleich mit Italien telefoniert.«

Ziegler trommelte mit den Fingern auf der Stuhllehne. Die Wichtigtuerei des Reporters ging ihm auf den Geist.

»Mit Italien telefoniert?«, sagte er. »Soso. Wir haben in letzter Zeit auch häufig mit Italien zu tun. Sie würden staunen, hinter wie vielen Verbrechen hier in Franken die kalabrische Mafia steckt.«

»Tatsächlich? Da müssen Sie mir mehr darüber erzählen«, sagte der Journalist.

Simpel sah Ziegler streng an.

»Mein Kollege übertreibt etwas. Aber Sie wollten uns doch von Dombrowski erzählen. Was hat der denn mit Italien zu tun?«

»Ein Schloss hat er sich dort gekauft. Mitten in der Toscana. Da staunen Sie, was?«

Simpel und Ziegler staunten angemessen.

»Eine Akademie wollte er einrichten. Mit Schülern, die nur von ihm ausgewählt werden. Millionen hat er in dieses Projekt gesteckt. Und hier bei uns hat keiner was davon gewusst. Zu der Zeit war er viel unterwegs. Da konnte er so etwas leicht geheim halten.«

»Und was ist mit dem Schloss jetzt? Hat er es wieder verkauft?«

Der Journalist lachte.

»Das hätte er sicher gerne. Aber das Gebäude ist nur noch ein Trümmerhaufen. Die Baufirma hat gepfuscht, und das ganze Ding ist in sich zusammengefallen wie ein Kartenhaus. Ich habe mir ein paar Lokalzeitungen von dort schicken lassen. Die italienischen Kollegen waren voller Häme und Spott. Die haben für den Tedesco und sein Projekt schon von Anfang an nicht viel übrig gehabt.«

»Ich verstehe. Und als sein italienisches Abenteuer gescheitert war, ist er wieder zurückgekehrt in die fränkische Provinz.«

Der Reporter nickte.

»Zu seiner Frau. Die hat ihn mit offenen Armen aufgenommen, wenn er angekrochen kam. Immer wieder. Selbst nach seinen vielen amourösen Abenteuern. Dabei hatte sie ihn gar nicht mehr nötig. Sie ist in letzter Zeit selbst erfolgreich mit ihren Schrottkunstwerken. Kleinskulpturen verkaufen sich recht gut. Ein bedeutender Münchner Galerist hat sie ins Programm genommen. Das bringt lange nicht so viel ein wie Dombrowskis Werke, aber vier- bis fünfstellige Summen schon. Da kann man ganz gut davon leben.«

Der Rest der Befragung förderte nur den üblichen Tratsch zutage. Den hatten Simpel und Ziegler schon zur Genüge gehört. Frauengeschichten, Streit mit Kollegen, Provokationen.

»Eins noch«, sagte Simpel, »haben Sie, als Kenner der hiesigen Kunstszene, eine Vermutung, wer Dombrowski so sehr gehasst haben könnte, ...«

»... dass er ihn umgebracht hat? Da habe ich auch schon darüber nachgedacht. Er hat sich sicherlich keine Freunde gemacht mit seiner Art. Aber ihn gleich umbringen? Vielleicht ein gehörnter Ehemann ... Aber Dombrowski hat in der Regel die Finger von verheirateten Frauen gelassen. Vielleicht hat eine verschmähte Liebhaberin die Initiative ergriffen, wer weiß? Und da war auch noch was mit diesem Bauunternehmer.«

»Sie meinen Buxmann?«, fragte Ziegler.

»Ja, der hatte noch ein Hühnchen zu rupfen mit Dombrowski. Und er ist nicht gerade für seine sanften Methoden bekannt. Da kann ich Ihnen gerne im Archiv ein paar Geschichten heraussuchen.«

»Über Herrn Buxmann wissen wir schon Bescheid«, sagte Simpel. »Wenn Ihnen sonst noch etwas einfällt, rufen Sie uns an.«

Die beiden Polizisten waren schon fast zur Tür draußen, da rief sie der Redakteur zurück.

»Wissen Sie, an was ich gerade denken muss? An Ihre Bemerkung mit der Mafia. Könnte es nicht sein, dass mit dem Schloss etwas nicht ganz koscher war? Es ging ja um Millionen. Da würde es mich nicht wundern, wenn … Das wäre eine Schlagzeile, ein Schwabacher Künstler wird Opfer der 'Ndrangheta.«

»Dann gehen Sie dem doch einmal nach«, sagte Simpel. »Sie haben doch beste Verbindungen nach Italien.«

Ziegler meinte noch: »Und informieren Sie uns sofort, wenn Sie etwas herausgefunden haben. Mit der Mafia ist nicht zu spaßen.«

*

»Schön hier. Richtig idyllisch.«

Simpel parkte das Auto vor der Kunstakademie. Er sah sich um.

»Vielleicht sollte ich mal eine Stadtrundfahrt machen. Seit einem Jahr bin ich jetzt hier und habe noch fast nichts von Nürnberg gesehen. Nur auf der Burg bin ich gewesen.«

»Dann beginnen wir mal mit der Führung«, sagte Ziegler.

Er deutete auf die Gebäude vor ihnen.

»Hier sehen Sie die denkmalgeschützte Anlage der Nürnberger Kunstakademie. Gleich daneben das überaus beliebte Seniorenwohnstift am Tiergarten. Und links, durch den Reichswald leider vor unseren Augen verborgen, der weltberühmte Nürnberger Tiergarten höchstselbst. Bitte verwenden Sie gegenüber einem Einheimischen niemals die Bezeichnung Zoo. Da sind die Franken sehr empfindlich. Einen Zoo gibt es in München oder bei den Preußen in Berlin, in Nürnberg, bitte schön, haben wir einen Tiergarten. Wenn Sie mir jetzt bitte folgen wollen. Unsere nächste Station ist die Kunstakademie.«

Simpel lachte und ging hinter Ziegler her.

Schau mal an, der Herr Hauptkommissar. Der mürrische Typ von letztem Jahr war ja kaum wiederzuerkennen.

Sie waren mit dem Vizepräsidenten der Kunstakademie verabredet. Dombrowski war hier seit zwei Semestern als Gastdozent tätig gewesen.

Professor Müller erwartete sie in seinem Büro.

Eine halbe Stunde später saßen die beiden Kommissare unter einem Baum neben den Akademiepavillons. Als Sitzgelegenheit dienten ihnen grob behauene Steinblöcke. Hoffentlich waren die nicht Teil irgendeines bedeutenden Werkes. Bei moderner Kunst konnte man ja nie wissen. Sie vertrieben sich die Wartezeit bis zu ihrer nächsten Befragung. Ziegler zündete sich einen Zigarillo an. Simpel zog sein Blackberry aus der Jackentasche und tippte darauf herum.

Vom Vizepräsidenten der Kunstakademie hatten sie erfahren, dass Dombrowski sich schon vor längerer Zeit auf eine Professorenstelle beworben hatte. Doch das Auswahlverfahren zog sich hin.

»Eigentlich haben wir uns alle gewundert, als wir von der Bewerbung erfahren haben. Dombrowski hat sich früher nämlich vehement geweigert, Studenten zu unterrichten. Aber er hatte wohl finanzielle Probleme. Jahrelang hat er nur Aufträge für Großplastiken angenommen, alles andere war unter seiner Würde. Dann kam die Wirtschaftskrise, und niemand wollte mehr so viel Geld für Kunst ausgeben. Da war so eine langweilige Professorenstelle auf einmal doch interessant. Er hätte sogar im Laufer Wenzelschloss unsere Lehramtsstudenten unterrichtet. Da hatte er sich bisher geweigert. Die angehenden Lehrer und Lehrerinnen waren für ihn keine richtigen Künstler.«

Professor Müller schien keine großen Sympathien für das Opfer zu hegen.

»Agnetha Delarosa-Busch hat sich ebenfalls auf die Stelle beworben. Diese geschätzte Kollegin arbeitet schon seit Jahren als Lehrbeauftragte bei uns. Sie hatte die besten Chancen. Noch dazu handelt es sich um die Professur für Freie Kunst mit Schwerpunkt Malerei, also wie geschaffen für Agnetha.«

Der Professor schüttelte den Kopf, stand auf, ging ans Fenster und schaute eine Weile hinaus. Die beiden Kommissare warteten.

Der Professor drehte sich abrupt um.

»Und trotzdem hätte Dombrowski, würde er noch leben, die Stelle bekommen. Weil … Aber ich denke, es ist besser, sie sprechen darüber mit Frau Delarosa-Busch selbst. Sie gibt gerade einen Ferienworkshop, aber …«, er sah auf die Uhr, »… in einer halben Stunde ist Mittagspause. Da hat sie sicher Zeit für Sie.«

Also saßen die beiden Kommissare im Schatten der Bäume und warteten.

Ziegler genoss seinen Zigarillo. Es war angenehm kühl und ruhig hier. In den Semesterferien war nicht viel los in der Akademie.

Simpel tippte immer noch auf seinem Blackberry herum.

»Spielen Sie Schiffe versenken, Herr Kollege?«, fragte Ziegler.

Simpel sah kurz auf. Aha, den bissigen Ziegler gab es doch noch.

»Nein, Herr Kollege, ich arbeite, während Sie nur die Luft verpesten. Ich recherchiere im Internet über Frau Delarosa-Busch.«

Ziegler drückte den Rest seines Zigarillos auf der Wiese aus.

»Und?«, fragte er.

Aber Simpel reagierte nicht. Er war aufgestanden und zu dem Pavillon hinter ihnen gegangen. Er blickte durch das große Panoramafenster. Plötzlich drehte er sich um, kam zurück, setzte sich auf seinen Steinquader und begann, wie wild auf die Tastatur seines Handys einzuhämmern. Er war knallrot im Gesicht.

Was hat er denn, der junge Kollege, dachte Ziegler. Er stand auf und ging ebenfalls zu dem Fenster. Drinnen saßen zehn Studenten mit Zeichenblöcken. Eine ältere Frau hockte rittlings auf einem Stuhl, ziemlich nah an der Scheibe. Ziegler grinste. Die Frau auf dem Stuhl war splitterfasernackt. Es stand wohl Aktzeichnen auf dem Stundenplan.

Ziegler ging zurück zu Simpel. Er hatte schon einen passenden Kommentar parat. Doch da öffnete sich die

Tür des Pavillons und eine dunkelhaarige, schlanke Frau in einer bestickten Pluderhose kam auf sie zu.

»Professor Müller sagte, Sie möchten mich sprechen. Agnetha Delarosa-Busch. Guten Tag.«

Die Frau hatte einen kräftigen Händedruck. Sie setzte sich auf einen der Steinblöcke.

»Bitte, was kann ich für Sie tun? Ich nehme an, es geht um Benedict?«

Simpel hatte mittlerweile wieder eine normale Gesichtsfarbe.

»Sie haben recht, es geht um Benedict Dombrowski. Seit wann kannten Sie ihn?«

»Seit fast 20 Jahren. Wir waren zusammen auf der Akademie in München.«

»Sie waren befreundet?«

»Ja, früher sehr, in letzter Zeit nicht mehr so.«

»Was ist passiert?«

»Professor Müller hat Ihnen sicherlich erzählt, dass wir uns beide auf dieselbe Professorenstelle beworben haben.«

Sie zögerte.

»Benedict hat so eine alte Geschichte über mich ausgegraben und in Umlauf gebracht, damit ich die Stelle nicht bekomme.«

»Was für eine Geschichte?«

»Ich saß zwei Monate im Gefängnis, wegen Drogen, in Chile. Ist aber schon ewig her. Da war ich gerade 18 geworden.«

»Sie sind in Chile aufgewachsen, genauer gesagt, in Valparaiso.«

Aha, die Internetrecherche auf dem Blackberry, dachte Ziegler.

»Ja, mein Vater ist Chilene und meine Mutter ist Deutsche.«

»Und diese über 20 Jahre alte Geschichte sollte Dombrowski bessere Chancen verschaffen?«, fragte Simpel.

»Offiziell dürfte das natürlich keine Rolle spielen, aber an den Gesichtern der Auswahlkommission beim letzten Vorstellungsgespräch konnte ich ablesen, dass meine Chancen drastisch gesunken waren.«

»Und jetzt, wo Dombrowski tot ist?«

Agnetha Delarosa-Busch funkelte Simpel mit ihren dunklen Augen an.

»Jetzt bekomme ich die Stelle vielleicht doch. Aber das heißt nicht, dass ich Benedict umgebracht habe. Er war zwar oft ein ziemliches Arschloch, aber irgendwie waren wir trotzdem befreundet. Und jetzt muss ich zurück zu meinem Kurs.«

»Einen Moment noch. Sie kennen doch sicher auch Dombrowskis Frau?«

»Hanna? Ja, natürlich. Wir haben alle vier zusammen in München studiert.«

»Vier?«

»Thomas Lorentz, Hanna Felbinger, Benedict Dombrowski und ich. War es das jetzt?«

»Gleich. War das eine gute Ehe, zwischen den beiden?«

Delarosa-Busch lachte und stand auf.

»Wenn Benedict gerade danach war, dann konnte er sehr charmant sein, auch zu Hanna. Aber ihm war nicht immer danach. Auf Wiedersehen. Ich muss jetzt wirklich. Meine Studenten warten.«

Sie ging, die beiden Kommissare blieben sitzen.

Ziegler zündete sich noch einen Zigarillo an. Simpel sah der Dozentin hinterher.

»Und, Herr Ziegler, was sagen Sie dazu?«

»Der Fall wird immer interessanter, Herr Kollege.«

*

»Ich hädd gern zwaa Boar fränngische Broodwöschd.«

»Dudd mer Leid, Frau Bräuninger, aber mir hamm blouß nu klanne Nämbercher. Däi groußn frängischn sann aus.«

»Allmächd, woss mach i edzadla? Mei Moo mooch däi ned. Dou mou i mir widda wos ohörn ›Dass die fei schleichsd midd deina Miniwöschdla. Dass däi überhabbds scho aff däi Schdrass derfn.‹ Iich hörs edzadle scho.«

»In däi glanna is aber es selbe drinna, wäi in die groußn, Frau Bräuninger.«

»Dann nehm i hald in Gotts Namen däi Nermbercher.«

Ein älterer Herr, dem man den Studienrat schon von Weitem ansah, unterbrach die beiden Damen.

»Eigentlich sind das keine echten Nürnberger Bratwürste. Die müssen nämlich innerhalb der Stadtgrenze Nürnbergs hergestellt werden. Und wir sind hier in Schwabach. Also sind auch die kleinen – streng genommen – nur fränkische Bratwürste, keine Nürnberger.«

Die Metzgerin kniff die Augen zusammen.

»Sie, wenns ihna fei nedd bassd, bei uns in Schwabach, dann kennas fei gäi. Dou vorn is die Düür.«

»Schon gut. Ich meine ja bloß.«

Der ältere Herr zog seinen Kopf ein und versteckte sich hinter Manuel Küppers. Der Polizist stand vor ihm in der Schlange. Er war heute dran mit Brotzeit holen.

»Wos manche Leid sich eibildn. Also, Frau Bräuninger, zehn Stück?«

Küppers hätte am liebsten laut gelacht. Er drehte sich zu dem Studienrat um, da fiel sein Blick durch die Schaufensterscheibe. Seltsam, der junge Kerl da draußen machte sich jetzt schon eine ganze Zeit lang am Schloss eines Mountainbikes zu schaffen. Küppers kam das komisch vor. Er ging nach draußen.

»Bitte entschuldigen Sie ...«, weiter kam er nicht.

Der Mann sprang aufs Rad und trat in die Pedale. Küppers hatte richtig vermutet. Der junge Mann war nicht der rechtmäßige Besitzer des Mountainbikes.

»Stehenbleiben, Polizei!«, rief Küppers.

Der Fahrradfahrer blickte sich gehetzt um. Küppers rannte hinterher. Zum Glück hatte der Dieb einen viel zu kleinen Gang eingelegt, und außerdem ging es Richtung Marktplatz bergauf. Küppers kam ihm immer näher. Trotzdem wäre der Kerl entkommen, hätte er nicht die Verspannung eines Marktstandes übersehen. Er stürzte, rappelte sich wieder auf und entging dem Zugriff Küppers nur um Haaresbreite. Jetzt wurde die Strecke eben, und der junge Polizist hätte den Kürzeren gezogen, wenn er nicht blitzschnell, ohne nachzudenken, eine große Konservendose vom Stand einer Biobäuerin genommen hätte. In der Schule war Küppers Mitglied der Leichtathletikmannschaft gewesen, Hochsprung und Speerwurf. Er kniff die Augen zusammen und holte weit aus. Der Fahrraddieb wollte gerade um die Kurve biegen und hinter der Stadtkirche verschwinden, da traf ihn das Wurfgeschoss am Kopf. Er fiel vom Rad. Sofort war Küppers über ihm und legte ihm Handschellen an.

Die Leute auf dem Marktplatz applaudierten. Eine Gemüsefrau schenkte Küppers eine Tüte Äpfel. Die anderen Händler schlossen sich an, und so kam Manuel Küppers, der Held des Tages, schwer beladen mit fränkischem Obst in die Polizeiinspektion Schwabach zurück.

*

Ziegler saß am Laufer Marktplatz im *Café Streng* und studierte die Stellung auf dem Schachbrett vor ihm. Er sah seinen Spielpartner erstaunt an.

»Ein Trompowsky-Angriff?«

»Genau der, mein lieber Ziegler. Ich habe mich auf meine alten Tage unter die Hasardeure begeben.«

»Dann wünsche ich Ihnen viel Glück, Herr Doktor. Der junge Lucas Schneider hat mit dem Spielzug den Schachverein Lauf fast aus der Regionalliga gekickt, letzten Monat.«

Mike Ziegler war schon immer ein begeisterter Schachspieler gewesen. Seit einem halben Jahr besuchte er wieder die freien Spielabende des Schachvereins. Die Partien und Spielzüge aus den aktuellen Turnieren wurden dort genauso emotional diskutiert wie anderswo die Spiele des einheimischen Fußballclubs. Ziegler war nicht mehr ganz so leidenschaftlich dabei wie früher, doch das Schachspiel war für ihn ein weiterer Schritt zurück ins normale Leben. Er hatte sich lange genug hängen lassen.

Sein Spielpartner war ein väterlicher Freund, der ihn schon als Jugendlichen in die Geheimnisse des Schachspiels eingeweiht hatte. Dr. Weidner, seit Kurzem Ehrenvorsitzender des Vereins, war inzwischen weit über 80. Er saß aber immer noch jeden Samstag im *Café Streng* und wartete auf Mitspieler. Ziegler hatte sich bei dem alten Arzt schon manche vernichtende Niederlage eingehandelt.

»Auf geht's, Ziegler. Mal sehen, ob Sie meinem neu entfachten jugendlichen Elan etwas entgegenzusetzen haben.«

»Ihnen habe ich sowieso wenig entgegenzusetzen, Herr Doktor.«

Ziegler geriet bereits nach vier Zügen ins Hintertreffen, und nach dem zwölften Zug musste er aufgeben.

»Respekt, Herr Doktor! Ich weiß gar nicht, warum Sie nicht mehr in der Mannschaft spielen. Die meisten im Verein können Ihnen doch nie und nimmer das Wasser reichen.«

»Da haben Sie recht, die meisten nicht – bei aller Bescheidenheit. Aber es gibt doch immer mehr, die es können. Und aus der Jugend kommen ein paar nach, die sind schon auf Landesebene erfolgreich. Da müssen wir Alten einfach Platz machen. Aber Sie, lieber Ziegler, Sie starten beruflich ja noch mal voll durch, wie man so hört.«

»Einmal Polizist, immer Polizist. Ich habe lange genug zu Hause herumgesessen.«

»Das verstehe ich. Und Ihr Bein? Sind Sie damit überhaupt tauglich?«

»Ich will ja nicht zur Antiterroreinheit. Für den normalen Polizeidienst reicht es. Ich habe kürzlich sogar das Sportabzeichen gemacht. Mit Fahrradfahren und Schwimmen statt Laufen. Das hat den Polizeiarzt überzeugt, und er hat grünes Licht gegeben. Momentan absolviere ich ein Praktikum in Schwabach, dann geht es für drei Monate zum Auffrischungskurs auf die Akademie. Anschließend steige ich wieder voll ein.«

Dr. Weidner horchte auf.

»Schwabach? Haben Sie da etwa mit der Goldleiche zu tun? Da kann ich Ihnen einiges darüber erzählen. Hieß der Tote denn nicht genauso wie der berühmte Schachgroßmeister, dem wir diese grandiose Eröffnung verdanken?«

»Dombrowski, die fränkische Variante von Tomprowsky sozusagen. Aber erzählen Sie, Herr Doktor. Kannten Sie den Toten etwa?«

Ziegler staunte nicht schlecht, als er hörte, dass Dr. Weidner im Rahmen seines Seniorenstudiums auch Moderne Kunst belegte, ausgerechnet im Laufer Wenzelschloss, wo der Ermordete tätig gewesen war. Persönlich hatte der Doktor zwar nichts mit dem Künstler zu tun gehabt, aber was ihm zu Ohren gekommen war, klang recht interessant. Dombrowski war als Weiberheld verschrien. Er soll einige Male etwas mit Studentinnen gehabt haben. Und unglaublich arrogant sei er gewesen. Hat zum Beispiel die Lehramtsstudenten einfach rausgeschmissen, wenn er einen Raum für seine eigenen Schüler benötigte. Es gab deswegen Auseinandersetzungen mit den anderen Dozenten. Dr. Weidner kannte eine der Professorinnen und war deshalb recht gut informiert.

»Der Barbara habe ich ihre erste Impfung verpasst, da hat sie noch in die Windeln gemacht. Und als sie Scharlach bekam, bin ich zweimal am Tag vorbeigekommen. Das hat sie nicht vergessen. Und sie hat mir etwas wirklich Interessantes über Dombrowski erzählt. Das gäbe ein gutes Mordmotiv ab. Aber diese Information müssen Sie sich erst verdienen, Ziegler. Diesmal haben Sie Weiß.«

Gegen den Dickkopf von Dr. Weidner kam man nicht an, das wusste Ziegler. Also zündete er sich eine Cohiba an, nahm einen Schluck Kaffee und konzentrierte sich auf die Schachpartie. Ein schwaches Spiel hätte ihm der Doktor nicht durchgehen lassen.

Es dauerte fast eine Stunde, dann hatte er den Arzt so in die Enge getrieben, dass er aufgeben musste. Dr. Weidner legte den schwarzen König auf die Seite.

»Sehen Sie, ich werde alt. Sogar Sie können mich mühelos schlagen.«

Ziegler wehrte ab.

»Das war reines Glück, Herr Doktor. Wenn Sie meinen Springerangriff früher durchschaut hätten, wäre das Spiel anders ausgegangen. Aber jetzt rücken Sie endlich mit Ihrer Information heraus. Die habe ich mir hart genug erarbeiten müssen.«

Dr. Weidner beugte sich vor und machte ein geheimnisvolles Gesicht.

»Also gut. Dombrowski hat einen Schatz besessen.«

»Einen Schatz?«

»Ja, ein wertvolles Gemälde. Besser gesagt, eine Zeichnung. Die Barbara hat erzählt, er hat einmal ein Foto davon herumgezeigt.«

»Und was für ein Gemälde soll das sein? Etwa ein Picasso?«

Der Arzt schüttelte den Kopf.

»Kein Picasso. Ein Warhol.«

Ziegler pfiff durch die Zähne.

»Andy Warhol. Der mit der bunten Marilyn Monroe? Davon hatte meine Tochter Eva-Maria ein Poster.«

»Genau der. Tomb... ich meine Dombrowski besaß angeblich einen Warhol. Keines von den Pop-Art-Drucken, sondern eine Original-Zeichnung von der Hand des Meisters persönlich.«

»Und wie viel ist so was wert? Wissen Sie das?«

»Genau nicht. Aber bei einer Auktion könnte schon eine Million zusammenkommen, vielleicht auch mehr. Das meinte zumindest die Barbara.«

»Da wurde schon für weniger gemordet. Danke, Herr Doktor. Der Spur werden wir auf jeden Fall nachgehen.«

»Nichts zu danken. Noch ein Spiel?«

Ziegler sah auf die Uhr.

»Leider nicht. Ich muss noch zum Metzger, der macht gleich zu. Ein andermal. Auf Wiedersehen, Dr. Weidner.«

*

»Laufen wir noch eine Runde?«

Astrid Leninger sah Simpel herausfordernd an. Der war schon ziemlich fertig, schließlich waren sie die zwei Kilometer lange Strecke am Laufer Trimm-dich-Pfad schon fünfmal gelaufen. Die 40 Bahnen vorher im Freibad steckten ihm auch noch in den Knochen. Aber sich eine Blöße geben, das kam für Simpel nicht infrage.

»Natürlich. Von mir aus auch noch zwei.«

Astrid lachte.

Sie hat leicht lachen, dachte sich Simpel. Sie ist ja auch die bessere Läuferin. Was ich ihr beim Schwimmen abnehme, holt sie sich auf der Laufstrecke zweimal zurück.

»Also dann!«, rief sie und zog los.

Astrid wollte ihren Trainingspartner nicht bloßstellen. Es blieb bei nur einer Runde, und sie nahm das Tempo etwas heraus. So war Simpel nicht völlig am Ende, als sie wieder am Parkplatz ankamen.

»Und?«, fragte Astrid. »Gehen wir noch auf ein Bierchen? Haben wir uns verdient, oder? Vielleicht auch was essen. Mein Kühlschrank ist sowieso so gut wie leer.«

Simpel zögerte.

»Dann muss ich aber noch mal ins Freibad zum Duschen. Gilt die Eintrittskarte noch?«

»Ach Quatsch, du kommst einfach mit zu mir. Wir machen uns in aller Ruhe frisch und gehen dann zum *Pedro*. Oder hast du eher Lust auf Steak?«

»Wie du möchtest. Mir ist es alles recht. Also, bis gleich bei dir.«

»Ist das in Ordnung? Ich habe leider nur alkoholfreies Bier da.«

Simpel sah Astrid an und verschluckte sich fast. Sie trug einen ultrakurzen Bademantel, der ihre sonnengebräunten Beine zur Geltung brachte. Oben klaffte er ein wenig auseinander und er konnte die Ansätze ihrer Brüste sehen.

Er wurde rot.

Astrid warf ihm einen weißen Bademantel zu.

»Nimm den, den habe ich aus irgendeinem Hotel. Müsste dir eigentlich passen.«

Simpel beeilte sich, ins Bad zu kommen. Dort stellte er das Wasser erst einmal auf kalt.

Als er wieder ins Wohnzimmer kam, war Astrid noch immer im Bademantel. Sie saß mit angewinkelten Beinen auf dem Sofa und trank ein Glas Wein.

»Komm, setz dich. Es ist ja noch sehr früh. Wir könnten auch was bestellen und hier essen. Der *Pedro* hat einen Lieferservice.«

Simpel setzte sich neben Astrid und versuchte, weder auf ihre Beine noch in ihren Ausschnitt zu sehen. Was gar nicht so einfach war.

Sie unterhielten sich. Simpel erzählte die Geschichte vom Zumba-Training. Astrid musste schallend lachen. Ihr Bademantel klaffte ein Stück weiter auseinander. Sie machte keine Anstalten, ihn wieder zu schließen. Jetzt konnte er sogar ein Stück Brustwarze sehen.

»Sag mal, Stefan …«

Astrid beugte sich zu ihm hinüber. Ihre Lippen waren halb geöffnet. Ihm schlug das Herz bis zum Hals.

»Denkst du …«

Simpel war in diesem Moment bereit, alles zu denken.

Da klingelte das Telefon.

»Verdammt!«

Astrid sprang auf. Sie schaute aufs Display.

»Ich habe Wochenendbereitschaft, ausgerechnet jetzt rufen die an! Verdammt, verdammt!«

Der arme Kollege am anderen Ende der Leitung bekam ihren ganzen Ärger ab, dabei konnte er gar nichts dafür. Dann legte Astrid auf.

»Ich muss los. Zwei Kollegen sind krank und ich muss einspringen. Tut mir leid.«

Mir auch, dachte Simpel und sah ihr nach, wie sie ins Schlafzimmer ging. An der Türschwelle ließ sie ihren Bademantel fallen, und er konnte einen Blick auf ihren hübschen Po erhaschen.

Was hatte das alles zu bedeuten? Wollte Astrid ihn verführen, oder bildete er sich das nur ein? Vielleicht hatte sie lediglich großes Vertrauen zu ihm als Freund. Wenn er jetzt falsch reagierte, konnte er alles kaputt machen.

Simpel zog sich an. Er war gerade fertig, da kam Astrid in voller Uniform herein. Sie schnallte den Pistolengürtel um.

Unten an der Haustür verabschiedeten sie sich.

»Tut mir echt leid, Stefan«, sagte Astrid und strich ihm mit der Hand über den Arm.

»Äh ja, ist schon in Ordnung. Dienst ist Dienst.«

Oh Gott! Was Blöderes war ihm nicht eingefallen? Astrids Miene verfinsterte sich. Er kam noch mehr ins Stottern.

»Ich ... ich meine, dann klappt's halt nächstes Mal ... mit dem Essen. Tschüss!«

Er reichte ihr die Hand.

»Tschüss!«, sagte sie, ohne die angebotene Hand zu ergreifen.

Sie drehte sich um, stieg in ihren Honda und fuhr davon. Zurück blieb ein Oberpfälzer Jungkommissar, der sich am liebsten selbst ein paar kräftige Ohrfeigen verpasst hätte.

*

Irgendwann würde die Felbinger das Haus schon verlassen. Bojan Stankovic nahm einen Schluck aus der Colaflasche. Schon zweimal hatte er das Auto woanders parken müssen, weil diese alte Frau im ersten Stock dauernd aus dem Fenster schaute. Wie ein Wachhund. Er wollte nichts riskieren. Jetzt stand der Wagen verborgen hinter einem Baum, und Stankovic hatte trotzdem gute Sicht auf den Eingang. Wenn Dombrowskis Frau heute wieder nur zu Hause herumsaß, dann kam er eben morgen wieder. Zeit hatte er reichlich. Dann tat sich etwas.

Er rutschte ein wenig tiefer in den Sitz. Ein Mann kam die Straße herunter und betrat das Haus ohne zu klingeln. Stankovic machte ein Foto. Eine halbe Stunde war wieder Ruhe. Dann kam eine Frau. Eine Dunkelhaarige in einer weiten, bestickten Pluderhose. Bestimmt auch so eine Künstlerin. Langsam wurde es dunkel.

Na endlich. Der Mann, die Pluderhose und die arme Witwe verließen das Haus. Stankovic wartete vorsichtshalber noch zehn Minuten. Nichts. Auch bei dem alten Drachen im ersten Stock war schon eine ganze Weile kein Licht mehr.

Er stieg aus und holte seine Tasche aus dem Kofferraum. Die Brechstange und den Hammer ließ er im Wagen. Die brauchte er hier nicht. Die alte Haustür war überhaupt kein Problem, und bei der Wohnungstür war es sicher genauso.

Ihn interessierte vor allem die Wohnung unter dem Dach. *B. Dombrowski* stand auf dem Klingelschild. Dorthin hatte der sich wahrscheinlich zurückgezogen, wenn er genug von seiner Holden hatte.

Eine halbe Stunde hielt sich Stankovic im Haus auf. Danach nahm er sich das Atelier im Hinterhaus vor. Hin und wieder ließ er etwas in seiner Ledertasche verschwinden. Er warf ein Regal um. Es sollte schließlich wie ein echter Einbruch aussehen.

Plötzlich erstarrte er.

»Hallo? Hallo Hanna, bist du das?«

Mist. Die alte Schachtel. Stankovic drückte sich hinter einen Schrank.

Das Licht ging an.

Frau Meisner stand im Morgenrock an der Tür. In der Hand hielt sie eine gusseiserne Pfanne.

Als sie das Chaos im Atelier sah, begann sie am ganzen Körper zu zittern.

Hoffentlich kam die alte Frau nicht näher. Stankovic hätte ihr ungern wehgetan. Frau Meisner machte noch einen kleinen Schritt vorwärts. Dann verließ sie der Mut. Sie drehte sich auf dem Absatz um und lief schreiend zum Wohnhaus.

Stankovic verlor keine Sekunde. Er schlüpfte hinaus, bevor das Geschrei die ganze Nachbarschaft alarmierte.

Auf dem Weg zurück nach Nürnberg lächelte er vor sich hin und leerte den Rest der Colaflasche. Die Warhol-Zeichnung hatte er zwar noch nicht gefunden, aber so schnell gab ein Bojan Stankovic nicht auf. Außerdem hatte er etwas anderes entdeckt. Wer hätte das gedacht, die brave Witwe.

Auf dem Beifahrersitz lag seine Ledertasche, um einiges dicker als vor seinem Besuch bei den Dombrowskis.

*

»Konnten Sie den Einbrecher erkennen?«, fragte Ziegler.

Frau Meisner schüttelte den Kopf.

Die alte Frau saß auf einem Stuhl vor dem Atelier. Sie war sehr blass und ihre Hände zitterten. Fast hätte sie das Glas Wasser verschüttet, das ihr Hanna Felbinger reichte.

Simpel und Ziegler waren heute Morgen sofort von den Kollegen über den Einbruch informiert worden.

Ziegler wandte sich an Hanna Felbinger.

»Und Sie waren gestern Abend nicht zu Hause?«

»Ich war mit Freunden zum Essen. Als wir zurückkamen, war hier alles voller Polizei.«

Sie legte der alten Frau Meisner beruhigend die Hand auf die Schulter.

Simpel stand etwas abseits. Er hatte bisher überhaupt noch nichts gesagt. Er hatte schlecht geschlafen. Die ganze Nacht hatte er an Astrid denken müssen. Hielt sie ihn jetzt womöglich für einen Waschlappen? Eigentlich hatte er sie heute Morgen anrufen wollen, aber dann war dieser Einbruch dazwischengekommen.

»Herr Simpel? Träumen Sie?«

Ziegler zwinkerte ihm zu.

»War wohl anstrengend, das Wochenende. Schauen Sie mal, dass Sie zu sich kommen, ich übernehme inzwischen die Befragung.«

Simpel wollte protestieren – aber wieso eigentlich? Sollte der Herr Praktikant doch auch mal was tun. Simpel sah sich so lange im Haus um. Die Spurensicherung war noch nicht fertig. Sie hatten keine Hinweise auf ein gewaltsames Eindringen finden können. Da war ein Profi am Werk gewesen.

Die Schränke im Wohnzimmer von Frau Felbinger standen alle offen. Papiere lagen verstreut am Boden. Computer und Fernseher waren noch da. Ein Regal war umgestürzt worden. Sonst war nichts beschädigt.

Simpel ging hoch in Dombrowskis Dachstudio. Das gleiche Bild. Alles durchsucht, aber die meisten Wertgegenstände waren noch da. Auf was hatte es der Einbrecher abgesehen?

Simpel ging zurück in den Hof zu Ziegler und Hanna Felbinger. Frau Meisner hatte inzwischen wieder etwas Farbe im Gesicht.

Hanna Felbinger zählte gerade auf, was der Dieb mitgenommen hatte. Aus dem Studio ihres Mannes fehlte ihres Wissens nach nichts, außer einer kleinen Plastik, ein Modell für eines von seinen Großprojekten. Im Atelier hatte der Dieb etwas Blattgold und ein paar Skizzen mitgehen lassen. Aus der Wohnung fehlten eine Mappe mit Briefen und ein Ordner mit Rechnungen. Seltsamerweise hatte der Einbrecher die Schmuckkassette mit den Erbstücken von Hanna Felbingers Großmutter nicht angerührt, obwohl die gut sichtbar auf der Kommode stand.

Ziegler notierte alles.

»Sonst fehlt nichts?«

Hanna Felbinger schüttelte den Kopf.

»Wenn Ihnen noch etwas einfällt, dann rufen Sie uns bitte sofort an. Das ist eine seltsame Mischung, die der Einbrecher da hat mitgehen lassen. Es sieht fast so aus, als hätte er etwas Bestimmtes gesucht. Haben Sie eine Idee, was das sein könnte?«

Hanna Felbinger schüttelte noch einmal den Kopf.

»Nein. Keine Ahnung, bei uns gibt es keine Reichtümer zu holen.«

Ziegler deutete mit dem Bleistift auf sie.

»Und was ist mit der Warhol-Zeichnung, die ihr Mann angeblich besessen hat? Hat er sie hier im Haus aufbewahrt?«

Simpel war plötzlich hellwach. Was für eine Warhol-Zeichnung? Davon wusste er ja gar nichts. Warum hatte Ziegler ihm diese Information vorenthalten?

Hanna Felbinger lachte bitter auf.

»Die berühmte Warhol-Zeichnung. Wissen Sie, außer einem unscharfen Foto hat keiner davon je etwas zu Gesicht bekommen, nicht einmal ich. Wenn Benedict sie wirklich besessen hat, dann wird er sie wohl kaum im

Schreibtisch aufgehoben haben. So ein wertvolles Stück bewahrt man in einem klimatisierten Bankschließfach auf. Aber ich habe keine Ahnung, ob Benedict eines hatte und wo das sein könnte. Er ist schließlich viel herumgekommen.«

Die Spurensicherung hatte die Arbeit beendet. Auch Simpel und Ziegler verabschiedeten sich. Die alte Frau Meisner saß immer noch auf dem Stuhl, sie hatte alles mit angehört.

Als ihr Simpel die Hand gab, raunte sie ihm zu: »Der Dombrowski und sein Warhol. Erzählt hat er immer davon, aber gesehen hat das Bild keiner. Der alte Angeber.«

Als die beiden Kommissare im Auto saßen, platzte Simpel heraus.

»Wann wollten Sie mir denn das mit dem Warhol sagen? Ich stand vor der Zeugin da wie ein Trottel. Wo haben Sie die Information eigentlich her? Vergessen Sie nicht, Sie sind hier nur der Praktikant! Sie können hier nicht Ihr eigenes Süppchen kochen, wie letztes Jahr in Lauf. Ist das klar?«

Der Frust über den gestrigen Abend und Zieglers Verhalten vermischten sich bei Simpel zu einer unbestimmten Wut. Er schlug mit der flachen Hand aufs Lenkrad.

Ziegler sah ihn überrascht an.

»Langsam, langsam, Herr Kollege. Das mit dem Warhol habe ich erst am Wochenende erfahren, und heute morgen hatten wir wegen des Einbruchs keine Zeit. Außerdem laufen Sie schon seit heute früh mit einem Gesicht herum, da geht man Ihnen gerne erst mal aus dem Weg. Ich würde sagen, wir fahren ins Büro, Sie halten ihren Kopf unters kalte Wasser, und danach erzähle ich Ihnen von dem Warhol.«

Simpel startete den Motor und sie fuhren in die Inspektion, ohne ein weiteres Wort zu wechseln.

*

»Da seid ihr ja endlich. Der Chef wartet schon auf euch. Die Presse steigt ihm gehörig aufs … Sagt mal, was ist denn mit euch los? Ihr schaut aus, wie, wie …«

Tina griff Hilfe suchend nach ihrem Rosenquarz.

»Ihr verbreitet ziemlich schlechte Energien, wisst ihr das?«

Simpel und Ziegler schwiegen. Sie gingen in ihr gemeinsames Büro und Simpel schlug ziemlich laut die Tür zu.

Horst Vogel streckte den Kopf ins Sekretariat.

»Was war denn des edz?«

Tina zuckte mit den Schultern.

»Dicke Luft, hä?«, sagte Vogel und verschwand wieder.

»Also Herr Ziegler, nun erklären Sie mal. Warum konnten Sie mir heute Morgen im Auto, als wir zu Frau Felbinger fuhren, nicht von diesem Warhol berichten? Das scheint mir doch eventuell, wenn der Herr Hauptkommissar mir da zustimmen möchte, von einer gewissen Wichtigkeit zu sein.«

Simpel war stinksauer. Dachten denn alle, dass er nur ein Oberpfälzer Depp war? Dachte das womöglich auch Astrid? Aber hätte sie dann gestern …?

Simpel ballte die Fäuste. Am meisten Wut hatte er ja auf sich selbst.

Ziegler lehnte sich in seinem Stuhl zurück.

»Ich habe heute Morgen im Auto nichts gesagt, weil sie ein Gesicht gemacht haben wie sieben Tage Regenwetter. Ich weiß nicht, was mit Ihnen heute los ist. Hat es etwas mit ihrem gestrigen Training zu tun? Sie wollten doch mit der Kollegin Leninger …«

Simpel sprang auf.

»Woher wissen Sie denn das jetzt schon wieder?«

Aha, dachte Ziegler, ins Schwarze getroffen.

»Ich habe Frau Leninger am Samstag in Lauf am Marktplatz getroffen. Sie hat mir erzählt, dass Sie am Sonntag zusammen trainieren wollten. Und sie hat richtig gestrahlt dabei. Aber mir scheint, es war wohl doch nicht so toll.«

Simpel stöhnte auf.

Jetzt tat er Ziegler fast wieder leid. Offenbar schwer verliebt, der junge Oberkommissar.

»Okay«, sagte Ziegler »ich erzähle Ihnen kurz die Geschichte von dieser Warhol-Zeichnung. Sonst müssen die anderen noch länger auf uns warten. Einverstanden?«

Simpel nickte.

Als sie in den Besprechungsraum kamen, brummte Hertle ein »Auch schon da, die Herren? Dann können wir vielleicht endlich anfangen«.

Küppers berichtete von der BUBA AG. Buxmann war zurzeit geschäftlich verreist und erst am Donnerstag wieder zu sprechen. Die Geschäftsreise habe er überprüft, Buxmann war tatsächlich in Bozen, das sei so weit in Ordnung.

Ziegler hatte übers Wochenende die Prozessakten gelesen.

»Buxmann und Dombrowski sind sich ziemlich an die Gurgel gegangen, sowohl über ihre Anwälte als auch persönlich, zumindest verbal. Sie warfen sich gegenseitig Vertragsbruch vor. Während einer Vorverhandlung hat Buxmann Dombrowski beschimpft und bedroht. Er werde ihn zerquetschen wie eine reife Tomate. Dass der Herr Bauunternehmer nicht zimperlich ist, hat ja Manuel schon herausgefunden. Laut Akten unterhält Buxmann Kontakte zu Zuhältern, Rockerbanden und ähnlichen unangenehmen Gesellen. Selber macht er sich nie die Hände schmutzig.«

Simpel berichtete von dem Besuch in der Kunstakademie und dem Gespräch mit Agnetha Delarosa-Busch.

»Dann ist da noch der Einbruch bei den Dombrowskis. Der Einbrecher hat ganz offensichtlich etwas Bestimmtes gesucht. Was das war und ob er es gefunden hat, wissen wir nicht. Aber wir haben eine Vermutung. Herr Ziegler hat etwas Interessantes herausgefunden. Aber das erzählt er am besten selbst.«

Ziegler berichtete von seinem Gespräch mit dem alten Dr. Weidner und von dem Warhol. Als er geendet hatte, wedelte Vogel mit ein paar Computerausdrucken in der Luft herum.

»Ich hab die Konten von Dombrowski überprüft. Und so ganz versteh ich des edz ned. Der war ziemlich pleite. Der hat den Vorschuss von dem Buxmann praktisch scho fast verbraucht ghabt. Der hätt den nie zurückzahln können. Und dann hat der an Warhol daheim rumliegn? Des is doch komisch, oder?«

»Wenn es diesen Warhol wirklich gibt«, warf Simpel ein. »Nicht einmal seine Frau scheint sich da sicher zu sein. Vielleicht wollte sich Dombrowski damit nur wichtig machen.«

Ziegler stand auf und ging ans Fenster. Er streckte sein Bein aus. Heute tat ihm sein Stumpf ziemlich weh. Wahrscheinlich gab es einen Wetterumschwung.

»Auch wenn es diesen Warhol nicht gibt, ist das natürlich trotzdem ein Mordmotiv«, sagte er. »Schließlich glauben die Leute daran. Vielleicht hatte es der Mörder auf den Warhol abgesehen, und als Dombrowski zugeben musste, dass es den gar nicht gibt, hat er zugeschlagen.«

»Und jetzt hat er noch mal im Haus nachgesehen, ob er das Bild nicht doch findet«, ergänzte der junge Küppers.

»Das ist eine ganz nette Theorie, Herr Ziegler, aber im Moment halten wir uns besser an reine Fakten«, warf Simpel ein.

»Entschuldigung, Herr Simpel, ich habe nur laut gedacht«, erwiderte Ziegler und setzte sich wieder.

Hertle schaute von einem zum anderen, sagte aber nichts.

Simpel räusperte sich.

»Gut, ich fasse mal die Fakten zusammen.«

»Der Tote wurde erschlagen und zur Schau gestellt. Das muss einen Grund haben. Schließlich hätte der Mörder die Leiche auch anders entsorgen können. Das Opfer war ein bekannter Künstler, der offensichtlich finanzielle Probleme hatte. Mit der BUBA AG lag er im Rechtsstreit. Es ging um 150 000 Euro. Im unmittelbaren Umfeld haben wir mit fast allen gesprochen. Es fehlt noch …«

Er blickte zu Küppers.

»… Thomas Lorentz, ein Studienfreund des Toten«, ergänzte der sofort. »Lorentz habe ich für morgen Nachmittag, 16 Uhr, einbestellt. Wie du es angeordnet hast, Stefan.«

»Gut. Das Atelier im Wenzelschloss werden Herr Ziegler und ich uns noch anschauen. Wir werden dort mit den Kollegen von Dombrowski und mit seinen Studenten sprechen. Tina soll da einen Termin für uns machen.«

»Ich erledige das schon«, sagte Küppers eifrig.

Er hoffte, endlich selbst einmal bei einer Befragung dabei sein zu dürfen. Für ihn als Anfänger blieb meist nur die Schreibtischarbeit.

»Edz derhudz di fei ned, Manuel«, murmelte Vogel. Er schnitt demonstrativ eine Zahl an seinem Maßband ab. 52.

Simpel ignorierte den Einwurf.

»Ich werde mir heute Dombrowskis Computer vornehmen. Das wollte ich eigentlich am Wochenende erledigen, aber ...«

Er machte eine vage Bewegung mit der Hand. »Es kam mir etwas dazwischen.«

Ziegler unterdrückte ein Grinsen.

Er sagte: »Ich werde Dr. Weidner bitten, mir die Telefonnummer der betreffenden Professorin zu geben. Außerdem habe ich einen alten Kollegen, der zudem Kunstsachverständiger ist. Den rufe ich mal an. Vielleicht kann der uns weiterhelfen, bei dem Warhol.«

Küppers wollte im Internet dazu recherchieren, und Vogel würde sich den Protokollen widmen.

»Einer muss des ja machn. Aber fei bloß noch 51 Tage lang. Dann müsst ihr an andern Deppen gfundn ham.«

Hertle stand auf.

»Gut. Ich füttere inzwischen die Raubtiere von der Presse. Packen wir's an!«

*

»Wie machen wir die Traueranzeige? 106 x 210 für 128 Euro oder 80 x 125 für 87 Euro?«

Dr. Runau, der Vorsitzende des Schwabacher Künstlervereins, legte seinen Kollegen vom Vorstand einige Muster vor.

»Nehmen wir die kleinere. Dombrowski war schließlich kein Mitglied bei uns«, meinte ein Vollbärtiger in Trachtenlederhose.

Ein ganz in Schwarz Gekleideter, der trotz der Hitze einen Rollkragenpullover trug, widersprach.

»Aber er war der bedeutendste Künstler, der je in unserer Stadt gelebt hat. Da dürfen wir uns nicht lumpen lassen.«

»Der hat doch immer auf uns herabgesehen. Kein Wort hat er je mit irgendeinem vom Verein gewechselt. Erinnert ihr euch, letztes Jahr bei der Ortung. Da hat alle Welt nur auf seine Brunneninstallation geschaut. Selbst das Fernsehen war nur wegen ihm da. Haben die auch nur ein Wort über einen von uns gebracht? Nein. Nur über den berühmten Benedict Dombrowski. Die anderen 42 Kunstwerke haben sie nicht einmal erwähnt. Zum Kotzen ist das.«

»Also, da kann Dombrowski nun wirklich nichts dafür, dass sie im Fernsehen deine Betonskulpturen nicht zeigen wollen.«

Der Typ in der Lederhose sprang auf.

»Was soll das heißen?«

Dr. Runau, der Vorsitzende, griff ein.

»Setz dich wieder! Kein Mensch hat etwas gegen deine Skulpturen gesagt. Ich bin dafür, die größere Anzeige zu nehmen. Wie sieht das denn aus, wenn wir da geizig sind. Jemand dagegen?«

Nicht einmal Lederhose meldete sich.

»Gut. Und jetzt was ganz Heikles. Sollen wir der Witwe eine Karte schicken?«

Diesmal war der schwarz Gekleidete dagegen.

»Ich finde das unpassend. Am Ende war sie es, die ihn umgebracht hat. Sollen wir sie vielleicht zum gelungenen Totschlag beglückwünschen?«

»Die Hanna eine Mörderin? Quatsch! Die kann keiner Fliege was zuleide tun. Und ich kenne die Hanna schon ewig«, meinte Lederhose.

Er war immer noch sauer wegen der Bemerkung zu seinen Betonskulpturen.

»Das heißt gar nichts. Wenn jemand jahrelang alles in sich hineinfrisst, kann es irgendwann zur Explosion kommen.«

»Papperlapapp! Ich bin mit der Hanna in die Schule gegangen. Jemand friedfertigeren als sie kann man sich gar nicht vorstellen.«

Der schwarz Gekleidete setzte sich auf.

»Dann will ich euch mal was erzählen, von der friedfertigen Hanna. Ist gar nicht so lange her. Vor zwei Wochen war ich auf dem Geburtstag von Thomas Lorentz ...«

Er schilderte einen heftigen Streit zwischen Hanna und Benedict Dombrowski.

»Am Ende hat deine friedfertige Hanna einen Aschenbecher vom Tisch genommen und damit ausgeholt. Dombrowski hat nur gelacht. Hanna hat am ganzen Leib gezittert. Dann hat sie den Aschenbecher ins Eck gefeuert und ist weggerannt. Den Blick, den sie ihrem Mann zugeworfen hat, den werde ich nicht so schnell vergessen.«

Lederhose schüttelte den Kopf.

»Trotzdem war sie es nicht. Freilich, Dombrowski hat sich ihr gegenüber wie ein Arschloch verhalten, mit seinen dauernden Weibergeschichten. Aber sie hat ihm immer wieder verziehen. Sie hat ihn nicht umgebracht.«

Dr. Runau kam wieder auf den eigentlichen Grund ihrer Zusammenkunft zurück.

»Also, dann schicke ich ihr eine Karte in unser aller Namen. Und zur Beerdigung einen Kranz, übliche Größe, in Ordnung?«

Die Anwesenden nickten. Damit war die Sitzung beendet. Alle standen auf. Nur Lederhose blieb nachdenklich sitzen. Schließlich erhob sich auch er.

»Blödsinn, es war nie im Leben die Hanna«, murmelte er und verließ den Raum.

*

Simpel musste am Vormittag zu einer kurzfristig angesetzten Besprechung ins Nürnberger Präsidium. Schließlich war er die Interimsvertretung für Jochen Bauer.

Ziegler sollte sich alleine bei den Schwabacher Künstlern umsehen. Der Hautkommissar nahm den jungen Küppers mit. Der war schließlich neuerdings ihr Kunstexperte, und er hatte sich über die Schwabacher Szene schon ein wenig informiert.

»Da hinten rechts, Mike, und dann in den Hof der alten Fabrik. Dort haben die meisten Künstler ihre Werkstätten. Aber nicht mehr lange.«

»Warum nicht mehr lange?«, fragte Ziegler, während er in die Einfahrt einbog.

»Der Pachtvertrag läuft aus. Ende des Jahres müssen alle raus. Eigentumswohnungen sollen da hin.«

»Die sind sicherlich sauer deswegen.«

»Und ob. Die Stadt weigert sich, andere Räumlichkeiten zur Verfügung zu stellen. Da werden einige Künstler aufgeben müssen. Denn die Mieten in einer gewerblichen Anlage können sich bestimmt die wenigsten von denen leisten.«

Ziegler parkte seinen Mercedes 280 CE, Baujahr 1972, auf der Schotterfläche vor einem mehrgeschossigen Backsteingebäude. Die beiden Polizisten stiegen aus. Auf einer Bank vor dem Haus spielte ein Mann Gitarre und sang dazu mit rauchiger Stimme.

> »Summertime, and the livin' is easy.
> Fish are jumpin' and the cotton is high.«

Ziegler blieb stehen. *Summertime* von George Gershwin. Das war eines seiner Lieblingsstücke. Seit einiger Zeit versuchte er sich daran auf seinem Saxophon. Er lauschte.

> »One of these mornings
> you're going to rise up singing.
> Then you'll spread your wings
> and you'll take to the sky.«

Das Gebäude war eine alte Fabrik mit großen Fenstern, von denen die meisten offen standen. Es roch nach Lösungsmitteln. Im obersten Stockwerk sah man die Lichtblitze eines Schweißgerätes. Küppers stand neben dem Hauptkommissar und versuchte, wie immer, etwas weniger groß auszusehen, was ihm, wie immer, nicht gelang. Auch er lauschte der Musik. Nach einem gefühlvollen Solo kam der Gitarrist zum Ende.

»Your daddy's rich and your mamma's good lookin'.
So hush little baby, don't you cry.«

Erst jetzt schien er seine Zuhörer wahrzunehmen. Die beiden Polizisten applaudierten. Der Musiker stand auf und verbeugte sich.

»Danke schön! Kann ich euch helfen?«

»Ja, spielen sie uns noch was! Kennen Sie *Love in Vain* von Robert Johnson?«, sagte Ziegler.

Küppers räusperte sich, und Ziegler zückte bedauernd seinen Ausweis.

»Aber leider sind wir dienstlich hier. Ich bin Hauptkommissar Ziegler von der Kriminalpolizei Schwabach. Und das ist mein Kollege Küppers.«

Die Anwesenheit der Polizei schien keinen großen Eindruck auf den Musiker zu machen. Jedenfalls beließ er es beim Du.

»Ihr kommt sicher wegen dem Mord. Oder hat einer unserer Franzosen wieder etwas angestellt?«

»Franzosen?«

»Unsere Austauschkünstler aus Les Sables d'Olonne. Denen steigt unser fränkisches Bier ziemlich zu Kopf. Am Wochenende hat einer einen Hydranten angemalt. Wir verhandeln aber schon mit dem Bürgermeister, ob wir das nicht so lassen können.«

Ziegler schüttelte den Kopf.

»Nein, die Franzosen interessieren uns nicht. Wir sind hier wegen der Ermittlungen im Mordfall Dombrowski. Können Sie uns dazu etwas sagen?«

»Nicht viel. Seine Sachen haben mir gefallen. Der hatte den Mut, mal was Besonderes zu machen. Auch wenn das manchem Spießer nicht gepasst hat. Seit der

Geschichte mit dem Brunnen ist er bei denen sowieso unten durch. Ich selber kannte ihn kaum, aber fragen Sie mal den Runau, der weiß sicher mehr.«

Wie aufs Stichwort kam der Vorsitzende des Künstlervereins heraus.

»Ah, die Herren von der Polizei. Ist es in Ordnung, wenn wir erst einen kleinen Rundgang machen? Dann lernen Sie schon mal ein paar von unseren Leuten kennen. Wegen des Künstleraustausches sind heute zum Glück fast alle da.«

Im ersten Raum saß eine ältere Französin auf dem Boden. Mit einem dicken Pinsel malte sie wilde Tuschestriche auf eine Zeitung. Dann knüllte sie die Zeitungsblätter zusammen und zerriss alles in kleine Stücke. Diese klebte sie auf eine Leinwand, sodass die ursprüngliche Zeichnung wieder zu erkennen war.

Im Raum daneben füllten zwei junge Künstler Farbe in kleine Luftballons und warfen diese auf eine riesige Leinwand.

»Action Painting«, erläuterte Küppers.

Dr. Runau führte sie in den dritten Stock. Dort war ein Metallbildhauer mit Flex und Schweißbrenner zugange. Funken sprühten und verflüssigtes Metall tropfte auf den Betonboden.

Ziegler musste schreien, um sich verständlich machen zu können.

»Haben Sie hier auch ein ruhiges Plätzchen, wo wir den Leuten ein paar Fragen stellen können?«

Dr. Runau deutete auf seine Ohren und hob die Schultern.

Zurück im Treppenhaus stellte Ziegler seine Frage erneut.

»Wir haben unten im Keller ein kleines Büro. Selbst ein Künstlerverein kommt nicht ohne Bürokratie aus.«

Ziegler wollte die Befragungen gleich hier vor Ort durchführen. In einer vertrauten Umgebung waren die Leute mitteilsamer als auf dem Polizeirevier.

»Mit wem möchten Sie denn sprechen?«, fragte Dr. Runau.

»Mit allen, die irgendwann einmal mit Dombrowski zu tun gehabt haben. Die sollen einfach alle nacheinander reinkommen.«

Ein junger Mann mit Kapuzenshirt machte den Anfang.

»Dombrowski war ein Genie. Haben Sie die *cubos* mal gesehen? Einfach grandios.«

Der Nächste war weniger begeistert.

»Ich bin ihm ein-, zweimal begegnet. Geredet hab ich nie mit ihm. Der hat uns Hobby-Künstler überhaupt nicht beachtet. Luft waren wir für den. Dabei habe ich fast schon mal die Aufnahmeprüfung für die Kunstakademie geschafft.«

Eine kleine, hagere Frau in einem etwas zu kurzen schwarzen Kleid sah es differenzierter.

»Der hat schon was gekonnt, der Dombrowski, das muss man ihm lassen. Hier hat keiner auch nur einen Hauch seiner Begabung. Aber so arrogant hätte er trotzdem nicht sein müssen, deswegen.«

Die nächste Künstlerin hatte eine Überraschung für die beiden Polizisten.

»Benedict? Ich habe ihn gut gekannt, kann man wohl sagen. Vor einem Jahr hatten wir ein Verhältnis, drei Monate lang, ist kein Geheimnis. Hat wohl jeder gewusst, außer seiner Frau. Vielleicht hat sie es auch gewusst und es war ihr egal. Dann hat er mich plötzlich abserviert, wegen so einer jungen Studentin. Damals hätte ich ihm gerne den Hals umgedreht. Aber jetzt? Vorbei ist vorbei. Nachweinen tu ich ihm jedenfalls nicht.«

Mehr hatte die Ex-Geliebte nicht zu berichten. Sie hatte seitdem keinen Kontakt mehr mit Dombrowski gehabt.

Und so ging es zwei Stunden lang weiter, ohne dass Ziegler und Küppers etwas wirklich Neues erfuhren. Auch die Künstler spalteten sich in zwei Lager, Dombrowski-Bewunderer und Dombrowski-Hasser. Aber keiner hatte in letzter Zeit etwas mit ihm zu tun gehabt. Dann kam ein ganz in Schwarz Gekleideter. Der hatte etwas wirklich Interessantes zu erzählen.

»Sie haben sich angebrüllt. ›Dann lass dich doch scheiden, blöde Kuh‹, hat Benedict gerufen und Hanna hat zurückgeschrien: ›Du Scheißkerl, ich wünschte, du wärst tot. Dann hätte ich endgültig meine Ruhe vor dir!‹ Sie hat dann einen Aschenbecher nach ihm geworfen.«

»Und? Hat sie ihn getroffen?«, fragte Ziegler.

»Nein, sie hat sich dann wohl doch nicht so ganz getraut und den Aschenbecher nur ins Eck gefeuert. Dann ist sie gegangen. Und zwei Wochen später war Dombrowski tot. Das ist doch verdächtig, oder?«

Ziegler verzog keine Miene.

»Vielen Dank so weit. Wir werden sicherlich später noch einmal auf Sie zukommen.«

Der Mann verließ den Raum. Der nächste Künstler trug eine Trachtenlederhose und ein rot-weiß kariertes Hemd. Er warf dem schwarz Gekleideten einen bösen Blick nach. Bevor er richtig saß, legte er schon los.

»Ich sag es Ihnen, Herr Kommissar, die Hanna war es nicht, nie und nimmer!«

»Wie kommen Sie darauf, dass wir Frau Felbinger verdächtigen?«

Der Mann schaute irritiert.

»Tun Sie das nicht? Ich dachte ... Hat Ihnen noch niemand von dem Streit erzählt?«

»Von dem Streit zwischen Benedict Dombrowski und seiner Frau? Doch, davon haben wir gehört.«

»Bestimmt von dem«, sagte der Lederhosenträger und warf einen Blick zur Tür.

»Von wem wir unsere Informationen haben, ist vertraulich«, sagte Ziegler. Er beugte sich vor. »Sie können ihn nicht ausstehen, ihren Kollegen. Den schwarz Gekleideten, meine ich.«

Der Künstler überlegte.

»Nicht ausstehen ... hm ... ich weiß nicht ...«

»Sagen wir mal, er ist nicht gerade Ihr bester Freund.«

»Ja, so könnte man sagen. Und was er über die Hanna sagt, das ist völlig falsch.«

»Was sagt er denn über die Hanna, Ihr Kollege?«

»Dass sie ihren Mann umgebracht haben könnte. Aber das ist unmöglich. Die Hanna ist nämlich eine Seele von einem Menschen. Die tut keiner Fliege was zuleide. Konnte sie schon in der Schule nicht. Ich kenne die Hanna nämlich schon aus der Grundschule.«

»So lange?«

»Ja. Und deshalb weiß ich, dass sie zu einem Mord gar nicht fähig ist.«

»Aber um die Ehe der Dombrowskis stand es nicht besonders gut, oder?«

»Da kann aber die Hanna nichts dafür. Dieser Dombrowski, der trieb sich doch ständig in fremden Betten rum. Aber Hanna hat ihm jedes Mal vergeben und ihn wieder bei sich aufgenommen. So ein Mensch war sie, die Hanna. Die hätte Besseres verdient als den arroganten Kerl. Einen, der sie auf Händen trägt.«

Ziegler horchte auf.

»So so. Haben Sie da jemanden bestimmten im Auge?«

»Denken Sie da etwa an mich? Nein, ich nicht, ich bin schwul.«

»Und wer wäre dann ein Typ für die Hanna? Wenn es nach Ihnen ginge, beispielsweise.«

Der Mann dachte nach. Dann beugte er sich vor und sprach mit gesenkter Stimme.

»Ich wüsste da schon einen.«

Er sah sich um, als wäre da jemand, der sie belauschen könnte.

»Der Thomas, der wäre einer.«

»Thomas Lorentz?«

»Genau der. Ein ruhiger Typ, genau wie die Hanna. Die würden gut zusammenpassen, die zwei. Und ich glaube ... nein, ich bin mir sicher, der Thomas ist in die Hanna verliebt.«

»Wie kommen Sie darauf?«

»Wie er sie immer ansieht. Die sind ja oft zusammen unterwegs, die Hanna, ihr Mann, Thomas und ...«

»... Agnetha Delarosa-Busch«, ergänzte Ziegler.

»Ja genau. Und ich habe ein paar Mal gesehen, wie der Thomas die Hanna anschaut. Wie man halt jemanden anschaut, in den man verliebt ist.«

»Und die Hanna, hat die auch was für den Thomas übrig?«

»Ich glaube nicht. Für die Hanna ist der Thomas einfach ein guter Freund. Aber wenn der Benedict nicht wäre, vielleicht ...«

»Benedict ist ja jetzt nicht mehr. Da wäre der Weg frei für Hanna Felbinger und Thomas Lorentz.«

Der Künstler machte ein erschrockenes Gesicht.

»Meinen Sie? Der Thomas?«

»Ich meine gar nichts. Ich fasse nur die Fakten zusammen.«

»Aber der Thomas? Das kann nicht sein!«

»Nein, sicher nicht. Vielen Dank. Rufen Sie mich an, wenn Ihnen noch etwas einfällt.«

Der Mann murmelte im Hinausgehen vor sich hin.

»Nicht die Hanna. Die nicht, nein.«

Küppers sah dem Mann nach.

»Ein Wichtigtuer?«, fragte er.

»Ich weiß nicht. Hat jedenfalls sehr viel für Hanna Felbinger übrig.«

»So viel, dass er sie von Dombrowski erlösen wollte?«

Ziegler überlegte. Dann schüttelte er den Kopf.

»Kann ich mir nicht vorstellen. Aber behalten wir ihn mal im Hinterkopf. Zunächst sollten wir uns jedoch Thomas Lorentz vorknöpfen.«

Küppers blätterte in seinem Notizblock.

»Er ist für 16 Uhr in die Inspektion bestellt. Das wollte ich noch absagen, weil der Stefan ja noch unterwegs ist.«

»Warum denn absagen? Wir beide schaffen das schon. Bis jetzt haben wir es doch auch prima hinbekommen, oder?«

Zögernd nickte Küppers.

Der Blues-Gitarrist saß immer noch auf seiner Bank und improvisierte. Die beiden Polizisten waren schon fast an ihrem Auto, da hörten sie ihn rufen.

»Ich glaube, es hätte ihm gefallen, dem Benedict Dombrowski.«

Ziegler rief zurück:

»Was hätte ihm gefallen?«

»So zu enden. Als Teil eines Kunstwerkes. Der Künstler wird selbst zur Kunst. Das hätte ihm gefallen, bestimmt.«

Dann begann er zu singen. Die letzten Takte von *Summertime*.

> »But till that morning
> there's a'nothing can harm you
> with daddy and mamma standing by.«

*

Thomas Lorentz, 40 Jahre alt, Kunsterzieher am Alten Gymnasium in Nürnberg, mittelgroß, braune kinnlange Haare, kleiner Bauchansatz. Er saß Ziegler gegenüber und wirkte nervös. Schlug das rechte Bein über das linke, um Sekunden später das linke über das rechte Bein zu schlagen. Schwitzte, obwohl es heute nicht besonders warm war. Draußen zogen Regenwolken auf. Zieglers Stumpf hatte recht gehabt.

Küppers saß an Simpels Schreibtisch. Er sollte das Protokoll führen. Bisher hatte der junge Kommissar immer nur die Notizen der anderen abtippen dürfen. Zum ersten Mal war er richtig am Verhör eines Mordverdächtigen beteiligt. Er war gespannt, wie Ziegler die Befragung angehen würde.

»Herr Lorentz«, begann Ziegler. »Sie kannten Benedict Dombrowski schon sehr lange, nicht wahr?«

»Seit unserer Zeit an der Kunstakademie, ja. 20 Jahre ungefähr.«

»Sie waren befreundet?«

»Befreundet? Ja, ich denke schon. Benedict war nicht der Typ für enge Freundschaften. Für seine Verhältnisse war ich aber sogar ein guter Freund. Viele hatte er ja nicht.«

»Sie sind auch mit seiner Frau befreundet?«

Thomas Lorentz setzte sich kerzengerade hin.

»Mit Hanna? Ja, Benedict, Hanna, Agnetha und ich, wir waren früher viel zusammen, vor allem in unserer Studienzeit. Auch jetzt sehen wir uns noch regelmäßig. Nicht mehr so oft, aber das ist ja normal, oder?«

»Wahrscheinlich. Herr Lorentz, wann haben Sie Benedict Dombrowski das letzte Mal gesehen?«

Der Kunsterzieher dachte eine Weile nach.

»Das war wohl an meinem 40. Geburtstag. Vor zwei Wochen. Ich mag eigentlich solche Feiern nicht, aber Hanna und Agnetha haben eine Party für mich organisiert, in Hannas Atelier. Ich wusste gar nichts davon.«

»Bei dieser Geburtstagsfeier gab es einen heftigen Streit zwischen Hanna Felbinger und ihrem Mann.«

Lorentz wischte sich mit dem Handrücken über die Stirn.

»Ach, das war nichts Ernstes. Wir hatten alle ein bisschen viel getrunken. Die beiden streiten ... stritten sich öfter mal ein bisschen.«

»Wie war die Ehe der beiden, Ihrer Einschätzung nach?«

Lorentz seufzte. Dann räusperte er sich.

»Nun ja, Hanna ist eine tolle Frau, aber ...« – er suchte nach den richtigen Worten – »... aber Benedict hat sie nicht immer so behandelt, wie sie es verdient hätte.«

Ziegler wartete, aber Lorentz gab keine weiteren Erläuterungen.

»Haben Sie denn einen Verdacht, wer Benedict Dombrowski umgebracht haben könnte? Hatte er Feinde?«

Lorentz schüttelte den Kopf.

»Nein, er hatte zwar öfters Streit mit jemandem, aber einen Feind, der ihm nach dem Leben trachtet ... Nein, so einen Feind hatte er nicht.«

»Wo waren Sie eigentlich an dem Freitagabend, als Benedict Dombrowski ermordet wurde?«

»Ich?«

Ziegler nickte. Lorentz schaute ihm das erste Mal seit Beginn des Gesprächs in die Augen.

»Ich war zu Hause. – Alleine.«

Lorentz senkte den Blick und betrachtete aufmerksam seine Schuhe. Ziegler wartete. Lorentz hob seinen Blick wieder.

»Das heißt doch wohl, ich habe kein Alibi, oder? Aber ich brauche auch keins. Ich habe Benedict nicht umgebracht. Glauben Sie, ich hätte meinen Freund erschlagen?«

Er starrte wieder auf seine Schuhe.

Ziegler beugte sich vor.

»Wissen Sie, was ich glaube: Sie lieben Hanna Felbinger. Vielleicht schon seit 20 Jahren. Dombrowski hat Hanna in der ganzen Zeit schlecht behandelt. Da konnten Sie irgendwann nicht mehr zuschauen.«

Manuel Küppers hielt die Luft an.

Lorentz schüttelte langsam den Kopf.

»Nein. Da liegen Sie falsch. Hanna ... Nein, ich war es nicht.«

Ziegler stand auf. Wahrscheinlich war Lorentz wirklich nicht der Täter, aber einen Versuch war es wert gewesen.

»Gut. Mein Kollege macht mit Ihnen das Protokoll fertig, dann können Sie gehen. Auf Wiedersehen.«

Er gab dem verdutzten Thomas Lorentz die Hand und verließ den Raum. Es war Zeit für eine Cohiba.

*

Hanna servierte grünen Tee. Wie damals in München zu ihrer Studentenzeit. Es war schon eine kleine Tradition gewesen. Tee bei Hanna, türkischer Mokka bei Agnetha und Eierlikör bei Thomas. Den hatte er immer von seiner Oma bekommen. Nur bei Benedict hatte es nichts gegeben. Er war ja ziemlich schnell bei Hanna eingezogen, und in seine eigene Bude hatte er die Freunde nie eingeladen.

Jeder der drei verbliebenen Mitglieder der alten Clique hing seinen Gedanken nach. Über eine Woche war Benedict schon tot. Agnetha brach als Erste das Schweigen.

»Thomas, du warst doch heute bei der Polizei. Wie war es denn?«

Thomas setzte die Tasse ab.

»Irgendwie komisch war es. Ich glaube fast, die denken, ich habe Benedict umgebracht, so wie die gefragt haben.«

»Wie kommen die denn darauf? Du bist – warst doch Benedicts bester Freund.«

»Ich weiß auch nicht«, antwortete Thomas und blickte hinüber zu Hanna, die sich gerade Tee nachschenkte.

Agnetha schüttelte den Kopf.

»Also ich verstehe nicht, wie die dich verdächtigen können. Du hast dich doch immer gut mit Benedict verstanden. Ich dagegen habe wenigstens ein handfestes Motiv.«

»Ein Motiv! Du?«, rief Hanna und stieß die Tasse um.

Der Tee ergoss sich über den kleinen indischen Holztisch.

»Und ob. Benedict hat mich schließlich böse ausgebootet bei der Professur an der Kunstakademie, das müsst ihr zugeben. Sogar die Stelle an der Volkshochschule hätte ich fast verloren, als diese alte Sache mit den Drogen hochkam. Es gab da schon Momente, wo ich ihm gern eins über den Schädel gezogen hätte.«

»Aber wegen einer Professorenstelle bringt man doch keinen um, oder?«, sagte Hanna und blickte unsicher zu Thomas.

»Von irgendwas muss man ja seine Miete bezahlen.«

Thomas sprach leise und mehr zu sich selbst.

»Deshalb bin ich ja auch Studienrat geworden. Und so ein Professorengehalt ist nicht zu verachten. Ist fast doppelt so viel, wie ich bekomme. Vom Renommee ganz zu schweigen. Und jetzt, wo Benedict tot ist ...«

»... habe ich wieder gute Aussichten auf die Professur. Noch ein Motiv«, ergänzte Agnetha.

Thomas ging in die Küche. Hanna blieb stumm sitzen. Sie bemerkte gar nicht, dass Tee auf ihre Schuhe tropfte. Thomas kam mit einem Geschirrtuch zurück und wischte auf.

»Da sitzen wir nun zusammen«, sagte er. »Drei Verdächtige im Mordfall Benedict Dombrowski.«

Hanna erwachte aus ihrer Starre.

»Wir dürfen uns auf keinen Fall weiter belasten.«

»Was meinst du damit?«, fragte Agnetha.

»Wir dürfen nichts mehr erzählen, was einen von uns verdächtig macht. So was wie den Streit bei Thomas' Geburtstag.«

»Das hat doch die Polizei längst herausgefunden«, rief Thomas aus der Küche, wo er das Geschirrtuch über dem Spülbecken auswrang. Anschließend hängte er es sorgfältig über die Heizung.

Hanna hob die Tasse an den Mund, merkte, dass sie leer war und stellte sie wieder hin.

»Bei dem Streit waren ja auch andere Leute dabei. Aber es gibt Sachen, die nur wir wissen. Da müssen wir der Polizei doch nichts davon erzählen.«

»Was denn zum Beispiel?«, fragte Agnetha.

»Ich weiß auch nicht. Sachen halt, die uns verdächtig machen, irgendwie. Und von unserer gemeinsamen Werkstatt in Rednitzhembach erzählen wir besser auch nichts.«

Agnetha war skeptisch.

»Und wenn sie trotzdem darauf kommen?«

»Dann haben wir halt nicht daran gedacht. In Rednitzhembach steht meine Skulptur. Ich will nicht, dass da jemand alles durcheinanderbringt. Ihr hättet sehen sollen, wie es in Benedicts Studio ausgesehen hat, nachdem die Polizei da gewesen ist.«

Hanna sah die anderen ernst an.

»Versprechen wir uns, dass keiner etwas sagt oder tut, was dem anderen schadet!«

Thomas und Agnetha nickten.

»Jetzt habe ich doch nur noch euch«, sagte Hanna. Dann ging sie in die Küche, frischen Tee machen.

*

Ziegler saß auf einer Bank vor dem Laufer Wenzelschloss und genoss die Morgensonne. Er war zu Fuß hergekommen. Seine Wohnung lag zwar ein gutes Stück entfernt, aber die Bewegung tat ihm gut.

Er steckte sich einen Zigarillo an. Wo blieb er denn, der sonst so penible Kommissar Simpel? Er war schon eine halbe Stunde überfällig. Selbst auf seinem schicken Handy war er nicht zu erreichen.

Nun, es gab Schlimmeres, als hier in der Sonne zu sitzen. Jetzt in der Urlaubszeit war auf den Straßen nicht viel los. Ziegler seufzte. Urlaub. Den hatte er schon lange nicht mehr gehabt. Er hatte zwar die letzten Jahre nicht gearbeitet, war aber auch nie weggefahren. Ihm war einfach nicht danach gewesen. Außerdem, was hätte er alleine unternehmen sollen? Und seine Tochter Eva-Maria wollte er nicht fragen. Da wäre er sich vorgekommen wie ein einsamer alter Mann.

Ziegler schaute auf die Uhr und warf den Rest des Zigarillos in die Büsche. Dann musste er eben ohne den Herrn Oberkommissar anfangen.

Er klingelte beim Hausmeister. Der sperrte ihm das Atelier von Benedict Dombrowski auf.

»Ka Wort hab i mit dem Dombrowski gred. Oder besser der ned mit mir. Für den war i Luft. Der hat bloß Augn ghabt für seine scheena Studentinnen.«

Ziegler sah sich im Atelier um. Da hörte er Schritte aus dem Treppenaufgang. Simpel. Der verschnaufte kurz und hielt ihm dann Latexhandschuhe hin.

»Nehmen Sie die, man weiß ja nie.«

Ziegler zog die Handschuhe an.

»Bitte entschuldigen Sie«, sagte Simpel. »Mein Auto. Der Golf lässt mich in letzter Zeit öfter im Stich. Ich musste erst in die Polizeiinspektion und mir von dort einen Wagen holen. Anrufen konnte ich auch nicht, ich habe das Handy im Golf liegen lassen.«

Ziegler fuhr schließlich auch einen Oldtimer und kannte die Probleme, die so ein altes Auto manchmal bereitete.

Er hatte zum Glück einen fähigen Hinterhof-Schrauber, der die Dinge schnell und günstig wieder in Ordnung brachte. Den sollte er Simpel vielleicht empfehlen. Doch jetzt sahen sie sich erst einmal um.

Am Fenster war ein großer Tisch, darauf ein Laptop, Schreibzeug, jede Menge Stifte und einige Mappen und Bücher. Im Eck unter dem Fenster stand ein Bettsofa mit Kissen und Decken, daneben ein kleines Regal mit Fachliteratur.

Simpel fuhr den Laptop hoch, Ziegler blätterte in den Mappen.

Es klopfte an der offenen Tür.

»Guten Tag, Sie müssen Kommissar Ziegler sein. Ich bin Barbara van der Alst. Dr. Weidner hat mir von Ihnen erzählt.«

Ziegler begrüßte die Professorin und stellte ihr Simpel vor.

Van der Alst bestätigte, was Dr. Weidner schon erzählt hatte. Dombrowski hatte einmal ein Foto von einer Warhol-Zeichnung herumgezeigt. Die hatte der ihm angeblich geschenkt. Mehr wusste sie darüber nicht. Sie hatte wenig Kontakt zu Dombrowski gehabt. Ihr missfielen seine häufigen Affären mit Studentinnen. Da er aber als Gastdozent weder an Prüfungen noch am Zulassungsverfahren beteiligt war, konnte man nichts machen.

»Aber trotzdem fand ich das völlig unpassend. Es gibt hier an der Akademie kein klassisches Lehrer-Schüler-Verhältnis. Wir verstehen uns als gemeinsam Lernende. Klar, sind hier alle erwachsene Menschen, die wissen, was sie tun. Aber diese Unverfrorenheit, mit der Dombrowski sich an die jungen Frauen heranmachte, war unerträglich. Dabei war er verheiratet. Ich glaube, es ging ihm weniger um Sex als vielmehr um die Macht, die damit verbunden war.«

Van der Alst holte tief Luft.

»Es gab vor Kurzem eine sehr peinliche Szene. Das ist jetzt etwa zwei Monate her. Es war so gegen Mitte des Semesters. Ich hörte laute Stimmen aus Dombrowskis Atelier kommen. Als ich dann auch noch etwas klirren hörte, bin ich nachschauen gegangen. Vorsichtshalber habe ich zwei meiner Studenten mitgenommen. Was wir zu sehen bekamen, war zwar ziemlich lächerlich, aber auch irgendwie erschreckend.«

Die Professorin deutete auf das Bettsofa.

»Auf dem Bett saß eine verängstigte Studentin, nackt, nur eine Decke notdürftig um sich gewickelt. Vor dem Bett kauerte Dombrowski, ebenfalls nackt, die Arme schützend über dem Kopf erhoben. Er schrie: ›Hilfe, der bringt mich um!‹ Vor ihm stand ein kräftiger junger Mann, wie sich herausstellte, der Freund der Studentin.

Er fuchtelte mit einer Stehlampe herum und stieß wüste Beschimpfungen gegen Dombrowski aus. Meine beiden Studenten und der Hausmeister haben den jungen Mann dann hinausbefördert. Keiner hat seitdem ein Wort darüber verloren.«

Simpel und Ziegler sahen sich an. Dombrowski hatte es wirklich verstanden, sich Feinde zu machen.

Ziegler ließ sich die Adresse der Studentin geben. Simpel packte Dombrowskis Laptop ein und dann verabschiedeten sie sich von der Professorin.

Am Ausgang wartete der Hausmeister auf sie.

»Mir is da noch was eingfalln. I glaub, dass der Dombrowski gsoffen hat oder vielleicht was gnommen. Vor drei Wochen hab i a Unterschrift von ihm braucht, wegen dem Semesterabschluss. Do nimmt der den Kugelschreiber und i halt ihm den Zettel hie, und wie er unterschreibn will, fällt ihm der Stift aus der Hand. Kann ja mal passiern, denk i. Aber der Dombrowski starrt sei Hand an, brüllt laut auf und rennt davo. I denk, der woar bsoffn. Die Unterschrift hab i bis heut no ned.«

Simpel und Ziegler bedankten sich für die Information.

Sie hatten noch eine halbe Stunde Zeit, dann waren sie mit ein paar Laufer Kollegen verabredet. Sie setzten sich auf eine Bank und Ziegler berichtete Simpel von seinem Besuch beim Schwabacher Künstlerverein und von der Vermutung des Lederhosenträgers, dass Thomas Lorentz in Hanna Felbinger verliebt sei.

»Als ich das gestern Nachmittag dem Lorentz auf den Kopf zugesagt habe, hat er das nicht bestritten.«

Simpel runzelte die Stirn.

»Manuel sollte den Termin mit Thomas Lorentz doch verschieben. Ich wäre da schon gerne dabei gewesen,

Herr Ziegler. Noch dazu, wo Lorentz jetzt zum Kreis der Verdächtigen gehört.«

Ziegler machte eine wegwerfende Geste.

»Deshalb erzähle ich Ihnen jetzt gleich detailgetreu, Wort für Wort, was bei der Befragung herausgekommen ist. Etwas können Sie Ihrem Praktikanten schon zutrauen, Herr Simpel.«

Die beiden Kommissare maßen sich einen Moment mit Blicken.

Dann seufzte Simpel.

»Bitte Herr Ziegler, ich bin ganz Ohr.«

*

»Du willst es also wirklich noch mal wissen, Mike?« Hauptkommissar Beitz, der Dienststellenleiter der Laufer Polizeiinspektion, zwirbelte an seinem König-Ludwig-Bart.

»Ja, das will ich. Mit Anfang fünfzig gehöre ich noch nicht zum alten Eisen«, antwortete Ziegler.

Hauptmeister Neunsinger, ebenfalls von der Laufer Schutzpolizei, fragte nach.

»So richtig bei der Kripo, mit allem drum und dran. Nachtdienst, Bereitschaft, unbezahlte Überstunden ...«

»Genau so. Und nur so. Auf irgendeinen Innendienstposten habe ich keine Lust. Da kann ich ja gleich daheimbleiben. Nein, wenn schon, dann richtig.«

Ziegler hatte das Treffen mit den Kollegen organisiert. Er und Simpel hatten vor einem Jahr mit den Laufern gemeinsam den Mord an einem jungen Mädchen aufgeklärt. Simpel hatte die Kollegen seit damals nicht mehr getroffen.

Neunsinger kaute an einem etwas zäheren Stück Kotelett herum. Deshalb sprach er mit halb vollem Mund.

»Und mit deinem Bein? Ist das kein Problem?«

»Im Prinzip nicht. Natürlich kann ich schlecht irgendwelchen Gangstern hinterherjagen, und mit der Drogenfahndung wird es wohl auch nichts mehr. Aber es gibt noch genügend Aufgabenbereiche, bei denen es mehr auf Köpfchen als auf Schnelligkeit ankommt. Bei der Mordkommission zum Beispiel. In Schwabach ist gerade eine Stelle frei geworden. Vielleicht bewerbe ich mich darauf.«

Er grinste.

Simpel verschluckte sich und bekam einen furchtbaren Hustenanfall. Hauptkommissar Beitz klopfte ihm kräftig auf den Rücken.

»Langsam, Kollege. Jeden Bissen zehnmal kauen.«

»Wäre doch toll«, meinte Neunsinger, »ihr beide seid doch ein klasse Team. Und unter deiner Führung. Mike ...«

Er unterbrach sich und sah besorgt zu Simpel, der schon wieder zu ersticken drohte. Diesmal brachte er den Bissen jedoch ohne Hilfe hinunter. Beitz wechselte das Thema.

»Wie kommt ihr eigentlich voran mit eurem goldenen Toten? Der macht ja ziemlich Schlagzeilen.«

Simpel schob den Teller beiseite. Ihm war der Appetit vergangen.

»Schlecht kommen wir voran«, sagte er. »Eine ganze Menge Leute haben eine Rechnung mit Dombrowski offen. Aber wir haben weder einen Hauptverdächtigen noch ein wirklich schlüssiges Mordmotiv. Vorhin im Wenzelschloss haben wir schon wieder von jemandem erfahren, den wir in den Kreis der Verdächtigen aufnehmen müssen.«

Beitz zwirbelte an seinem Bart.

»Vielleicht seid ihr hier in Lauf sogar auf der richtigen Spur. Ich habe da über meine Verbindungen zum Stadtrat einiges erfahren. Ihr wisst ja, dass das Wenzelschloss verkauft werden soll.«

Simpel und Ziegler nickten.

»Bisher war von einem Bauträger die Rede, der ein Luxushotel planen soll. Spruchreif war aber noch nichts. Und vor vier Wochen hat noch jemand seinen Hut in den Ring geworfen.«

»Doch nicht etwa Dombrowski?«, entfuhr es Simpel.

»Genau der. Er plante eine Nutzung als Künstlerwerkstatt. Aber nicht für die Nürnberger Akademie, sondern als seine eigene private Stiftung. Genaueres weiß ich nicht. Aber, dass der Stadtrat die Dombrowski-Lösung favorisierte, das weiß ich aus erster Hand.«

»Ist ja klar«, sagte Ziegler. »Das wäre ein unheimlicher Imagegewinn für die Stadt Lauf. Und der Denkmalschutz wäre auch glücklich. Werkstatträume sind ja schon vorhanden. Bei einem Hotel wäre wahrscheinlich kein Stein auf dem anderen geblieben.«

»Außen schon, aber innen wäre sicherlich alles verändert worden«, sagte Neunsinger, der immer noch mit seinem Kotelett kämpfte.

»Und hätte er den Zuschlag bekommen? Dombrowski, meine ich«, fragte Simpel.

»Das letzte Wort hat der Freistaat Bayern, und dem sind unsere fränkischen Kulturgüter bekanntermaßen ziemlich egal. Die wären wahrscheinlich dem Vorschlag des Laufer Stadtrates gefolgt. Zur Not hätte die Stadt ihr Vorkaufsrecht wahrgenommen und dann gleich an Dombrowski weiterverkauft. So war es zumindest geplant. Und ihr könnt euch sicherlich denken, wer darüber nicht so ganz glücklich war.«

»Der Investor«, sagte Simpel.

»Doch nicht etwa Buxmann?«, platzte Ziegler heraus.

Beitz sah ihn überrascht an.

»Genau der. Und wenn Buxmann seine schmutzigen Finger im Spiel hat, dann habt ihr einen weiteren Verdächtigen.«

Simpel stand auf.

»Na, dann machen wir uns besser wieder an die Arbeit. Zahlen bitte!«

Beitz winkte ab.

»Ihr seid natürlich eingeladen. Wenn ich mal nach Schwabach komme, könnt ihr euch ja revanchieren.«

Er drückte beiden kräftig die Hand.

»Und, Stefan, einen schönen Gruß an die Kollegin Leninger. Ihr trefft euch ja häufiger, wie man so hört.«

»Werde ich ausrichten«, stotterte Simpel mit knallrotem Gesicht.

*

»Sie haben Emilija endlich verlegt? Nach Smederevo, so wie es ausgemacht war?«

…

»Und es geht ihr gut?«

…

»Wie viel?«

…

»5 000 Dollar?«

…

»Nein, nein, das Geld schick ich dir gleich morgen. So lange warten die schon.

…

»Geht leider nicht.«

…

»Ich weiß, aber ich habe hier noch zu tun. Wenn alles klappt, komme ich nächsten Monat. Versprochen.«

…

»Ich dich auch. Und pass auf Mama auf. Ćao, Branko!«

Bojan Stankovic legte das Handy auf den Beifahrersitz. Er konnte jetzt nicht nach Serbien fahren. Die Familie war Brankos Job. Bojan verdiente in Deutschland das Geld, Branko kümmerte sich daheim in Serbien um alles. Wäre sein Bruder doch nicht so ein – die Deutschen hatten da ein Wort – »Weichei«, das war's. Früher waren sie unschlagbar gewesen, die beiden Brüder. Aber seit dem Krieg war Branko nicht mehr derselbe. Dabei brauchten Mama und Emilija jetzt einen starken Mann. Vor allem Emilija. Sie musste schon wieder eine Chemotherapie über sich ergehen lassen. Anstrengend und langwierig war das. Und diesen Ärzten gegenüber musste man manchmal etwas massiver auftreten, sonst strengten die sich nicht genug an. Außerdem brauchte man Geld. Aber das war vielleicht bald kein Problem mehr. Wenn alles klappte und er diesen Warhol doch noch fand, konnte er sich zur Ruhe setzen und vielleicht dieses kleine Häuschen am Meer …

Bojan nahm das Nachtglas und beobachtete den Eingang der kleinen Lagerhalle in Rednitzhembach. Irgendwann musste die doch da rauskommen.

Es dauerte aber noch über eine Stunde, bis Hanna Felbinger die Tür öffnete. Sie stieg in ihr Auto und fuhr davon. Stankovic wartete zehn Minuten, nahm sein Werkzeug und ging zu dem Gebäude, in dem die Frau in den letzten drei Stunden so viel zu tun gehabt hatte.

Das Schloss war lächerlich einfach zu knacken. Angst vor Entdeckung musste er auch keine haben. Das kleine Industriegebiet war abends wie ausgestorben.

In der Halle roch es nach Öl und verbranntem Metall. In der Ecke stand ein großes Industrie-Schweißgerät. Mit so einem hatten sie im Krieg auch gearbeitet. Allerdings nicht, um Metall zusammenzufügen.

Er schaltete das Licht an. Geblendet schloss er die Augen. Statt der üblichen Neonröhren strahlten starke Halogenlampen in der fensterlosen Halle. Die Künstlerin brauchte offenbar viel Licht.

Stankovic blickte sich um. Von der Decke baumelte eine Kette, an der ein großer Elektromagnet hing. Die Säulen einer Hebebühne verrieten, dass hier einmal eine Autowerkstatt gewesen war. An der Längsseite stand eine überdimensionale Werkbank mit mehreren Schraubstöcken. Darauf lag alles Mögliche. Ein Gullideckel mit französischer Inschrift, eine Lkw-Achse mit nur noch einer Felge, Zahnräder in verschiedenen Größen und etliche verbogene und zerbrochen Metallteile.

Doch Stankovic war nicht an der Technik interessiert. Er war hinter etwas anderem her.

Systematisch durchsuchte er alle Schränke und Schubladen. Er öffnete die Werkzeugkisten, löste einige Wandverkleidungen und sah im Spülkasten der Toilette nach. Selbst das Schweißgerät schraubte er auf. Nichts. Wenn er nur mehr Zeit gehabt hätte, oder ein paar Leute, die ihm halfen. Dann würde er den Warhol schon finden. Wenn die Felbinger ihn hier irgendwo versteckt hatte. Oder hatte sie tatsächlich nur gearbeitet? An diesem … Ding.

Die Skulptur hatte er bis jetzt kaum beachtet. Sie war groß, mindestens drei Meter hoch, ganz aus Schrottteilen gefertigt. Die waren zu unzähligen ineinander verschachtelten konzentrischen Ringen angeordnet. Irgendwie erinnerte ihn das an das bronzene Astrolabium in der Eingangshalle der Universität von Sotschi. Jeden Tag war er daran vorbeigekommen, auf dem Weg zur Germanistikvorlesung.

Stankovic ging einmal um das Objekt herum. Dann stieg er auf das fahrbare Gerüst, das daneben stand. Von oben kam ihm das Ding irgendwie bekannt vor. Er kniff die Augen zusammen. Er hatte das schon einmal gesehen. Nicht in seiner Zeit als jugoslawischer Austauschstudent, nein, erst vor Kurzem.

Er kletterte hinunter, schob das Gerüst auf die andere Seite, etwas weiter weg von der Skulptur. Dann stieg er wieder hinauf.

Jetzt erkannte er es wieder.

Bojan Stankovic pfiff leise vor sich hin, als er das Gerüst wieder an seinen ursprünglichen Platz schob. Obwohl er Handschuhe getragen hatte, wischte er alles ab, was er angefasst hatte. Dann löschte er das Licht und verschloss die Halle. Niemand würde bemerken, dass er hier gewesen war.

Er suchte im Autoradio, bis er die Live-Übertragung von den Bayreuther Festspielen gefunden hatte. Die erste Szene des *Rheingold* war schon fast vorüber. Andrew Shore, der als Alberich schon zum Inventar der

Festspiele gehörte, sang gerade die letzten Zeilen, den grässlichen Liebesverzichts-Schwur.

> »Das Licht lösch' ich euch aus, entreiße dem Riff das Gold, schmiede den rächenden Ring; denn hör' es die Flut: so verfluch' ich die Liebe!«

Bojan Stankovic sang laut mit. Das war eine seiner Lieblingsstellen. Auch er hatte so manchen Preis zahlen müssen, um zu bekommen, was er wollte. Aber diesmal würde jemand anderer zahlen. Hanna Felbinger.

*

»Jetzt warten wir schon eine halbe Stunde. Unverschämtheit!«

Simpel sah auf die Uhr. Um vier war er mit Astrid im Schwabacher Freibad verabredet. Jetzt war es bereits halb zwei.

»Lassen Sie sich nicht aus der Ruhe bringen«, sagte Ziegler und rieb sich sein Bein. »Der Herr Bauunternehmer will uns nur ein wenig ärgern.«

»Das nächste Mal bestelle ich Buxmann in die Inspektion ein. Dann sehen wir mal, wer hier wen ärgert.«

»Das ist keine gute Idee. Dort taucht er hundertprozentig mit einem Anwalt auf. Hier, im eigenen Revier, fühlt er sich sicher. Da rutscht ihm vielleicht etwas heraus, was er uns auf der Inspektion nicht gesagt hätte.«

»Vielleicht. Ich hätte trotzdem gute Lust, wieder zu gehen.«

Simpel blickte zur Sekretärin. Die hatte Kopfhörer auf und tippte, ohne die beiden Polizisten zu beachten.

Erst nach weiteren 20 Minuten leuchtete die Lampe an ihrer Sprechanlage. Die Sekretärin nahm die Kopfhörer ab und drückte den Türöffner.

»Der Herr Vorstand hat jetzt Zeit für Sie.«

»Guten Tag, bitte entschuldigen Sie. Ich hatte noch einige dringende Telefonate zu erledigen, Sie verstehen das hoffentlich.«

Er gab erst Ziegler, dann Simpel die Hand. Ein kräftiger Händedruck, der zu der massigen Figur des Bauunternehmers passte.

»Nehmen Sie Platz!«

Er deutete auf zwei schwarze Ledersessel. Er selbst nahm hinter einem Schreibtisch Platz, ein teures Designerstück, eigentlich nur eine große Glasplatte auf einem Edelstahlgestell. Der unauffällige Apple-Computer darauf war das allerneueste Modell. Simpel hätte dafür mehr als zwei Monatsgehälter hinlegen müssen. Daneben stand eine kleine Kiste aus edlem Wurzelholz mit feinen orientalischen Intarsien.

Buxmann legte die Fingerspitzen aneinander.

»Was kann ich für Sie tun, meine Herren?«

Simpel beugte sich vor. Die Lehne seines Sessels war extrem weit nach hinten geneigt, aber bei den vielen Knöpfen und Hebeln hatte er Angst, den falschen zu erwischen und womöglich in einer Liegeposition zu enden.

»Wir untersuchen den Mord an Benedict Dombrowski. Sie waren sein Geschäftspartner, und seit einiger Zeit prozessierten Sie gegen ihn. Können Sie uns etwas dazu erzählen?«

»Bin ich etwa verdächtig? Dann sollte ich besser einen Anwalt hinzuziehen, oder?«

Buxmann lachte.

»Nein, wir befragen Sie nur als Zeugen.«

Vorerst, fügte Simpel in Gedanken hinzu.

»Das will ich wohl hoffen. Unsere Geschäftsbeziehung ... hm ... bis vor einiger Zeit war die ziemlich gut. Meine Auftraggeber standen auf das Zeug von Dombrowski. Der war zeitweise schwer angesagt. Sechsstellige Summen musste man dafür hinblättern. Und ich habe auch ganz gut daran verdient. Schließlich benötigen diese Kunstwerke spezielle Betonsockel und aufwendige statische Gutachten. Das kostet natürlich. Man könnte sagen, die Zusammenarbeit mit Benedict Dombrowski war eine typische Win-win-Situation. Wir haben beide davon profitiert, und das nicht zu knapp, das können Sie mir glauben.«

»Und warum hat sich das geändert?«

»Die Wirtschaftskrise. Keiner hat mehr Geld für Extravaganzen. Die meisten Firmen bauen überhaupt nicht mehr. Wenn es so weitergeht, muss ich meinen Laden zusperren.«

Mir kommen gleich die Tränen, dachte Simpel. Laut sagte er: »Und der Prozess? Was hat der mit der Wirtschaftskrise zu tun? Da ging es doch um einen großen Auftrag. Eine dieser Win-win-Geschichten.«

Buxmann lehnte sich zurück und verschränkte die Arme.

»Schön wäre es. Aber ich bin auf meine alten Tage wohl sentimental geworden. Meine eigene Firmenzentrale wollte ich mit einem Dombrowski schmücken. Er hat mir auch einen Freundschaftspreis gemacht.«

»150 000 Euro allein als Vorschuss! Das soll ein Freundschaftspreis sein?«, fiel ihm Ziegler ins Wort.

»Donnerwetter, Sie sind ja richtig gut informiert. Aber zu Ihrer Frage: Das war ein Discountpreis für einen original Dombrowski. Außerdem kann ich das als Werbungskosten absetzen, und dem Image der Firma tut so ein bisschen Kunst am Bau gut. Sie würden ja auch bei keinem Metzger kaufen, der seine Wurst nicht selber isst, oder?«

»Und was war dann das Problem?«, fragte Ziegler.

Buxmann seufzte.

»Künstlerbefindlichkeiten. Ihm passte der Standort für sein Werk nicht. Ursprünglich sollte es vor dem Haupteingang stehen. Aber dann wollte ich es lieber im Innenhof haben. Dort kann man es von meinem Büro aus sehen. Schließlich empfange ich meine Kunden hier und nicht vor dem Eingang. Aber Dombrowski hat das nicht gepasst. Er wolle seine Kunst nicht in einem Hinterhof verstecken, hat er gesagt. Als ob meine Firmenzentrale irgendeine Bruchbude wäre.«

»Hatten Sie nicht einen Vertrag, in dem der Aufstellungsort genau geregelt war?«

Buxmann fixierte Ziegler.

»Haben Sie diesen Vertrag gesehen?«

Ziegler schüttelte den Kopf.

»Nein, der fehlte in den Akten«, sagte er. »Dombrowski wollte ihn noch nachreichen.«

Buxmann lachte.

»Nachreichen, von wegen! Verschlampt hat er den Vertrag, der Herr Künstler. Er mag ja ein grandioser Bildhauer gewesen sein, als Geschäftsmann war er eine Niete.«

Er musterte die beiden Polizisten.

»Um Ihnen zu zeigen, dass ich nichts zu verbergen habe, gebe ich Ihnen eine Kopie des Originalvertrages. Dem Gericht lege ich ihn diese Woche sowieso vor.«

Er drückte den Knopf der Sprechanlage und gab die entsprechende Anweisung. Dann öffnete er das Wurzelholzkästchen und entnahm eine Zigarre.

»Verkürzen wir uns die Wartezeit. Wollen Sie auch eine?«

Simpel schüttelte sofort den Kopf, Ziegler erst nach kurzem Zögern.

»Sie wissen nicht, was Ihnen da entgeht. Montecristo. Edicion Limitada 2003. 20 Euro das Stück.«

Er tastete seine Taschen nach einem Feuerzeug ab. Ziegler reichte ihm seines, was ihm einen missbilligenden Blick von Simpel einbrachte.

»Danke. Sie rauchen auch? Ich persönlich mag keine Zigaretten, aber wenn Sie möchten, können Sie gerne ... Ah, Cohiba-Zigarillos! Es gibt also tatsächlich Leute mit Geschmack bei der Polizei.«

Im Nu war der Raum mit Rauch erfüllt. Buxmann und Ziegler fachsimpelten über kubanischen Tabak. Simpel blickte sehnsüchtig zum Fenster. Da öffnete sich die Tür und die Sekretärin kam herein, einen dicken Stapel Papiere in der Hand. Sie runzelte die Stirn, legte die Papiere auf den Tisch und öffnete das Fenster. Simpel warf ihr einen dankbaren Blick zu. Buxmann deutete auf die Unterlagen.

»So, meine Herren, bedienen Sie sich. Ich hoffe, sie haben viel Zeit zum Lesen. Unsere Rechtsabteilung ist für ihre Gründlichkeit bekannt.«

Wohl eher berüchtigt, dachte Simpel. Der Vertrag hatte sicherlich an die 400 Seiten.

»Vielen Dank«, sagte er. »Auch wir haben unsere Fachleute. Die werden schon etwas damit anfangen können.«

Ein schiefes Grinsen Buxmanns machte deutlich, was er von den Fachleuten der Polizei hielt.

»Dann viel Vergnügen. Wenn ich Ihnen sonst irgendwie behilflich sein kann ...«

Simpel stand auf.

»Für heute wäre es das, Herr Buxmann. Aber wir melden uns wieder.«

Ziegler ging ans offene Fenster und schnippte den Stummel seines Zigarillos hinaus.

»Gehört das alles Ihnen?«, fragte er.

Das Büro lag im sechsten Stock eines imposanten Bürokomplexes. Im Innenhof befand sich eine kleine Lindenallee mit Bänken und einem Springbrunnen. Ein leerer Betonsockel war offenbar für das strittige Kunstwerk vorgesehen.

Buxmann trat neben Ziegler.

»Gehören tut das der Buxmann AG. Ich bin der Aufsichtsratsvorsitzende, also streng genommen ein Angestellter.«

»Dem aber wohl die Aktienmehrheit gehört, nehme ich an.«

Buxmann lächelte.

»Die Aktienmehrheit gehört einer Holding mit Sitz in der Schweiz. Und bevor Sie fragen: Natürlich bin ich an der Holding beteiligt.«

Ziegler nickte anerkennend.

»Sie sind also international tätig. Ein Global Player sozusagen.«

Buxmann schluckte das Kompliment.

»Sozusagen. Auch wenn sich unsere Aktivitäten derzeit noch auf Europa beschränken. Aber ich bin gerade dabei, nach Asien zu expandieren. Die Zukunft liegt in China, meine Herren.«

Er öffnete die Tür und ließ die beiden Polizisten hinaus. Ziegler drehte sich noch einmal um.

»Haben Sie eigentlich auch eine Filiale in Italien?«

Buxmann stutzte.

»Italien? Da haben wir Büros in Bozen und in Florenz. Aber nur für Planung und Entwurf. Für die eigentlichen Bautätigkeiten haben wir italienische Partner, die wir den Interessenten vermitteln. Wenn ein Deutscher in Italien bauen will, ist er froh, jemanden zu haben, der seine Sprache spricht. Wir haben uns spezialisiert auf Baudenkmalpflege im hochpreisigen Bereich. Mit Swimmingpools und minderwertigen Ferienhäusern geben wir uns nicht ab.«

Ziegler hob die Augenbrauen.

»Baudenkmalpflege. Das heißt, Sie renovieren alte Schlösser und Villen.«

Buxmann runzelte die Stirn.

»Zum Beispiel. Oder wir sanieren Kirchen, bessern Stadtmauern aus, solche Sachen halt.«

»Danke, Herr Buxmann, Sie haben uns sehr geholfen. Auf Wiedersehen.«

Buxmann blieb noch eine Weile stehen und sah den beiden nach, bis sie durch die Tür auf der anderen Seite des Flurs verschwunden waren.

*

Bojan Stankovic zündete sich eine filterlose Gauloise an. Er saß an dem winzigen Küchentisch und schaute aus dem Fenster. Unter der Eiche im Hof spielten drei Mädchen Seilspringen. Dabei sangen sie immer wieder das gleiche Lied. Er verstand kein Wort, wahrscheinlich war es Türkisch. Ein kleiner Junge fuhr mit seinem Dreirad mitten hinein in das Spiel der Mädchen. Das Seil blieb an seinem Dreirad hängen. Die Mädchen schimpften und schoben den Kleinen weg.

Stankovic füllte Tee in sein Glas und gab drei Löffel Zucker dazu. Auf dem Tisch lag ein Blatt Papier mit der Fotokopie einer Zeichnung. Während er Tee trank, sah er sie immer wieder an.

Der Einbruch hatte sich gelohnt, auch wenn er den Warhol nicht gefunden hatte. Jetzt konnte er endlich etwas aus dieser Dombrowski-Geschichte herausholen. Da brauchte er den Feigling Buxmann nicht mehr. Dass der sich so schnell in die Hosen macht, hatte er nicht erwartet.

Nur beeilen sollte er sich. In spätestens zwei Wochen musste er Emilija weiteres Geld schicken, sonst würden diese korrupten serbischen Ärzteschweine sie einfach nach Hause schicken. Wenn er sie nur nach Deutschland holen könnte. Er hatte sich schon erkundigt, es gab eine Klinik in Berlin, die viel Erfahrung mit dieser speziellen Art von Leukämie hatte. Aber Emilija wollte nicht. Sie hatte Angst, in einem fremden Land zu sterben. Da konnte er nichts machen. Seine kleine Schwester war nun einmal nicht weniger stur als er selbst.

Er stand auf und holte seinen Laptop aus dem Schlafzimmer. Er zündete sich eine neue Gauloise an und dachte nach. Dann begann er zu tippen. Nippte an seiner Teetasse und tippte weiter. Als er fertig war, ging er akribisch noch einmal jedes Wort und jede Satzkonstruktion durch. Nein, da war kein grammatikalischer Fehler, der ihn als Ausländer verraten hätte. Das hätte er damals in Sotschi auch nicht gedacht, dass sein Deutschstudium ihm einmal beim Verfassen von Erpresserbriefen helfen würde. Mit Einweghandschuhen nahm er das Blatt aus dem Drucker und steckte es in einen Umschlag. Er schaute aus dem Fenster. Die Kinder waren nicht mehr da. Nur das Dreirad des kleinen Jungen stand verlassen unter der Eiche. Es war Abendessenzeit. Stankovic öffnete seinen Kühlschrank. Außer Cola, nichts.

Gut, dann würde er eben in einer Kneipe essen und später nach Schwabach fahren. Er steckte den Brief in eine Plastikhülle und die Handschuhe in eine zweite. Beides packte er in die alte braune Aktentasche. Im Flur schaute er kurz in den Spiegel. Dann setzte er die Sonnenbrille auf. Seine blauen Augen waren viel zu auffällig, und auffallen war das Letzte, was er wollte.

*

Simpel stellte seine Sporttasche ab. Fünf Minuten zu früh. Zum Glück. Er wollte Astrid auf keinen Fall vor dem Schwimmbad warten lassen, nicht nach der Geschichte letzten Sonntag. Er hatte sich wahnsinnig beeilt herzukommen, nach dem Besuch bei diesem arroganten Bauunternehmer. Das hätte noch gefehlt, dass der ihm sein Treffen mit Astrid vermasselte. Buxmann. Der hatte eine Menge Dreck am Stecken, so viel war klar. Und Ziegler hatte nichts besseres zu tun, als mit dem Fatzke zu qualmen. Simpel roch an seinem Hemd. Er stank wie ein ganzer Zigarrenladen.

Da kam Astrid. Sie lächelte, Gott sei Dank. Simpel war nervös. Diesmal musste er alles richtig machen.

»Hallo, Astrid!«

Astrid strahlte und umarmte ihn zur Begrüßung.

»Hallo Stefan!«

Simpel war erleichtert.

»Puh, hast du in einer Tabakfabrik übernachtet?«, fragte sie und schnüffelte an Simpels Hemdkragen.

»So ungefähr«, lachte Simpel.

Auf dem Weg zu den Umkleidekabinen erzählte er ihr von dem Bauunternehmer.

Kurze Zeit später zogen sie gleichmäßig ihre Bahnen im Wasser. Der Bademeister hatte ihnen erlaubt, den abgesperrten Bereich des Schwimmvereins mit zu benutzen. Langsam legte sich bei Simpel die Nervosität. Astrid schien nicht mehr böse auf ihn zu sein. Allerdings wusste er auch nicht genau, was sie jetzt von ihm erwartete. Seine Unbeholfenheit in solchen Dingen war wirklich zum Verzweifeln. Eigentlich wollte er Astrid später fragen, ob sie nach dem Training zusammen in eine Weinbar gingen. Die, von der Jochen so begeistert war. Aber vielleicht hatte sie schon etwas anderes vor. Andererseits ... Simpel wurde in seinen Gedanken unterbrochen. Er musste einigen Jugendlichen vom Schwimmverein ausweichen, die gerade mit ihrem Training begonnen hatten. Es wurde jetzt ziemlich eng auf der Bahn. Beim nächsten Wenden streifte Simpel unabsichtlich Astrids Oberschenkel. Er kam total aus dem Rhythmus und verschluckte sich noch dazu. Japsend hielt er sich am Beckenrand fest.

»Ey Mann, das Wasser ist zum Schwimmen da, nicht zum Trinken«, rief ihm der Schwimmtrainer vom Startblock aus zu.

Scherzkeks, dachte Simpel.

Da spürte er zwei Hände von hinten an seiner Taille. Abrupt drehte er sich um und fand sich Nase an Nase mit Astrid wieder. Er konnte ihren Atem spüren. Fast wäre ihm wieder die Luft weggeblieben. Sie tauchte kurz unter, zog sich die Badekappe vom Kopf und strich dann das Wasser aus dem Gesicht.

»Ziemlich eng, was? Wollen wir es sein lassen für heute?« Simpel nickte und sie kletterten aus dem Wasser.

Als er fertig angezogen war, wartete er auf einer Bank. Da kam sie schon. Sie hatte ihre Haare zu einem Zopf geflochten. Ihr Pony wippte lustig.

Stefan, dachte Simpel, du bist total verliebt, vermassle es nicht wieder.

Astrid setzte sich neben ihn.

»Und, was machen wir jetzt mit dem angebrochenen Abend?«, fragte sie.

Dabei schaute sie an Simpel vorbei und zupfte nervös an ihrem Zopf herum. Simpel überlegte.

»Ich kenne da eine Weinbar. Ich selber war zwar noch nicht dort, aber ...«

Astrid strahlte und sprang sofort auf.

»Weinbar? Gerne! Wenn es da auch etwas zu essen gibt, bin ich dabei. Ich hab nämlich einen Bärenhunger, und auf leeren Magen vertrage ich keinen Wein. Schließlich muss ich noch nach Lauf zurück.«

Simpel wollte ihr den Weg erklären, aber sie winkte ab.

»Ich fahr dir einfach hinterher. Du darfst mich aber nicht verlieren!«

Sie lachte verschmitzt und Simpel wurde rot.

Die beiden parkten ihre Autos beim ehemaligen Gaswerk. Hier, in einem alten Werkstattgebäude, befand sich die Weinhandlung mit angeschlossener Bar. Jochen hatte oft davon geschwärmt, aber sie hatten es nie zusammen dorthin geschafft.

Mittlerweile war es ziemlich kühl geworden, deshalb suchten sie sich innen einen Tisch. Es war noch nicht viel los. Gaetano, der Wirt, begrüßte sie freundlich, stellte ihnen eine Schale Brot hin und fragte mit einem sympathischen italienischen Akzent nach ihren Wünschen. Sie bestellten Wasser, Wein und das Tagesgericht. Das Essen wurde gleich hinter der kleinen Theke, mitten im Gastraum, frisch zubereitet. Der Koch kam an ihren Tisch, brachte ihnen eine scharfe Paste zum Brot und entschuldigte sich vielmals dafür, dass die Nudeln noch zehn Minuten brauchen würden.

»Nett ist es hier!«, sagte Astrid und sah sich um.

Simpel nickte. Auch ihm gefiel der Charme dieser ehemaligen Werkstatt. An den Wänden verliefen überall Rohre verschiedenster Größen. Vor dem großen Fenster stand eine riesige Werkbank, die schon einiges hinter sich hatte. Sie diente nun als Anrichte. Statt Schraubenschlüsseln und Feilen standen darauf feinste italienische Weine und Körbe voll duftendem Toscana-Brot.

Der Wein war hervorragend. Simpel wurde etwas lockerer. Astrid hielt den Koch auf, als er beim Servieren an ihrem Tisch vorbeikam und lobte seine Nudeln. Nie habe sie bessere Pasta gegessen.

Simpel und Astrid unterhielten sich angeregt. Keine Spur mehr von der Befangenheit, die sonst immer zwischen ihnen geherrscht hatte. Die Zeit verging wie im Flug. Im Laufe des Abends wurde es immer voller in der kleinen Bar. Die meisten Gäste schienen den Weinhändler näher zu kennen und wurden mit Küsschen begrüßt.

»Möchten Sie noch etwas von diese Pinot Grigio, Signorina?«

Der Wirt hielt die Flasche über Astrids Glas. Sie legte schnell ihre Hand darauf und schüttelte den Kopf.

»Nein danke, leider nicht. Sonst komme ich nicht mehr nach Hause.«

Gaetano legte seine Hand um Simpels Schulter.

»Aber Sie werden diese schöne Frau doch bringen nach Hause, mein Freund?«

Simpel lief sofort rot an wie eine Tomate. Der Weinhändler klopfte ihm noch einmal aufmunternd auf die Schulter und ging dann zu einem anderen Tisch.

Astrid kicherte.

»Ich glaube, ich gehe dann bald mal, sonst komme ich wirklich nicht mehr heil nach Hause.«

Da Simpel noch ein halb volles Glas vor sich stehen hatte, blieb sie dann doch etwas länger. Die beiden bestellten noch eine Flasche Wasser und unterhielten sich weiter über Gott und die Welt. Als Astrid auf die Toilette musste, hatte Simpel Zeit, das Geschehen um sich herum zu betrachten. Die Bar war jetzt dicht gefüllt, es gab nur noch Stehplätze. Gleich hinter Simpels Stuhl befand sich ein Weinregal. Er schaute sich die Weine genauer an. Da waren einige dabei, die konnte er sich mit seinem Beamtengehalt nicht jeden Tag leisten.

Astrid kam wieder.

»So, jetzt muss ich aber wirklich nach Hause, aber ich wollte dich noch fragen ...«

»Entschuldigung«, wurde Simpel in dem Moment von einem Mann angesprochen. »Kann ich mal kurz durch, bitte?«

Simpel rückte zur Seite. Der Mann wählte mit Kennerblick eine der teureren Flaschen aus dem Regal, bedankte sich und ging an seinen Tisch zurück. Simpel beobachtete, wie er die Flasche in seinen Rucksack steckte und anschließend die Bar verließ. Simpel war irritiert. Der Wirt hatte von alldem nichts mitbekommen. Sollte er ihm etwas sagen? Aber vielleicht hatte der Mann vorher bezahlt, oder er war ein guter Freund.

»Und, was sagst du?«

Astrid sah ihn gespannt an.

Verdammt, sie hatte ihm eine Frage gestellt. Und er hatte nicht zugehört.

»Äh, ich weiß nicht …«

Weiter kam er nicht.

Astrid sah ihn mit einem traurigen Blick an und gab ihm einen Kuss auf die Wange.

»Schade, Stefan, ich habe gedacht, dass wir …«

Sie legte, noch bevor er etwas erwidern konnte, 20 Euro auf den Tisch, und weg war sie.

Simpel war total verdattert.

»Meine Freund, was hast du gemacht mit die schöne Frau?«

Gaetano stand neben ihm, hatte seinen Arm um ihn gelegt und schüttelte betrübt den Kopf. Dann stellte er ihm einen Grappa hin.

*

»Und, haben Sie es gestern noch rechtzeitig geschafft, zum Training?«, fragte Ziegler.

Simpel brummte etwas Unverständliches und heftete das Foto von Thomas Lorentz an die große Pinnwand im Besprechungsraum. Ziegler hob entschuldigend die Hände.

»Ich wollte Sie nicht bei Ihren Vorbereitungen stören, tut mir aufrichtig leid.«

Simpel sah ihn an.

»Was? Nein, Sie stören nicht. Ich war nur in Gedanken. Könnten Sie bitte die Gehefte austeilen? Die Kollegen müssten jeden Augenblick kommen.«

Ziegler tat ihm den Gefallen. Dann nahm er Platz und betrachtete die Pinnwand. Fotos vom Tatort, dazu je eines von allen Hauptverdächtigen und sogar eines vom Laufer Wenzelschloss. Weiterhin Texttafeln in drei verschiedenen Farben. Ziegler war gespannt auf den Vortrag seines gut organisierten Kollegen.

»Ich hab scho die Tagestickets für morgn kauft. Wer fährt edz mit wem?«

Vogel hielt die Fahrkarten in die Luft. Dienststellenleiter Hertle bremste seinen Dienstältesten.

»Mach mal langsam, Horst. Wir müssen erst die neuesten Entwicklungen im Dombrowski-Fall besprechen. Zum Betriebsausflug kommen wir, wenn wir damit fertig sind.«

Vogel murmelte etwas vor sich hin und legte die Tickets auf den Tisch. Dann setzte er sich und studierte die ausgeteilten Papiere. Nachdem auch Küppers eingetroffen war, begann Simpel mit der Besprechung.

»Ich habe hier auf der Pinnwand die bisherigen Ergebnisse zusammengefasst. Links die Fakten zum Mord. Damit sind wir alle vertraut. Den Obduktionsbericht habe ich per Mail an alle weitergeleitet. Dazu brauche ich also nichts mehr sagen, den haben alle gelesen.«

Alle nickten, Vogel besonders eifrig.

»Gut. Hier in der Mitte habe ich die Hauptverdächtigen nebeneinandergestellt, darunter die Verdachtsmomente. Rot die schwerwiegendsten, blau die weniger gewichtigen und gelb für die vagen Anhaltspunkte und die noch nicht bestätigten Fakten.«

Simpel begann mit Hanna Felbinger, die als Ehefrau die Hauptverdächtige war. Er erläuterte die meist in rot gehaltenen Wortkarten unter ihrem Bild. Motiv und Gelegenheit hatte sie. An Dombrowskis Körper hatte man ihre DNA gefunden.

»Das nützt uns aber nichts, schließlich war sie seine Ehefrau. Deshalb möchte ich Hanna Felbinger erst einmal zurückstellen. In den letzten Tagen sind auch keine weiteren Fakten mehr aufgetaucht, die auf sie als Täterin hindeuten. Lassen wir ihr noch ein wenig Zeit, sich zu fangen. Sie ist der Typ, den das schlechte Gewissen früher oder später zu einem Geständnis treiben würde.«

Simpel blickte Hertle an, der brummte zustimmend. Simpel fuhr fort.

»Zu Thomas Lorentz kann uns am besten Herr Ziegler Auskunft geben. Er hat das Verhör allein geführt.«

Ziegler ignorierte den vorwurfsvollen Unterton.

»Danke, Herr Simpel. Ich möchte aber das Wort gleich an Manuel weitergeben. Das habe ich mit ihm so abgesprochen. Er war bei der Befragung dabei und hat Protokoll geführt. Er weiß besser als ich selbst, was ich da alles von mir gegeben habe.«

Gelächter.

Küppers erhob sich.

»Thomas Lorentz liebt Hanna Felbinger, wahrscheinlich schon seit vielen Jahren. Doch er hat nie versucht, sich zwischen sie und Dombrowski zu drängen. Ob Frau Felbinger von seinen Gefühlen für sie weiß, ist unklar.«

»Wahrscheinlich schon«, mischte sich Ziegler ein, »Frauen haben in solchen Dingen sehr feine Antennen.«

Er beobachtete aus den Augenwinkeln, wie Simpel rot wurde.

Küppers fuhr fort.

»Lorentz hat ein zweifaches Motiv. Zum einen hätte er den Nebenbuhler endlich aus dem Weg schaffen können. Das halten wir, also Mike und ich, eher für unwahrscheinlich. Seine Persönlichkeitsstruktur passt nicht dazu. Er ist mehr der Typ, der still leidet.«

»Aber«, warf Simpel ein, »wenn so jemand seinen Frust lange genug in sich hineinfrisst, kann er durchaus über seinen Schatten springen, im negativen Sinne, meine ich.«

Küppers sah auf seine Notizen.

»Das sagt Mike auch. Und Lorentz hat noch ein starkes Motiv, seinen Beschützerinstinkt. Hanna Felbinger wurde von ihrem Mann jahrelang gedemütigt, vielleicht sogar geschlagen. Dem unglücklich Verliebten muss das mehr wehgetan haben, als der Betroffenen selbst. Irgendetwas hat dann das Fass zum Überlaufen gebracht, vielleicht der Streit bei der Geburtstagsfeier. Auch die ›künstlerische Aufarbeitung‹ der Leiche würde zu Lorentz passen. Er muss in einem psychischen Ausnahmezustand gewesen sein. Die irrationale Präsentation des Toten wäre ihm dann zuzutrauen.«

Damit schloss Küppers.

»Danke«, sagte Simpel, »wir werden Thomas Lorentz bald noch einmal verhören. Wenn man den richtig anpackt, gesteht er vielleicht. Vorausgesetzt natürlich, er war es.«

Simpel nahm sich die dritte Verdächtige vor, Agnetha Delarosa-Busch. Bei ihr hatte er die drei Wortkarten in blau gehalten. Weniger verdächtig. Die anderen stimmten dieser Einschätzung zu. Nur Vogel zögerte.

»Und wenn's alle drei gemeinsam warn?«, meinte er. »So wie bei *Mord im Orient-Express*. Poirot, kennt ihr doch, oder?«

Simpel kratzte sich am Kinn.

»Eine komische Idee, typisch Horst. Aber da könnte tatsächlich was dran sein. Ein Motiv haben alle drei, seit Jahren befreundet sind sie auch. Gelitten unter Dombrowski haben ebenfalls alle drei. Vielleicht haben sie tatsächlich gemeinsame Sache gemacht?«

»Verhören wir doch einmal alle gemeinsam«, schlug Ziegler vor. »Natürlich nicht im selben Raum, aber wir bestellen sie zur selben Zeit hier ein. Und wir sorgen dafür, dass sie sich dabei über den Weg laufen. Und dann versuchen wir, sie in Widersprüche zu verstricken. Wäre ein bisschen aufwendig, aber Erfolg versprechend.«

»Ja«, sagte Simpel. »Wenn wir anders nicht vorankommen, dann können wir das versuchen. Aber jetzt weiter im Text.«

Die übrigen Verdächtigen waren weitgehend mit blauen Karten bestückt, darunter auch der Lederhosenträger und der eifersüchtige Freund der Studentin. Selbst die Künstlerin, die einmal ein Verhältnis mit Dombrowski gehabt hatte, fehlte nicht. Ziegler fragte sich, wie Simpel an ein Bild von ihr gekommen war. Wahrscheinlich aus dem Internet.

»Simmer edz fertig?«, fragte Vogel. »Ich will nämlich endlich wissn, wer morgn mit wem fährt, beim Betriebsausflug.«

»Gleich, Horst«, sagte Simpel. »Erst kommen wir zu unserem neuesten Verdächtigen. Da sind wir uns noch nicht schlüssig, was von dem zu halten ist. Doch dazu kann euch Herr Ziegler mehr sagen, die beiden verstehen sich nämlich ausgezeichnet.«

Hertle und die anderen sahen den Hauptkommissar fragend an.

»Herr Simpel übertreibt. Nur weil Herr Buxmann und ich das Laster des Rauchens teilen, sind wir noch keine Freunde. Und meine Anbiederungsversuche waren leider erfolglos. Der Bursche hat uns nichts verraten, was wir nicht schon wussten ...«

»... oder mit ein paar Klicks im Internet hätten herausfinden können«, ergänzte Simpel.

Ziegler nickte.

»Jedenfalls hatte Buxmann eine Mordswut auf Dombrowski. Der schuldete ihm nämlich 150 000 Euro. Und wenn es ums Geld geht, kennt Buxmann keine Hemmungen. Er hat einige Schlägertypen unter Vertrag, wenn man so sagen darf, die für ihn solche Fälle erledigen. Schulden eintreiben, Mieter oder Konkurrenten einschüchtern und ähnliche ›Arbeiten‹. Vielleicht hat einer von denen bei Dombrowski zu kräftig hingelangt.«

Simpel fuhr fort.

»Es ist zwar unwahrscheinlich, dass Buxmann einen konkreten Mord in Auftrag gegeben hat, aber ausschließen können wir das nicht. Er wurde schon einmal des Mordes verdächtigt, als ein Konkurrent unter mysteriösen Umständen vom Baugerüst gestürzt war, aber beweisen konnte man ihm nichts. Der mutmaßliche Auftragskiller schwieg wie ein Grab und das Verfahren musste wegen Mangels an Beweisen eingestellt werden.«

»Auf jeden Fall müssen wir bei diesem Buxmann tiefer graben«, meinte Ziegler. »Er weiß mehr, als er uns gesagt hat.«

»Da setzt du dich dran, Manuel«, sagte Simpel. »Ruf auch beim Zoll und bei den Kollegen von der Bauaufsicht an. Sieh zu, dass du möglichst viel über das Firmenimperium herausfindest. Such nach Geschäftsbeziehungen nach Italien. Er hat dort Partner, die alte Schlösser herrichten. Würde mich nicht wundern, wenn es da eine Verbindung zu Dombrowskis gescheitertem Akademieprojekt geben würde. Buxmann schien es richtig zu ärgern, dass ihm das mit Italien herausgerutscht war. Vielleicht haben Herrn Zieglers Anbiederungsversuche doch gefruchtet. So, jetzt bist endlich du dran, Horst.«

Die nächste halbe Stunde besprachen die Polizisten den anstehenden Betriebsausflug, bis sie von einem Tumult vor der Tür gestört wurden.

»Sie können nicht einfach ...«, war Tinas Stimme zu hören, da flog auch schon die Tür auf.

Eine junge Frau, Mitte zwanzig, schulterlange, braune Haare, stürmte in den Raum, gefolgt von Tina, die versuchte, sie aufzuhalten.

Die Frau baute sich vor Hertle auf.

»Warum haben Sie Hanna noch nicht verhaftet? Sie hat Benedict umgebracht!«

»Einen Augenblick bitte«, sagte Hertle. »Nehmen Sie doch erst einmal Platz. Ich bin hier der Dienststellenleiter, Hauptkommissar Hertle. Und mit wem habe ich die Ehre?«

»Ich? Ich bin Nina Felbinger, Hannas Schwester.«

*

Hanna nahm die Post aus dem Briefkasten und sah sie kurz durch. Eine ganze Menge Beileidskarten, zwei Angebote von Steinmetzen für Grabsteine, ein Brief ohne Absender, an Hanna adressiert, und einer aus Italien für Benedict. Hanna drehte ihn hin und her. Was sollte sie damit machen? Öffnen? Sie konnte kein Italienisch. Sah aus wie von einem Anwalt, avvocato Delachiesa. Wahrscheinlich wegen dieser Baugeschichte in Italien. Die hatte sie nur am Rande mitbekommen. Benedict hatte da ein großes Geheimnis daraus gemacht. Sie schloss den Briefkasten. Da hörte sie jemanden die Treppe herunterkommen.

»Hallo Frau Meisner. Wollen Sie spazieren gehen? Ist ja herrliches Wetter heute.«

Die alte Dame hatte eine Einkaufstasche und einen Regenschirm in der Hand. Den Regenschirm hatte sie immer dabei. Sie benutzte ihn als Spazierstock. Für einen richtigen Stock oder gar einen Gehwagen war sie viel zu eitel.

Sie blieb vor Hanna stehen und tätschelte ihr die Wangen.

»Schaust nicht gut aus, Mädchen. Brauchst vor mir nicht tun, als wär alles in Ordnung. Soll ich dir was vom Bäcker mitbringen? Ich glaube, du isst überhaupt nichts mehr.«

Hanna schüttelte den Kopf.

»Danke, ich habe alles.«

»Ich bring dir trotzdem einen Schneeballn vom Meier Bäck mit, den hast' doch immer so gern ghabt als Kind.«

Die gute Frau Meisner. Hanna sah ihr noch eine Weile nach, wie sie auf ihren Regenschirm gestützt Richtung Marktplatz schritt.

Hanna setzte sich in die Küche und trank einen Schluck Tee. Sie warf die Reklame in den Papierkorb, überflog die Beileidskarten und legte das Anwaltsschreiben aus Italien auf die Seite. Dann machte sie den Brief ohne Absender auf.

Er war nur eine halbe Seite lang, mit Computer geschrieben, ohne Unterschrift. Zuerst überflog sie den Text, dann las sie ihn noch mal langsam, Wort für Wort. Mein Gott!

Sie legte das Blatt hin und griff nach der Teetasse. Ihr wurde das alles zu viel. Sie spürte wieder diese Sehnsucht in sich aufsteigen, all dem ein Ende zu bereiten. In den letzten Tagen war dieses Gefühl immer stärker geworden. Eine Weile blieb sie einfach sitzen. Dann stand sie auf, ging zum Telefon und rief Thomas an.

Als der eine halbe Stunde später eintraf, saß Hanna noch immer am Küchentisch und trank Tee. Nur den Brief, den hatte sie weggeräumt. Sie stand auf und holte für Thomas eine Tasse aus dem Schrank.

»Ich werde erpresst. Stell dir vor, ich soll 50 000 Euro zahlen.«

»Und mit was erpresst man dich?«

Thomas sah Hanna unsicher an.

»Das kann ich dir nicht sagen, Thomas. Der Erpresser könnte etwas an die Öffentlichkeit bringen, was das Ansehen von Benedict für immer zerstören würde. Das darf nie passieren.«

Hanna presste die Handflächen aneinander.

»Aber Benedict ist tot, Hanna. Denk doch jetzt mal an dich. Glaubst du, er hätte sich erpressen lassen, wenn es um dein Ansehen gegangen wäre?«

Hanna funkelte Thomas böse an.

»Was willst du damit sagen? Hier geht es nicht um mich. Benedicts Ansehen darf nicht in den Schmutz gezogen werden. Nie, hörst du!«

»Schon gut Hanna, ich habe es nicht so gemeint, entschuldige. Was willst du tun?«

»Erst einmal nichts. Vielleicht will mir nur jemand Angst machen. Aber Thomas, versprich, dass du mir hilfst, wenn ich dich brauche, ja? Versprichst du das? Und, dass du niemandem etwas sagst, niemandem?«

»Natürlich Hanna, das weißt du doch«, antwortete Thomas. Gegen Benedict kam er einfach nicht an, nicht einmal jetzt, wo er tot war.

*

»Was ist denn los, Derrick? Warum bellst du denn wie ein Verrückter?«

Ziegler saß an einem alten Gartentisch im hinteren, ziemlich verwachsenen Teil seines Gartens. Er hatte sich einen guten Whiskey eingeschenkt und rauchte einen Zigarillo. Er genoss den Feierabend. Sechs Jahre lang hatte er keinen gehabt. Und es dürfte nicht mehr lange dauern, bis der Bescheid über seine Wiedereingliederung in den Polizeidienst kam. Er hatte keinen Zweifel, dass das glatt über die Bühne gehen würde. Die schwierigste Hürde, die polizeiärztliche Untersuchung, hatte er schließlich mit Bravour gemeistert.

Der alte Rauhaardackel bellte immer noch. Ziegler stand auf, um nachzusehen, was Derrick so aus dem Häuschen brachte. Er griff zur Krücke, die Prothese hatte er abgeschnallt.

Als er auf die Terrasse trat, hörte er die Türglocke. Das war es also.

»Ist ja gut, alter Knabe, ich mache schon auf.«

Als Ziegler die Tür öffnete, wackelte Derrick sofort bellend und schwanzwedelnd hinaus, um den Besucher zu begrüßen.

»Frau Leninger, was für eine Überraschung. Entschuldigen Sie, ich habe die Klingel nicht gehört. Ich war im Garten. Kommen Sie doch herein.«

Astrid Leninger stand am Gartentürchen und kraulte Derrick die Ohren. Sie hatte ein Buch in der Hand.

»Entschuldigung, Herr Ziegler, ich ... ich wollte Ihnen das Buch zurückbringen, das Sie mir geliehen haben. Aber ich will auf keinen Fall stören.«

Sie gab Derrick noch einen sanften Klaps und blickte dann hoch zu Ziegler. Der sah sofort, dass etwas nicht in Ordnung war. Astrid Leningers Augen waren ganz rot, so als hätte sie geweint.

»Kommen Sie rein, Sie stören doch nicht. Ich hoffe, mein Dschungel hinten im Garten macht Ihnen nichts aus. Ich hole was zu trinken aus der Küche. Gehen Sie mit Derrick schon mal vor.«

Leninger nickte und folgte Derrick in den Garten.

Ziegler kam die kleine Treppe von der Terrasse herunter. Eine Flasche Wasser und ein Glas hatte er unter den Arm geklemmt. Die junge Frau sprang von der Bank auf.

»Hätten Sie doch etwas gesagt, ich hätte Ihnen geholfen. Mir ist vorhin gar nicht aufgefallen, dass ...«

Ziegler lehnte die Krücke an einen alten Kirschbaum.

»Dass ich ohne Bein unterwegs bin, meinen Sie. Zuhause ist es mir manchmal lästig, auch wenn die neue Carbonfaser-Prothese viel weniger Beschwerden macht als meine alte. Ich hoffe, ich habe Sie nicht erschreckt?«

Leninger schüttelte den Kopf und setzte sich wieder auf die Bank. Sie schenkte sich ein, trank einen Schluck und streichelte Derrick. Der blieb selig neben ihr liegen.

Ziegler zündete seinen halb gerauchten Zigarillo wieder an und nahm einen Schluck Whiskey. Es herrschte erst einmal Stille, nur unterbrochen von Derricks leisem Schnarchen.

»Ist irgendwas mit Ihrer Mutter?«, fragte Leninger nach einer Weile. »Ich meine, weil Sie Derrick bei sich haben? Das ist doch der Hund Ihrer Mutter.«

»Nein. Der geht es gut. Sie ist mit einer Freundin zwei Wochen in einem Kurhotel, deshalb sind wir beiden alten Herren mal wieder zusammen«, antwortete Ziegler.

Leninger nickte.

Ziegler wartete. Irgendwann würde sie schon sagen, warum sie so traurig war. Als wüsste er nicht, wer Schuld war an den Tränen. Dieser Vollidiot von ...

»Kann ich auch einen Schluck haben?«

Leninger deutete auf die Whiskeyflasche.

Ziegler zögerte. Aber schließlich war die junge Polizistin erwachsen.

»Vorsicht, der ist ziemlich stark«, sagte er, als er eingoss.

Leninger trank einen großen Schluck, musste furchtbar husten, trank noch einmal und fing dann an, leise zu weinen.

Derrick wachte auf. Er hob den Kopf und schaute mit seinem Dackelblick die unglückliche junge Frau an. Dann legte er seinen Kopf auf ihren Schoß.

»Entschuldigung, Herr Ziegler«, begann Leninger, »aber Sie arbeiten doch mit Stefan zusammen. Ich …« Sie schniefte. »Ich versteh ihn einfach nicht.«

Und dann erzählte sie Ziegler von den letzten beiden Treffen mit Simpel und von seinem seltsamen Verhalten.

»Ich weiß einfach nicht, woran ich bin. Er muss doch merken, dass ich ihn gern habe. Wahrscheinlich findet er mich total blöd.«

Ziegler, der bis jetzt still zugehört hatte, schüttelte den Kopf.

Am liebsten hätte er ihr geraten, diesen gefühlsarmen Deppen Simpel in die Wüste zu schicken, aber das ließ er natürlich bleiben.

»Wissen Sie was, ich fresse einen Besen mit Stiel, wenn der Kollege Simpel nicht total in Sie verknallt ist.«

Ziegler berichtete, wie Simpel jedes Mal rot wurde, wenn er auf Astrid angesprochen wurde. Und von den Stimmungsschwankungen des jungen Kommissars in den letzten Tagen.

Langsam hellte sich Astrid Leningers Gesicht etwas auf. Sie ließ sich von Ziegler ein Taschentuch geben, trank noch einen Schluck Whiskey und strich Derrick noch mal über den Kopf. Dann stand sie auf.

»Danke, Herr Ziegler. Das hat mir jetzt gut getan, mit Ihnen zu reden.«

Sie verabschiedete sich und lief Richtung Gartentür.

»Wollten Sie mir nicht das Buch zurückgeben, das Sie in der Hand halten? Hat es Ihnen denn gefallen?«, rief ihr Ziegler nach.

Leninger drehte sich um.

»Ich habe es noch nicht gelesen. Kann ich es noch ein bisschen behalten?«, fragte sie verlegen.

Ziegler nickte. Er legte sein Bein hoch und zündete sich einen Zigarillo an.

*

»Das ist das erste Mal, dass ich einen leibhaftigen Oberinspektor mit mir herumschleppe«, sagte Tina Kaczmarek.

Ziegler hatte Derrick zum Betriebsausflug mitgenommen. Doch der alte Dackel war müde geworden. Sie hatten ja schon zehn Kilometer zurückgelegt. Tina hatte ihn kurzerhand in ihren Rucksack gepackt.

»Gefällt es ihm? Ich kann ja nichts sehen, da hinten.«

Sie drehte sich um und versuchte, einen Blick auf den Rauhaardackel zu erhaschen.

»Keine Angst!«, sagte Ziegler. »Das gefällt ihm bestimmt. Meine Mutter nimmt ihn öfter auf dem Fahrrad mit. Da sitzt er vorne in einem Körbchen, das ist fast genauso.«

Derrick streckte neugierig seinen Kopf aus dem Rucksack, und die beiden waren die Attraktion für die zahlreichen Wanderer auf dem Weg von der Pflugsmühle nach Spalt.

Die Polizisten hatten in dem wunderschön gelegenen Biergarten eine ordentliche Brotzeit zu sich genommen und das eine oder andere Bier genossen. Trotz des »rechd durschdichen Wedders«, wie Vogel meinte, hatten sie sich zurückgehalten. In Spalt, am Endpunkt der Wanderung, wartete nämlich noch eine Brauereiführung auf sie.

»Tina, eines würde mich schon mal interessieren. Was hat es denn mit diesen Elfen und Kobolden auf sich, von denen du in letzter Zeit dauernd sprichst?«

Hauptkommissar Hertle lag das Thema schon seit Tagen auf dem Herzen. Er blickte Tina unsicher an.

»Oder ist dir das zu persönlich?«

Tina schüttelte den Kopf.

»Nein, ganz und gar nicht. Auch wenn ich weiß, dass ihr hinter meinem Rücken über mich lacht.«

Die anderen widersprachen einhellig.

»Ihr Heuchler! Ich weiß doch genau, dass ihr euch über mich lustig macht. Das hat mir Sebastian schon prophezeit, dass ich auf Unglauben und Spott stoßen werde.«

Alle wiesen diesen Vorwurf weit von sich. Dafür hätten sie viel zu viel Respekt vor ihr, und außerdem klinge das alles sehr interessant. Tina ließ sich erweichen und legte los.

»Ihr kennt doch die vier Elemente, ja? Zu jedem Element gibt es die entsprechenden Geister. Da gibt es Kobolde und Elfen für die Erde, Undinen und Wassergeister für ...«

»... das Wasser!«, rief Küppers, dessen rote Gesichtsfarbe wohl mehr vom fränkischen Bier kam als von der Sonne.

»Genau. Manuel, du hast es erfasst. In der Luft sind die Sylphen und die Lichtelben zu Hause und im Feuer die Salamander und Feuergeister. Zu denen gehören auch die Drachen und Lindwürmer.«

Ausführlich erläuterte Tina das ganze Bestiarium der Elementargeister. Die anderen tauschten während ihres Vortrags eindeutige Blicke aus. Sie nahm das in ihrer Begeisterung gar nicht wahr.

Wieder war es an Hertle, eine heikle Frage zu stellen.

»Und du glaubst da fest daran? Hast du schon mal solche Geister gesehen?«

Tina zögerte.

»Ich ... vielleicht ... da war mal was an der Zuckerschale auf meinem Nachttisch. Vielleicht war es ein Kobold. Aber Sebastian meint, es kann Jahre dauern, bis die Geister Vertrauen zu einem haben und sich zeigen.«

»Und Sebastian hat schon welche gesehen?«, fragte Küppers.

»Ja, der ist da schon viel weiter. Er redet praktisch täglich mit den Geistern. Er hilft auch anderen, mit ihnen Kontakt aufzunehmen. Da kommt sogar ein berühmter Rechtsanwalt extra aus München, um den Rat der Geister einzuholen.«

»Aus München?«

»Und von noch weiter her. Sebastian ist Geomantiemeister und Lithopunkturlehrer.«

»Litho... was?«

»Lithopunktur. Das sind Steinsetzungen mit Symbolen zur Heilung der Landschaft.«

Sie blickte böse in die Runde.

»Da braucht ihr gar nicht so blöde zu grinsen. Das ist auch nichts anderes als Feng-Shui. Und darüber lacht niemand mehr. Sogar der neue Innenminister hat einen Feng-Shui-Meister zu Rate gezogen, als er sein Büro eingerichtet hat. So – und jetzt sag ich gar nichts mehr. Ihr seid ja lauter Ignoranten.«

Sie beschleunigte ihren Schritt und schuf einige Meter Abstand zwischen sich und ihren Kollegen.

»Die beruhigt sich scho wieder«, meinte Vogel. »Mei Älteste war mal eine Zeit lang Buddhistin. Da hab ich auch gmeint, die spinnt. Sogar den Pfarrer hab ich gfragt, ob des gfährlich is. Der hat aber gmeint, dass der Buddhismus a echte Religion is, mit 500 Millionen

Gläubigen. Ich soll bloß aufpassn, ob die Geld von ihr wolln, denn dann is es a Sekte. Dann hab ich gsagt, dass er dann ja auch a Sekte is. Weil er mei Geld kriegt, mit der Kirchensteuer. Das ist natürlich etwas ganz anderes, hat er dann gmeint und ich hab dann nichts mehr gsagt. Mit dem Pfarrer darfst es dir nämlich nicht verderbn, bei uns dahamm.«

Simpel hatte sich etwas zurückfallen lassen. Mit der Religion hatte er es nicht so. Da war alles schwammig und ungreifbar. Er hielt sich lieber an konkrete Dinge. Das Leben war auch so schwierig genug. Vor allem zurzeit.

Ziegler gesellte sich zu ihm.

»Na, Herr Kollege, heute so still.«

»Es muss ja nicht jeder so viel reden wie Tina. Man wird ja wohl mal seinen Gedanken nachhängen dürfen.«

Ziegler sah ihn verwundert an. Simpel entschuldigte sich.

»Tut mir leid. Das geht nicht gegen Sie. Mir ist einfach nicht nach Unterhaltung.«

Eine Zeit lang liefen sie schweigend nebeneinander her. Vorne hatte sich Tina wieder zu den anderen gesellt und alle lachten über einen nicht ganz jugendfreien Witz, den Vogel gerade zum Besten gegeben hatte.

Ziegler war sich nicht sicher, ob der Zeitpunkt passte, aber er dachte an das traurige Gesicht von Astrid Leninger. Er musste Simpel einfach darauf ansprechen.

»Herr Simpel, kann es sein, dass ihre ... Nachdenklichkeit etwas mit einer gewissen jungen Kollegin zu tun hat?«

Simpel sah auf, sagte aber nichts.

Ziegler fuhr fort.

»Dachte ich mir. Wie läuft es denn so mit Ihnen beiden? Damit meine ich nicht das Training.«

»Ich wüsste nicht, was Sie … «

»Verdammt noch mal, Sie Sturkopf. Meinen Sie, mir macht das Spaß, auf meine alten Tage den Postillon d'Amour zu spielen. Ich bin ihr Freund, zum Donnerwetter, nicht ihr Feind. Wir haben doch schon einmal Geheimnisse geteilt. Erinnern Sie sich an den Kunigundenfall!«

Simpel sank in sich zusammen. Ziegler hatte ja Recht. Er, Stefan Simpel, war hier der Idiot. Und irgendwie waren sie auch so etwas wie Freunde.

»Schon gut, Herr Ziegler. Den Anpfiff habe ich wohl verdient. Aber was haben Sie mit Astrid zu schaffen, und was soll das mit dem Postillon d'Amour?«

»Astrid mag sie. Und Sie mögen sie auch. Warum machen Sie es ihr so schwer?«

Simpel fiel aus allen Wolken.

»Woher wissen Sie das? Ist das wieder eine Ihrer Intuitionen?«

Ziegler ging nicht auf die Provokation ein.

»Astrid war bei mir. Sie wollte mir ein Buch zurückgeben, das ich ihr geliehen hatte. Und dabei sind wir ins Gespräch gekommen. Sie hat sich bitter beklagt, dass Sie so abweisend sind. Sie hat sogar Angst, dass Sie sie doof finden. Und dann hat sie geweint. Ich glaube schon, dass man sagen kann, dass die Kollegin Leninger Sie mag. Ich verstehe zwar nicht, warum, aber sie ist richtig in Sie verliebt. So, das war's. Und wenn Sie die Sache nicht schleunigst klären, bekommen Sie es mit mir zu tun, Sie Sturkopf!«

Ziegler ging nach vorne zu den anderen.

Simpel trottete den Rest des Weges mit hängendem Kopf hinterher.

*

Nina Felbinger drehte Simpels Visitenkarte hin und her. Die Polizei hatte sie nicht ernst genommen, das war klar. Schließlich war sie seit Monaten nicht mehr in Schwabach gewesen, nicht mal in Deutschland.

Sie hatte sich schon längere Zeit Sorgen gemacht. Benedict hatte sich seit einem Vierteljahr nicht mehr bei ihr gemeldet. Dabei hatte er eigentlich immer wieder mal angerufen oder eine SMS geschrieben, egal ob sie in Kenia war oder anderswo.

Und jetzt war er tot. Hanna hatte ihn umgebracht, da war sie sich sicher. Niemand sonst hatte einen Grund, Benedict zu töten. Warum sah das die Polizei nicht ein? Hanna hatte ihnen wahrscheinlich die leidende Witwe vorgespielt, und die waren darauf reingefallen.

Nina zerriss die Visitenkarte und warf sie in den nächsten Abfallbehälter. Dann eben ohne die Hilfe der Polizei.

Sie besaß noch immer einen Schlüssel zu Hannas Haus. Schließlich hatte sie nach dem Tod ihrer Eltern eine ganze Weile bei Hanna und Benedict gewohnt. Bis Hanna sie dann rausgeschmissen hatte. War zwar schon Jahre her, aber das Schloss war wahrscheinlich immer noch dasselbe. Und tatsächlich, der Schlüssel passte.

Nina sah sich im Hof um. Alles unverändert. Ihre Schwester war bestimmt im Atelier.

Sie schlug ein paarmal mit der flachen Hand gegen die Tür.

Kurze Zeit später öffnete Hanna. Sie sah ihre jüngere Schwester erstaunt an.

»Nina? Du hier? Komm rein! Weißt du schon, dass Benedict ...«

Hanna machte eine hilflose Geste. Sie hatte ihre Schwester ewig nicht mehr gesehen. Nur einmal ganz kurz vor ungefähr drei Jahren, als sie wegen einer Ausstellung in Berlin gewesen war. Sie hatte versucht, sich mit Nina auszusöhnen, aber die hatte davon nichts wissen wollen.

Nina betrat wortlos das Atelier. Sie schaute sich um, ging dann zur Werkbank, nahm einen großen Hammer und drehte sich zu Hanna um, die immer noch in der Tür stand.

»Tu bloß nicht so freundlich, große Schwester. Ich bin hier, weil du Benedict auf dem Gewissen hast.« Nina hielt ihr den Hammer vors Gesicht. »Hast du ihm damit den Schädel eingeschlagen?«

Hanna wurde kreidebleich.

»Was redest du da, Nina? Ich habe Benedict geliebt.«

»Ha, geliebt! Wenn du ihn geliebt hättest, dann hättest du ihn gehen lassen. Aber du musstest ihn ja fast erdrücken mit deiner blöden Duldsamkeit. Benedict war kein Mensch, den man zum braven Ehetrottel abrichten konnte. Er brauchte seine Freiheit, aber das hast du nie verstanden.«

Sie ließ den Hammer auf die Werkbank krachen.

»Aber du, Nina, du hast ihn verstanden, was?«, sagte Hanna fast tonlos und schloss die Tür.

Nina stieg die Treppe zum Dachboden nach oben und ließ sich auf eines der Sitzkissen fallen. Auf dem Tischchen stand eine Kanne Tee.

»Tee. Natürlich. Das ist ja dein Mittel, mit allem fertigzuwerden. Einen Tee trinken. Dass du Benedict nicht mit einem deiner feinen Tees vergiftet hast, das wundert mich. Das würde besser zur ach so sanften Hanna passen.«

»Nina!«, rief Hanna, am ganzen Leib zitternd. »Halt den Mund! Du hast ja überhaupt keine Ahnung. Nichts weißt du.«

»Du bist diejenige, die von nichts eine Ahnung hat«, erwiderte Nina. »Oder hast du gewusst, dass Benedict und ich uns die letzten Jahre regelmäßig getroffen haben. Du hast mich zwar rausgeworfen, als du uns zusammen im Bett erwischt hast, aber als ich nach Berlin gezogen bin, hat Benedict mich angerufen. Er hat mich dort oft besucht. Und er ist immer über Nacht geblieben. Er hat wohl bei mir etwas gefunden, was du ihm nicht geben konntest.«

Hanna ließ sich auf ein Polster fallen.

»Wie konntest du so etwas tun, hinter meinem Rücken?«

»Ach, tu doch nicht so scheinheilig, Hanna. Als Benedict das letzte Mal bei mir war, vor meiner letzten Reise nach Kenia, da hat er gesagt, dass er sich von dir trennen will, und diesmal endgültig. Deshalb hast du ihn umgebracht!«

Nina sprang auf und warf dabei das Tischchen mit dem Tee um.

Die Kanne zerbrach, und die braune Flüssigkeit ergoss sich auf den Teppich.

»Aber du wirst bezahlen, Hanna. Ich sorge dafür, dass du nicht als leidende Witwe davonkommst. Wahrscheinlich bist du gerade dabei, den Warhol zu verhökern, um dich dann abzusetzen. Aber das werde ich verhindern, das schwöre ich dir.«

In diesem Moment kam Thomas die Treppe raufgestürmt. Er hatte schon an der Tür zum Atelier die Stimmen der beiden Frauen gehört.

»Hanna, Nina. Was ist denn hier los?«

Nina lachte laut auf.

»Ah, Hanna, da kommt ja dein Prinz. Warum hast du Benedict nicht seine Freiheit gegeben? Du hättest mit diesem Schlaffi«, sie zeigte auf Thomas, »eine kleine, spießige Familie gründen können. Dann wäre Benedict noch am Leben und ...«

Nina stockte und sah von Thomas zu Hanna und wieder zurück.

»Jetzt verstehe ich. Ihr habt gemeinsame Sache gemacht, ihr beiden. Das hätte ich mir eigentlich gleich denken können. Alleine bringt doch keiner von euch etwas zuwege. Seit wann hattet ihr denn schon geplant, Benedict aus dem Weg zu räumen?«

Sie lief Richtung Treppe, drehte sich dann aber noch mal um. Hanna saß noch immer wie gelähmt auf dem Sitzkissen, Thomas stand hinter ihr und starrte Nina an.

»Ich werde euch überführen, das schwöre ich. Die Polizei könnt ihr vielleicht täuschen mit eurem treudoofen Geschaue, aber mich nicht.«

Nina lief die Treppe hinunter und landete geradewegs in den Armen von Agnetha.

»Schau an! Die Dritte im Bunde. Dich hätte ich fast vergessen«.

Mit diesen Worten stieß Nina die ahnungslose Agnetha zur Seite. Die hielt sie am Arm fest.

»Nina? Was ist mit dir? Ich will nur nach Hanna schauen. Es geht ihr nicht gut. Habt ihr euch wieder gestritten?«

Nina riss sich los.

»Hanna hat Benedict umgebracht, oder wart ihr das alle drei zusammen? Aber das werde ich schon herausfinden.«

Nina rannte hinaus und warf die Ateliertür hinter sich zu. Agnetha starrte eine Weile auf die Tür. Dann drehte sie sich um und ging zu den anderen. Thomas hob gerade die Scherben der Teekanne auf. Hanna saß einfach nur da. Agnetha nahm die Rolle Küchentücher, die neben dem Wasserkocher lag, und wischte den Tee auf.

*

Ziegler blickte auf den blauen Stein, der vor ihm auf dem Schreibtisch lag.

»Das ist ein Vesuvian. Der steht für Mut und Lebensfreude«, hatte Tina gesagt. »Es kann aber einige Zeit dauern, bis du etwas spürst.«

Das war ja echt nett von ihr, aber im Moment hätte er lieber etwas gegen die Schmerzen in seinem Bein gehabt. Doch zum Arzt wollte er auf keinen Fall gehen. Nur nicht die Wiedereinstellung gefährden. Aber die Prothese für einen Augenblick ablegen, das konnte nicht schaden.

»Gerade sind die Unterlagen von der Steuerfahndung gekommen. Buxmann ist dort kein Unbekannter. Soll ich ...«

Tina hielt inne, als sie sah, dass Ziegler seinen Beinstumpf auf einen zweiten Schreibtischstuhl gelegt hatte.

»Soll ich später wiederkommen?«

Ziegler schüttelte den Kopf.

»Nein, nein. Die neue Prothese drückt nur etwas. Die muss noch richtig angepasst werden. Was gibt's?«

Tina hatte sich wieder gefangen.

»Die Steuerfahndung hat gemailt. Soll ich alles ausdrucken oder dir die Unterlagen übers Netzwerk schicken?«

Ausdrucken wäre Ziegler lieber gewesen, aber er wollte nicht altmodisch erscheinen.

»Schick mir alles rüber. Wenn etwas Interessantes dabei ist, kann ich es immer noch selber rauslassen.«

»Gut.«

Kurz vor der Tür blickte sich Tina noch einmal um.

»Eins noch.«

Sie löste ihr Armband und reichte es dem Hauptkommissar.

»Bernstein verstärkt die Selbstheilungskräfte. Am besten, du steckst es in die Hosentasche. Lass es zwei, drei Tage dort.«

Ziegler stotterte ein Dankeschön und steckte das Armband ein. Gerade als er die Prothese wieder festgemacht hatte, blinkte der Computer. Die Steuerunterlagen waren da.

Unterdessen saß Simpel im Nachbarzimmer. Er hatte Dombrowskis zweiten Laptop vor sich liegen, den aus dem Wenzelschloss. Er grinste, denn er hatte gerade mit Astrid telefoniert. Vor diesem Telefonat hatte er richtig Angst gehabt, aber das war zum Glück unberechtigt gewesen. Astrid hatte ganz versöhnlich geklungen und ihn sogar gebeten, sie am nächsten Freitag zur Hochzeit einer Freundin zu begleiten. Natürlich hatte er sofort zugesagt, auch wenn er nicht genau wusste, was auf ihn zukam. Es war nämlich eine türkische Hochzeit. Aber er musste jetzt seine Schüchternheit ablegen, sonst würde er Astrid verlieren, und das wollte er auf gar keinen Fall. Später, wenn er Zeit hatte, würde er mal »türkische Hochzeit« googeln. Da konnte man bestimmt etwas Brauchbares finden.

Gut gelaunt nahm er sich nun den Laptop vor. Er musste sich durch eine völlig unorganisierte Dateistruktur kämpfen. Rechnungen aus dem Jahr 2007 waren im selben Ordner abgelegt wie MP3-Files von Johnny Cash und Urlaubsfotos aus Florenz. Die Dame auf diesen Bildern war eindeutig nicht Dombrowskis Ehefrau. Simpel druckte zwei der Bilder aus. Dann kopierte er die komplette Festplatte auf einen USB-Stick und steckte ihn in seinen eigenen PC. Auf dem hatte er die nötigen Programme, um alles vernünftig zu ordnen und zu sichten. Er sortierte zunächst nach Dokumenten, Medien und Bildern. Die Dokumente ließ er chronologisch ordnen, bevor er sich daran machte, sie von hinten nach vorne durchzuarbeiten.

Kurz vor der Mittagspause kam Ziegler herein.

»Herr Simpel, ich glaube, ich habe etwas gefunden.«

Simpel sah auf. Auch er hatte eine Entdeckung gemacht.

»Ja?«, fragte er.

Ziegler legte zwei Blätter auf den Tisch. Sie trugen den Briefkopf der BUBA AG.

»Es geht um ein paar kleinere Plastiken von Dombrowski. Diese Lieferscheine erwähnen als Ort der Abholung …«

»Lassen Sie mich raten«, unterbrach ihn Simpel, »die Adresse ist Rednitzhembach, Leerstetter Weg 5.«

Zieglers Blick würde Simpel so schnell nicht vergessen. Innerlich grinste der junge Kommissar über beide Ohren.

»Ist schon gut, Herr Ziegler, da sind wir beide zufällig über dieselbe Spur gestolpert. Das Glück ist eben auf Seiten der Tüchtigen.«

»Wenn Sie das sagen. So wie es aussieht, hat unser Mordopfer eine Lagerhalle oder eine Werkstatt in Rednitzhembach unterhalten. Wo ist das eigentlich genau?«

»Das ist nicht weit von hier. Kennen Sie die HUMA? Von dort höchstens vier oder fünf Kilometer. Ein etwas größeres Dorf, hauptsächlich Neubauten und ein kleines Industriegebiet. Lagerhallen gibt es dort jede Menge. Wir hatten da vor ein paar Monaten eine Einbruchserie. Deshalb kenne ich die Gegend ein bisschen.«

»Eine Frage drängt sich natürlich schon auf«, sagte Ziegler. »Warum hat uns die Witwe nichts davon gesagt?«

Simpel griff nach seiner Jacke.

»Das fragen wir sie am besten selbst.«

*

»Thomas, lass nicht zu, dass sie meiner Skulptur etwas antun.«

Hanna Felbinger griff nach seinem Arm. Lorentz war sofort mit nach Rednitzhembach gekommen, als sie ihn angerufen hatte.

»Keine Angst«, beruhigte er sie, »die Polizisten verstehen ihren Job. Und ich bin ja jetzt da und passe auf.«

Hanna ließ den Arm wieder los.

»Trotzdem sehe ich ihnen ein bisschen auf die Finger. Diese Banausen können ja nicht unterscheiden, was hier Schrott ist und was Kunst.«

Sie ging hinüber zur Werkbank, wo ein Tatortermittler die Werkzeuge aus den Schubladen genommen hatte und sie aus verschiedenen Blickwinkeln fotografierte.

Lorentz ging zu Ziegler, der in der Mitte des Raumes stand und sich mit einem Kollegen von der Spurensicherung unterhielt.

»Ist das denn nötig? Hat Hanna nicht schon genug durchgemacht? Sehen Sie sie doch an! Sieht so eine Mörderin aus?«

»Niemand behauptet, dass Frau Felbinger eine Mörderin ist. Aber, dass sie uns diese Werkstatt verschwiegen hat, ist schon verdächtig, finden Sie nicht? Deshalb sehen wir uns hier etwas genauer um.«

»Hanna wollte doch nur ihre Kunstwerke schützen. Wie würde es Ihnen gefallen, wenn jemand ... sagen wir mal: in ihrer Unterwäsche herumwühlt?«

»Das würde mir auch nicht gefallen, aber wenn das Herumwühlen Teil einer polizeilichen Ermittlung wäre, müsste ich es eben über mich ergehen lassen.«

»Ja klar! Sie sind Polizist, da müssen Sie das ja sagen. Ich sehe schon, ich verschwende meine Zeit, wenn ich an ihr Schamgefühl appelliere.«

Lorentz blickte nach oben.

»Eigentlich sollte ich Sie unter dem Schwert des Damokles stehen lassen, Herr Polizist, aber an Ihrer Stelle würde ich lieber ein paar Schritte zur Seite treten. Guten Tag.«

Ziegler blickte ebenfalls nach oben und sah genau über sich einen großen Elektromagneten, der an einer nicht sehr vertrauenswürdig aussehenden Kette hing. Sofort brachte er sich aus der Gefahrenzone.

»Kommen Sie bitte mal!«

Einer der Kollegen von der Spurensicherung winkte Ziegler zu sich. Er beleuchtete mit einer UV-Lampe den Boden unter der alten Hebebühne.

»Blut?«, fragte Ziegler.

»Kann ich nicht sicher sagen. Bei all den Chemikalien und Reinigungsmitteln hier könnte das auch sonst was sein. Den immunologischen Test können wir erst im Labor machen. Für unseren Schnelltest ist die Menge zu klein.«

»Gut, machen Sie das. Und den Bodenabfluss werden Sie sicher auch noch auseinandernehmen.«

Der Mann von der Spurensicherung hob wortlos den Vierkantschlüssel hoch, den er für das Abflussgitter brauchte.

»Natürlich, Entschuldigung. Ich gehe dann mal wieder.«

Ziegler wollte nicht länger im Weg stehen. Er ging zur Tür und sah Hanna Felbinger ziemlich verloren in dem emsigen Treiben stehen. Ihr Blick wanderte zur Hebebühne, wo die Polizisten gerade den Abfluss leerten. Ihre Augen wurden eng und der Mund öffnete sich etwas, fast, als würde sie am liebsten laut aufschreien.

*

»Warum haben Sie uns nichts von dieser Werkstatt erzählt? Das hätte Ihnen doch klar sein müssen, dass uns alles interessiert, was mit ihrem Mann zu tun hat.

Die Schlüssel zum Atelier im Laufer Wenzelschloss und zum Büro in der Nürnberger Kunstakademie haben Sie uns ja auch ausgehändigt. Sie wissen hoffentlich, dass Sie sich damit verdächtig machen. Außerdem ist das Zurückhalten von Beweisen an sich schon eine Straftat.«

Simpel schlug heute einen härteren Ton an. Hanna Felbinger war jetzt die Hauptverdächtige. Gestern Abend nach der Durchsuchung der Halle in Rednitzhembach war es zu spät gewesen, um sie zu befragen. Aber heute morgen hatte er sie durch eine Streife herbringen lassen.

Simpel beugte sich vor.

»Ich sage Ihnen, wie es war. Sie konnten die Demütigungen und die Untreue Ihres Mannes nicht mehr ertragen. Es kam zum Streit und Sie haben Ihren Mann erschlagen, in der Werkstatt in Rednitzhembach. Danach haben Sie die Aktion mit der Goldleiche inszeniert, um Verwirrung zu stiften.«

Hanna Felbinger wandte Simpel ihr verheultes Gesicht zu.

»Aber Frau Meisner hat doch bestätigt …«

Simpel unterbrach sie.

»Die liebe, fürsorgliche Frau Meisner würde doch alles sagen, um Sie zu schützen. Ich habe mich mit dem Arzt der alten Dame unterhalten. Bei den Schlafmitteln, die sie nimmt, hätte sie es nicht einmal gemerkt, wenn Sie mit einem Panzer weggefahren wären. Dieses Alibi ist geplatzt. Tun Sie uns beiden den Gefallen und gestehen Sie endlich. Jeder Richter wird Verständnis zeigen für das, was Sie durchgemacht haben. Wenn Sie ihren Mann im Streit erschlagen haben, ist das höchstens Totschlag im Affekt, vielleicht sogar nur Körperverletzung mit Todesfolge. Dann wäre unter Umständen eine

Bewährungsstrafe für Sie drin. Aber nur, wenn Sie hier und jetzt ein Geständnis ablegen.«

Hanna Felbinger wischte sich die Tränen aus den Augen. Mit festem Blick sah sie Simpel an.

»Ich habe meinen Mann nicht umgebracht.«

»Warum haben Sie uns dann das mit der Werkstatt verschwiegen? Doch nur, weil es sich um den Tatort handelt! Und Sie wollten nicht, dass wir dort herumschnüffeln.«

Die Künstlerin sah Simpel immer noch fest in die Augen.

»Nein, ich habe meinen Mann nicht ermordet. Und ja, ich wollte nicht, dass Sie in meiner Werkstatt herumschnüffeln. Aber nur, weil das mein innerster Ort ist, der Ort, wo ich meine Seele nach außen kehre, wo meine Kunst entsteht. Aber das wird so jemand wie Sie nie begreifen.«

Simpel atmete tief durch. Seine Taktik hatte nicht funktioniert. Er schaltete einen Gang herunter.

»Der Mietvertrag für die Werkstatt läuft auf den Namen Ihres Mannes. Wir haben dort aber nur Sachen von Ihnen gefunden. Hat Ihr Mann dort nicht mehr gearbeitet?«

»Schon länger nicht mehr. Seine letzten Projekte hat er woanders verwirklicht, in Berlin oder Frankfurt. Er hat sich auch ein wenig aus dem Kunstbetrieb zurückgezogen, in letzter Zeit.«

Wohl eher gezwungenermaßen, dachte Simpel.

Er räusperte sich.

»Wer, außer Ihnen, hat alles Zugang zu dem Gebäude? Gibt es vielleicht einen Hausmeister oder eine Putzfrau?«

»Nein. Ich habe ja schon gesagt, das ist mein innerster Ort.«

»Wir haben eine Menge Reinigungschemikalien gefunden. Und einen Hochdruckreiniger.«

»Das brauche ich für meine Arbeit. Schließlich hantiere ich mit Schrott. Der ist oft voll Schmierfett und altem Öl. Da kommt man mit Haushaltsschwamm und Spüli nicht weit.«

Trotzig schob sie das Kinn vor.

Simpel blätterte in den vor ihm liegenden Unterlagen.

»Als Nutzung steht im Mietvertrag ›Gemeinschaftswerkstatt‹. Ich dachte, das sei Ihr innerster Ort. Mit welcher Gemeinschaft teilen Sie ihn dann?«

Hanna Felbingers Miene verfinsterte sich.

»Das ist lange her. Wir, das heißt Benedict, Thomas, Agnetha und ich, hatten schon im Studium den Traum von einer Ateliergemeinschaft. Deshalb haben wir später diese Werkstatt gemietet. Aber richtig genutzt hat sie dann nur Benedict. Er hat immer getobt, wenn ein anderer etwas durcheinandergebracht hat. So haben sich Thomas und Agnetha etwas eigenes gesucht. Ich hatte ja mein kleines Atelier zu Hause in Schwabach.«

»Und seit wann nutzen Sie die Werkstatt in Rednitzhembach wieder?«

Sie überlegte.

»Nach den *cubos* ging Benedict nach New York. Da habe ich mit meinen Schrottkunstwerken angefangen. Das war 2004, glaube ich.«

»2003«, verbesserte Simpel.

»Ja, 2003. Benedict lebte dann mehr als drei Jahre in Amerika. Ich bin in Schwabach geblieben. In großen Städten fühle ich mich nicht wohl.«

»Und Ihr Mann hatte freie Hand, was hübsche Amerikanerinnen anging. Ein nettes Arrangement.«

Simpel hatte genug von dem brave Ehefrau-Gesoße.

»Und als Dombrowski in den USA scheiterte, fand er zu Hause die treu liebende Frau vor, die ihn mit offenen Armen wieder aufnahm.«

Hanna Felbingers Augen funkelten ihn an.

»Na und! Sie haben keine Ahnung, was Benedict für ein Mensch war. Ein Genie war er. So jemanden kann man nicht mit Ihren bürgerlichen Maßstäben messen. Er brauchte seine Freiheit, sonst ...«

Sie begann zu schluchzen.

Simpel ergänzte in Gedanken den Satz: »... sonst hätte er dich verlassen, und vor nichts hattest du mehr Angst.«

Zeit für eine Pause. Er wandte sich an Küppers, der das Protokoll führte.

»Bring Frau Felbinger bitte etwas zu trinken. Ich bin in einer Viertelstunde wieder da.«

»Sie haben vorhin ausgesagt, dass Sie die Werkstatt ganz alleine nutzen.«

Hanna Felbinger setzte ihr Wasserglas ab und sah Simpel misstrauisch an.

»Ja«, sagte sie zögernd.

»Und dass weder ein Hausmeister noch Putzkräfte Zugang zu der Halle haben.«

»Ja, das ist richtig. Für Notfälle ist ein Schlüssel bei der Spedition nebenan deponiert, aber der ist in einem verschlossenen Umschlag. Den kann niemand benutzen, ohne dass ich es merken würde.«

»Das ließe sich also überprüfen?«

»Sie müssen nur dort anrufen. Konrad Meier heißt der Niederlassungsleiter, aber auch die Sekretärinnen müssten Bescheid wissen.«

»Gut.«

Simpel blätterte in den Papieren, die er eben erst per Fax erhalten hatte. Hanna Felbinger beobachtete ihn dabei und grub ihre Zähne in die Unterlippe.

»Wie kommt es dann ...«, sagte Simpel und drehte eines der Blätter um, sodass Hanna Felbinger es lesen konnte. »Wie kommt es dann, dass die Spurensicherung Blut gefunden hat? Blut mit einer männlichen DNA?«

Die Witwe wurde blass. Sie starrte auf das Blatt. Dann sah sie Simpel in die Augen.

»Das kann ich Ihnen nicht erklären. Vielleicht hat Benedict in der Werkstatt gearbeitet, ohne dass ich davon wusste.«

»Wie kann er das, wenn nur Sie Zugang haben. Das zumindest haben Sie eben erst ausgesagt.«

»Ich ... das habe ich so nicht gesagt. Nur, dass ich die Werkstatt momentan alleine nutze. Alle haben noch ihren Schlüssel.«

»Alle?«

»Wir vier ... drei ... Thomas, Agnetha und ich ... und Benedict hatte auch einen. Die Werkstatt war ja als Gemeinschaftsatelier gedacht. Auch wenn daraus leider nichts geworden ist.«

Sie blickte an Simpel vorbei ins Leere. Der nahm das Blatt wieder an sich.

»Frau Felbinger, Sie sind dringend verdächtig, Ihren Mann ermordet zu haben. In den nächsten Stunden wird ein Polizeibeamter bei Ihnen zu Hause vorbeikommen und Ihren Reisepass abholen. Täglich um 10 Uhr melden Sie sich persönlich hier in der Dienststelle. Die entsprechende richterliche Anordnung wird Ihnen heute noch zugestellt. Möchten Sie noch etwas sagen?«

Hanna Felbinger sah ihn lange an, dann schüttelte sie den Kopf.

Simpel ließ sie von einem Polizeibeamten nach draußen begleiten.

»Warum nehmen wir sie nicht fest?«, fragte Küppers, als die beiden im Aufzug verschwunden waren.

»Die Beweislage ist noch zu dünn. Wir müssen das Ergebnis der genauen DNA-Analyse abwarten. Erst wenn feststeht, dass es tatsächlich das Blut von Benedict Dombrowski ist, haben wir eine Chance, einen Haftbefehl zu bekommen.«

»Und wenn sie in der Zwischenzeit abhaut?«

»Dann wird sie nicht weit kommen. Weil ich sie nämlich ab sofort rund um die Uhr beobachten lasse.«

Simpel griff zum Telefon.

*

»Hanna, bist du da?«, rief Thomas die Wendeltreppe hinauf.

Er war auf Hannas Anruf hin sofort hergeeilt. Gestern war sie noch mal verhört worden, und er machte sich große Sorgen. Am Telefon hatte ihre Stimme allerdings so stark wie schon lange nicht mehr geklungen. Über das Verhör hatte sie ihm nichts erzählen wollen.

»Das ist jetzt nicht so wichtig«, hatte sie gesagt. »Aber Thomas, bitte komm sofort her. Ich brauche deine Hilfe.«

Thomas hatte seinen Termin beim Zahnarzt abgesagt. Wenn Hanna ihn brauchte, dann war er da. So, wie schon sein halbes Leben lang.

»Komm rauf Thomas, aber sperr bitte die Tür von innen zu.«

Hanna saß inmitten ihrer vielen Kissen. Doch anders als die letzten Tage saß sie nicht zusammengesunken, sondern aufrecht, mit entschlossenem Gesichtsausdruck.

»Hast du die Polizisten draußen gesehen? Ich werde überwacht.«

Thomas war empört.

»Du, überwacht, warum denn?«

»Die Polizei denkt, dass ich Benedict umgebracht habe. Aber darum geht es jetzt nicht. Da, lies!«

Hanna gab Thomas ein computergeschriebenes Blatt Papier.

Thomas las den Text dreimal, legte dann das Blatt vor Hanna auf den Tisch.

»Woher weißt du, dass der Erpresser wirklich etwas in der Hand hat? Vielleicht ist es nur ein Bluff.«

»Diesem Brief war etwas beigelegt, die Kopie von etwas, das nie in fremde Hände kommen darf. Sonst ist Benedicts Ansehen ruiniert, und das darf nicht passieren, hörst du?«

Hanna sah ihn fast feindselig an.

»Aber woher willst du 50 000 Euro nehmen?«, fragte Thomas.

Hanna stand auf und ging zu einer kleinen Kommode. Sie zog eine Schublade heraus, entnahm ein Bündel Geldscheine und legte sie vor Thomas auf das Tischchen.

Der sah sie fragend an.

»Schrottkunst ist angesagt im Moment, und dieser Galerist in München hat eine Macke. Er zahlt immer in bar. Der kommt sich wahrscheinlich toll vor, wenn er in seinem BMW vorfährt und einem ein Paket Geldscheine überreichen kann. Ich habe immer wieder vergessen, es auf die Bank zu bringen. Aber das ist jetzt gut so.«

Sie sah Thomas eindringlich an.

»Ich kann das Geld nicht übergeben, wenn ich von der Polizei beschattet werde. Das musst deshalb du tun, Thomas.«

Thomas wurde kreidebleich. Hanna ergriff seine Hände.

»Thomas, bitte! Du hast versprochen, alles zu tun, um mir zu helfen.«

Thomas zögerte. Eigentlich sollten sie zur Polizei damit. Aber das würde Hanna nie tun, und er konnte sie nicht im Stich lassen. Also nickte er. Hanna ließ seine Hände wieder los.

»Ich wusste, dass ich mich auf dich verlassen kann. Du hast den Brief ja gelesen. Du sollst heute Abend um 9 Uhr mit dem Geld auf dem Parkplatz des Einkaufszentrums Am Falbenholz sein und auf einen Anruf warten. Du musst natürlich mein Handy nehmen.«

Thomas und Hanna saßen noch eine Weile am Küchentisch und besprachen den bevorstehenden Abend. Dann stand Thomas auf.

»Hanna«, fragte er, als sie ihn zum Abschied umarmte. »Was wird sein, wenn das alles hier ausgestanden ist? Was wirst du tun? Was wird aus uns beiden?«

Thomas sah auf den Boden, er vermied es, Hanna anzuschauen, so direkt hatte er seine Gefühle ihr gegenüber noch nie ausgesprochen.

Hanna trat einen Schritt zurück.

»Ich weiß noch nicht, wie es weitergeht. Das ist alles noch viel zu früh. Aber du wirst immer mein bester Freund bleiben, Thomas. Das weißt du doch!«

Thomas nickte. Ja, das wusste er.

*

Horst Vogel faltete die Zeitung zusammen, legte sie auf den Beifahrersitz und gähnte. Vor einer Dreiviertelstunde, also kurz vor 11 Uhr, hatte Thomas Lorentz das Haus von Hanna Felbinger betreten. Wenig später hatte die alte Frau aus dem ersten Stock das Haus verlassen. Mehr war nicht passiert in den letzten vier Stunden. Vogel hatte so seine Zweifel am Sinn dieser Überwachung. Er konnte sich die Künstlerin einfach nicht als kaltblütige Mörderin vorstellen. Eine, die sich plötzlich aus dem Staub machen würde. Aber es wäre die Hölle los, wenn sie es doch war und ihnen entkam. Vogel streckte sich ein wenig, dann verließ er den Wagen. Er musste sich die Beine vertreten. In einer Viertelstunde würde ihn Küppers ablösen. Außerdem wollte er sich das kleine gelbe Auto mal genauer anschauen, das da zehn Meter vor ihm parkte. Das stand da schon seit einer Stunde, und es war immer noch niemand ausgestiegen. Jedenfalls hatte Vogel niemanden gesehen. Er ging auf die andere Straßenseite und tat, als würde er das Schaufenster betrachten. Verstohlen drehte er sich um. In dem gelben Auto saß eine Frau und biss gerade in ein Brötchen. Das Gesicht konnte er nicht erkennen, denn ihr Blick war auf den Eingang von Hanna Felbingers Haus gerichtet. In dem Moment kam Küppers ums Eck. Er ging an dem gelben Auto vorbei und warf einen kurzen Blick auf die Fahrerin. Dann bemerkte er Vogel und eilte zu ihm.

»Hast du das gesehen Horst, in dem Wagen sitzt die Schwester von Hanna Felbinger. Was macht die denn da?«

»Desselbe wie mir, scheint's. Die überwacht ihre große Schwester. Die is ja total überzeugt, dass die die Mörderin is. Aber mir können die ned den Wachhund spieln lassn. Komm!«

Vogel und Küppers gingen über die Straße. Küppers klopfte an die Scheibe. Nina Felbinger ließ vor Schreck ihr Brötchen fallen. Dann kurbelte sie das Fenster herunter.

»Sie, Fräulein, darf ich fragen, was Sie hier machen?«, fragte Vogel.

»Äh, ich ...«

»Frau Felbinger, Sie können hier ned einen auf Selbstjustiz machn. Bitte fahrn'S weg. Sie behindern unsre Arbeit.«

Nina Felbinger klaubte die Reste des Brötchens von ihrer Hose und sah die beiden Polizisten wütend an.

»Welche Arbeit denn? Sie tun doch überhaupt nichts. Hanna läuft immer noch frei herum, und wer weiß, was sie gerade mit Thomas da drin plant. Wenn Sie was arbeiten wollen, dann nehmen Sie die beiden endlich fest!«

Nina Felbinger war jetzt hochrot im Gesicht.

»Frau Felbinger, wir müssn ...«

Weiter kam Vogel nicht, denn in diesem Moment ging die Haustür auf und Thomas Lorentz kam heraus. Er sah die beiden Polizisten, zuckte kurz zusammen und ging dann schnell in die entgegengesetzte Richtung davon.

Nina Felbinger startete den Motor.

»Also gut«, sagte sie, »ich fahre weg, wie Sie das wünschen.«

Vogel beugte sich zu der jungen Frau hinunter.

»Sie ham edz aber ned vor, den Herrn Lorentz zu verfolgn, oder? Lassn'S des bitte bleiben. Fahrn'S heim und ruhn Sie sich aus.«

»Aber natürlich, Herr Kommissar«, sagte Nina, schloss das Fenster und fuhr davon.

Küppers und Vogel gingen zu ihrem Wagen zurück.

»Sie ist in die entgegengesetzte Richtung weggefahren«, sagte Küppers, »nicht Thomas Lorentz hinterher. Vielleicht ist sie vernünftig.«

Vogel schüttelte den Kopf und deutete nach vorne.

Nina Felbinger hatte in einer Seitenstraße umgedreht und fuhr nun in die gleiche Richtung, in die Thomas Lorentz verschwunden war.

»Hoffentlich macht des Madla kan Blödsinn. Ich meld's dem Stefan, wenn ich in die Inspektion komm. Mach's gut Manuel. Ned einschlafn, gell!«

*

»Und jetzt das Wetter in Bayern ...«

Thomas Lorentz schaltete das Autoradio aus. Er schaute bestimmt schon zum hundertsten Mal auf die Anzeige von Hannas Handy. Und wie die 99 Male zuvor war der Akku noch immer fast voll und der Empfang hervorragend. Aber kein Anruf. Er fuhr mit der Hand in die Tasche seines Anoraks und befühlte den Umschlag mit den 50 000 Euro.

Thomas Lorentz schlug aufs Lenkrad. Ausgerechnet jetzt, wo Hanna endlich Erfolg hatte, wollte sie ihr Geld einem miesen Erpresser in den Rachen werfen.

Er nahm ein Taschentuch und wischte über die Scheibe. Sie war total angelaufen, wegen des Regens. Wie lange stand er jetzt schon auf dem Parkplatz?

Das Handy klingelte. Thomas zuckte zusammen.

»Lorentz«, meldete er sich.

Stille – der Anrufer hatte aufgelegt.

Thomas biss sich auf die Lippen. Verdammt! Der Erpresser erwartete Hanna, und er Trottel nannte seinen eigenen Namen. Zum Glück klingelte es gleich wieder.

»Nicht auflegen! Hanna Felbinger hat mich beauftragt. Ich habe das Geld bei mir!«

Stille. Dann eine verzerrte Stimme mit starkem Akzent.

»Wo Frau Felbinger?«

»Sie wird von der Polizei überwacht. Deshalb hat sie mich gebeten, das Geld zu übergeben.«

»Du von Polizei!«

»Nein, ich schwöre es Ihnen. Ich bin Thomas Lorentz, ein Freund von Hanna. Die Polizei weiß von nichts.«

»Du lügst.«

»Nein, Sie müssen mir glauben! Ich habe Hanna gesagt, sie soll die Polizei einschalten, aber sie wollte nicht.«

Thomas hielt die Luft an. Hatte er jetzt alles vermasselt? »Kennst du Schwanstädt?«

»Sie meinen Schwanstetten. Ja, das kenne ich.«

»Du wartest zehn Minuten, dann fährst du dorthin. Aber langsam.«

Er wartete und fuhr nach exakt zehn Minuten los. Er hatte schon die halbe Strecke nach Schwanstetten zurückgelegt, als sich der Erpresser erneut meldete.

»Du wendest jetzt sofort. Dann fährst du auf B2 bis Roth und dann Allersberg, verstanden?«

»Verstanden.«

Thomas folgte den Anweisungen. Was sollte dieses Herumgekurve? Er blickte auf die Tankanzeige. Viertel voll. Hoffentlich ging diese Schnitzeljagd nicht allzu lange.

»Hast du das Geld?«

Thomas hatte seit einer halben Stunde im Regen gewartet. Er hatte schon Angst, am falschen Ort zu sein. Dabei war er den Anweisungen genau gefolgt und irgendwo mitten im Wald in der Nähe des Rhein-Main-Donau-Kanals gelandet. Wie aus dem Nichts war dann plötzlich diese Gestalt aufgetaucht.

Er starrte in die Dunkelheit. Von dem Erpresser konnte er kaum etwas erkennen. Nur eine dunkle Regenjacke und zwei helle Augen, der Rest des Gesichts war durch die Kapuze verdeckt.

»Ja, 50 000 Euro, wie Sie verlangt haben.«

Thomas griff in seine Tasche.

»Halt!«

Der Mann richtete eine Pistole auf ihn.

»Ganz langsam, und nur mit zwei Fingern. Gut. Und jetzt rüberwerfen.«

Thomas zögerte.

»Aber dann wird es nass.«

»Hm. Kommen Sie her, ganz langsam, und keine dummen Ideen mit Ihrem Regenschirm. Ich habe schon oft getötet, und ich habe keine Hemmungen, es wieder zu tun.«

Thomas glaubte ihm das sofort. Bei diesen Augen. Da konnten auch die geschliffene Sprache und der höfliche

Tonfall nicht darüber hinwegtäuschen. Den Akzent vom Telefon hatte der Mann völlig abgelegt.

»Geben Sie mir den Umschlag! Dann verrate ich Ihnen, wo Sie die Tasche mit den Unterlagen finden.«

»Nein, erst will ich die Tasche sehen.«

Der Erpresser hob die Pistole und zielte genau zwischen Thomas' Augen.

»Sie verkennen die Situation. Nichts hindert mich daran, Sie zu erschießen und mir das Geld einfach zu nehmen.«

Thomas zögerte, dann reichte er dem Mann den Umschlag.

»Wo sind die Unterlagen?«

»Gemach, gemach. Jetzt drehen Sie sich erst einmal um und gehen zurück zum Auto. Ich melde mich dann per Handy.«

Thomas war noch keine zwei Schritte gegangen, da lachte der Mann hinter ihm.

»Und grüßen Sie Ihre geliebte Hanna von mir. Sie hat genau den richtigen Feigling ausgesucht. Vielleicht sehen wir uns mal wieder.«

In Thomas zerriss etwas. Dass er ein Feigling war, wusste er, das machte ihm nichts aus. Aber wenn der Kerl vorhatte, Hanna weiter zu erpressen ... Das konnte er nicht zulassen. Er wirbelte herum und schwang dabei seinen Regenschirm. Der Erpresser reagierte viel zu spät. Thomas erwischte ihn am linken Auge. Dann prallten die beiden zusammen und stürzten zu Boden. Ein Schuss löste sich.

Nina Felbinger fuhr auf. Scheiße, sie war eingeschlafen! Die tagelange Beschattung forderte ihren Tribut.

Vorhin hätte sie Thomas fast verloren, als er vor ihr über die Ampel gefahren war. Und dann war er ihr plötzlich entgegengekommen. Die Einfahrt zur B2 hatte sie dann gerade noch erwischt. Was suchte er mitten in der Nacht hier im Wald? 20 Kilometer weg von Schwabach. Wollte er irgendwelche Komplizen treffen? Oder ließ er Beweismaterial verschwinden? Der Rhein-Main-Donau-Kanal war gleich da vorne. Vielleicht verhökerte er gerade den Warhol an so einen miesen Kunsthändler.

War er überhaupt noch da? Oder war er verschwunden, als sie eingenickt war?

Ein Auto. Ohne Licht. Nina drückte sich tiefer in den Sitz. Gut, dass sie ihren Wagen hinter einer dichten Schlehenhecke geparkt hatte. Bei dem Regen und in der Dunkelheit war sie vom Weg aus nicht zu erkennen.

Nina wartete noch fünf Minuten, dann stieg sie aus, nahm ihre Taschenlampe und folgte den Reifenspuren, die im Regen schon zu verschwinden begannen.

Nina legte die Aktentasche auf den Beifahrersitz. Die war patschnass und versaute das Polster. Aber das kümmerte sie nicht. Endlich würde sie ihre Schwester drankriegen. Ganz sicher waren in der Tasche die Beweise, die sie dafür brauchte. Thomas hatte nicht weit genug geworfen.

Ninas Jeans waren völlig im Eimer. Die blöde Uferböschung war glitschig gewesen.

Sie legte den Rückwärtsgang ein und gab Gas. Aber die Räder drehten durch, sie steckte fest.

*

Günther Pfisterer stellte seinen Passat Kombi am Schwabacher Stadtrand ab, auf dem Parkplatz des SV Unterreichenbach. Er war spät dran, aber gestern war es am Stammtisch mal wieder feuchtfröhlich geworden.

Er öffnete die Heckklappe und holte die Anglerausrüstung heraus. Die Wathose ließ er liegen, heute genügten die Gummistiefel. Es war warm genug, um auch mit Badehose ins Wasser zu steigen, wenn es nötig sein sollte.

»Seasn Günther, gibbds dich aa no?«

Pfisterer nickte seinem Anglerfreund zu und baute seine Ruten auf.

Fast eine Stunde saßen die beiden schweigend nebeneinander, dann seufzte sein Nebenmann.

»Heid gehd nix an der Schwabach. Ich glaub, ich probiers amol am Nadlersbach. Do hat der Julius gestern a Drei-Pfund-Forelln rauszogn. Bis dann.«

Pfisterer überlegte, ob er dem Freund folgen sollte, doch da zupfte es an der Rute. Er nahm sie vom Ständer und zog vorsichtig an. Dann ein kräftiger Ruck und der Fisch hing am Haken. Langsam holte er die Schnur ein. Gerade, als er die zappelnde Forelle in das Netz bugsieren wollte, gellte ein Schrei aus Richtung des Nadlerbaches.

*

»Herr Kommissar, was können Sie uns zum Schwabacher Serienmörder sagen?«

Simpel sah den Reporter an.

»Wer sagt denn etwas von einem Serienmörder?«

»Ich bitte Sie, zwei Leichen innerhalb weniger Tage, beide in Goldfolie eingewickelt. Natürlich ist das ein

Serienkiller. Oder wollen Sie warten, bis noch mehr Opfer auftauchen, bevor sie etwas unternehmen?«

»Wenn uns nicht dauernd jemand im Weg stehen würde, könnten wir unsere Arbeit machen. Wie haben Sie überhaupt davon erfahren? Sie waren ja schon vor uns da. Hören Sie etwa den Polizeifunk ab? Das ist strafbar, das wissen Sie!«

Der Journalist machte ein geheimnisvolles Gesicht.

»Ich habe da so meine Quellen.«

»Dann gehen Sie mal zu Ihren Quellen und lassen Sie uns in Ruhe. Die Pressestelle hält Sie auf dem Laufenden. Auf Wiedersehen.«

Simpel drehte sich um und stieg über das Absperrband. Die Leiche lag am Bachufer, auf dem Rücken, die Füße im Wasser. Fast genauso wie der Tote bei der Goldschlägernacht. Vogel war damit beschäftigt, alles zu fotografieren. Simpel bückte sich und hob die Goldfolie, an, in die die Leiche eingewickelt war.

»Lass des lieber. Da versteht die Dr. Pfeiffer kan Spaß, wenn man an ihre Leichn rumfummelt.«

Simpel ließ die Folie los und stand auf. Nachdenklich betrachtete er die Szenerie. Dann wandte er sich an Vogel.

»Meinst du, es war derselbe Mörder?«

»Ich weiß ned so recht. Schaut genauso aus und doch wieder ned.«

»Wieso nicht?«

»Die Folie, die is irgendwie anders. A weng dicker. Soweit ich des so aufn ersten Blick sehn kann. Aber im Labor werns des scho noch genauer feststelln.«

Vogel war viele Jahre bei der Spurensicherung gewesen. Simpel hatte keinen Zweifel, dass er mit seiner Vermutung recht hatte.

»Ein Nachahmungstäter?«, fragte er.

Vogel zuckte mit den Schultern.

»Oder ihm is die Folie ausgangen und er hat sich a andre kauft. Der vo der Zeitung redet scho vo am Serienmörder.«

»Der Zeitungsmensch war ja ziemlich fix am Tatort«, sagte Simpel. »Möchte wissen, wie die immer so schnell an ihre Informationen kommen.«

Er deutete auf den Reporter, der sich gerade intensiv mit den beiden Anglern unterhielt. Abwechselnd hielt er ihnen ein Diktiergerät vor die Nase.

»Dassd in der Zeitung stehst, is für manchn es Größte, vor allem in so anner Kleinstadt, wo jeder an jedn kennt. Da ruft ma zuerst a mal den Kumpl vo der Presse an und dann erst die Polizei.«

Simpel nickte.

»Wann kommt denn Dr. Pfeiffer? Ich möchte endlich wissen, wer der Tote ist.«

»Mit der Pfeifferin is ned gut Kirschn essn, gell. Aber die bassd scho, auch wenn's manchmal a weng bissig is.«

»Na, dann gehn Sie mal besser auf die Seite, bevor Ihnen die bissige Frau Doktor ihre Zähne in den Arm schlägt«, sagte die Gerichtsmedizinerin, die plötzlich hinter den beiden aufgetaucht war.

»Ich ähh, entschuldigns,…«, stotterte Vogel.

»Ist schon gut, Kollege. Wer so schön fränkisch ›bassd scho‹ sagen kann, dem bin ich nicht böse.«

Sie zog Handschuhe an und nahm eine Pinzette aus der Tasche.

»So, wollen wir mal sehen, mit wem wir da die Ehre haben.«

Sie hob die Goldfolie an, die das Gesicht bedeckte.

Ein Blitzlicht flammte von hinten auf. Dr. Pfeiffer drehte sich wütend um.

»Verdammt, verschwinden Sie!«

Der Reporter hatte sich irgendwie an der Absperrung vorbeigemogelt. Simpel ließ ihn von einem uniformierten Beamten zurückgeleiten.

»Hoffentlich bleiben wir ab jetzt ungestört«, sagte Dr. Pfeiffer mit einem Seitenblick auf Simpel.

Sie hob das Goldpapier an, und das Antlitz des Toten kam zum Vorschein.

*

»Thomas! Oh Gott, Thomas!«

Hanna hatte tiefe Ringe unter den Augen.

Sie lief Thomas entgegen und umarmte ihn.

»Ich habe die ganze Nacht kein Auge zugemacht. Warum hast du dich nicht gemeldet? Ist alles glattgegangen? Sag doch was!«

Thomas ging ohne zu antworten in die Küche und setzte sich an den Tisch. Er nahm das Bündel Geldscheine und Hannas Handy aus der Jackentasche und legte beides vor sich hin.

Hanna starrte die Sachen an. Sie ließ sich auf einen Stuhl fallen.

»Was ist passiert?«, fragte sie.

Thomas stand auf. Er holte sich eine Tasse aus dem Schrank und schenkte Tee ein. Er nahm einen großen Schluck. Dann sah er Hanna fest in die Augen.

»Nichts ist passiert. Gar nichts. Ich habe ewig auf dem Parkplatz gewartet, aber ich wurde weder angerufen, noch ist jemand gekommen. Irgendwann bin ich dann eingeschlafen und erst mitten in der Nacht wieder aufgewacht. Ich war völlig durcheinander, bin einfach ziellos durch die Gegend gefahren. Ich habe nicht angerufen, weil ich dich nicht wecken wollte.«

Eine ganze Weile saßen sie nur da, keiner sprach, ab und zu tranken sie einen Schluck Tee.

»Ich verstehe das nicht«, sagte Hanna schließlich.

Thomas versuchte eine Erklärung. Er klang sehr müde.

»Vielleicht war das Ganze doch nur ein Bluff.«

»Nein, Thomas. Du verstehst das nicht. Der Einbruch hier, das war der Erpresser. Er hat etwas mitgenommen, etwas, das ich zurückhaben muss. Unbedingt.«

»Was, Hanna? Was hat er mitgenommen? Sag es mir! Bitte!«

Thomas legte seine Hand auf Hannas Arm. Hanna zog ihn schnell zurück und griff nach der Teetasse. Sie sah Thomas in die Augen.

»Das kann ich dir nicht sagen.«

Ihre Stimme klang hart.

Resigniert zuckte Thomas mit den Schultern.

»Was sollen wir denn jetzt machen? Du weißt, dass ich alles für dich tue.«

»Ja, das weiß ich. Aber jetzt muss ich erst einmal alleine sein. Ich muss nachdenken. Geh jetzt bitte! Ich rufe dich an!« Hanna stand auf.

Thomas blieb sitzen und starrte seine Teetasse an. Dann seufzte er und stand ebenfalls auf. Er wollte Hanna zum Abschied einen Kuss auf die Wange geben, aber die drehte sich weg.

»Tschüss Hanna! Ich warte auf deinen Anruf.«

Doch Hanna schien ihn gar nicht mehr zu hören. Sie blickte stumm vor sich hin.

*

Nina Felbinger wusste im ersten Moment nicht, wo sie war. Sie hatte von Kenia geträumt. Von ihrer Arbeit im Krankenhaus und von der Fotoausstellung. Sie sah sich um. Sie war in Deutschland, im Kinderzimmer ihres Kollegen Peter. Ihre eigene Wohnung hatte sie aufgegeben, als sie nach Afrika gegangen war. Auch Peter war die meiste Zeit in Kenia. Nur für ein paar Monate im Jahr ging er zurück nach Deutschland und arbeitete in einem Krankenhaus. So konnte er die laufenden Kosten bezahlen. Er war ein hervorragender Internist gewesen, hatte seine Praxis aber aufgegeben, als ihn seine Frau verließ und die Kinder mitnahm. Nina durfte bei ihren Deutschlandaufenthalten das leer stehende Kinderzimmer in seiner Wohnung nutzen.

Sie suchte nach ihrem Handy. Das hatte sie wohl im Auto liegen lassen. Auf dem Nachttisch stand ein Sponge Bob-Wecker. Der zeigte 17:30 Uhr. Wenn das stimmte, hatte sie den ganzen Tag verpennt.

Das wäre auch kein Wunder, hatte sie doch die Tage davor kaum geschlafen. Erst hatte sie Hanna beschattet, vergeblich, denn die hatte sich nicht aus ihrem Bau herausbewegt. Dann hatte sie sich an Thomas' Fersen gehängt. Sie war sich sicher, dass der die Drecksarbeit für Hanna erledigte. So konnte Hanna weiter die bedauernswerte Witwe spielen.

Sie ging ins Bad. Ihre nassen Klamotten lagen auf dem Boden. Ein scheiß Wetter war das gewesen, gestern. Was hatte Thomas denn in diesem Wald gewollt? Saublöd, dass sie ausgerechnet da im Auto eingenickt war.

Sie stellte sich unter die Dusche und drehte das Wasser ganz heiß.

Der Pannenfahrer, der sie aus dem Schlamm gezogen hatte, war ziemlich misstrauisch gewesen. Sie konnte sich gar nicht mehr erinnern, welche Ausrede sie dem aufgetischt hatte. Egal.

Die Aktentasche von Thomas lag in der Badewanne. Sie verströmte einen modrigen Geruch. Nina hatte noch keinen Blick hineingeworfen. Wie eine Tote war sie heute Nacht ins Bett gefallen.

Sie holte sich frische Sachen. Die letzte Jeans. Bevor sie nach Wien fuhr, musste sie dringend waschen. Sie zog sich an und ging zurück ins Badezimmer. Die abgegriffene Lederaktentasche war immer noch durch und durch nass. Sie zitterte, als sie den Verschluss öffnete. Thomas war wegen dieser Tasche stundenlang in der Gegend herumgefahren und hatte versucht, sie im Rhein-Main-Donau-Kanal zu versenken. Da musste etwas sehr Wichtiges drin sein. Vielleicht konnte sie Hanna und Thomas damit endlich überführen.

Sie schaute hinein. Ein Buch. Ein Skizzenbuch. Hannas Skizzenbuch. Jedenfalls hatte die genau so eines ständig mit sich herumgeschleppt. Sie zog es vorsichtig heraus. Es tropfte vor Nässe. Hätte sie die Tasche doch heute Nacht noch aufgemacht, dann wäre der Schaden nicht so groß gewesen. Sie versuchte, das Buch aufzublättern, hatte aber sofort einen Papierfetzen in der Hand. So ging das nicht. Sie musste es erst trocknen. Sie drehte die Heizung im Bad auf und legte das Buch einfach darauf. Etwas Besseres fiel ihr nicht ein.

Was konnte denn an einem Skizzenbuch so wichtig sein? Vielleicht hatte die Tasche noch etwas anderes enthalten, etwas, das Thomas immer noch bei sich hatte. Oder hatte er tatsächlich den Warhol verkauft? In einer Nacht-und-Nebel-Aktion. Zu blöd, dass sie eingeschlafen war! Da hätten ganze Wagenkolonnen von

Kunsthehlern vorbeifahren können und sie hätte nichts davon gemerkt.

Sie holte ihre schmutzigen Sachen und stopfte sie in die Waschmaschine. Dann nahm sie das Skizzenbuch in die Hand. Es war außen schon ein bisschen trockener geworden. Vielleicht konnte sie morgen einen Blick hinein werfen, bevor sie nach Wien fuhr.

Sie setzte sich aufs Sofa und schaltete den Fernseher ein. Im Bayerischen Rundfunk lief *Kunst und Krempel*. Nach fünf Minuten war sie wieder eingeschlafen.

*

»Ja, ich werde es weitergeben. Das ging ja schnell. Vielen Dank.«

Ziegler legte auf. Simpel sah ihn erwartungsvoll an.

»Die Antwort auf unsere Anfrage?«

»Nein, die Fingerabdrücke laufen immer noch bei Interpol durch den Computer. Das dauert noch eine Weile. Es ist auch niemand vermisst gemeldet, der zu unserem Toten passt.«

»Wer war denn am Apparat?«

»Dr. Pfeiffer. Sie hat anhand des Projektils die Mordwaffe identifiziert.«

»Und?«

»Unser Toter wurde aus nächster Nähe erschossen, mit einer CZ99.«

Simpel tippte den Begriff in das Suchfeld von Google. Er überflog den Artikel bei Wikipedia.

»Zastava CZ99. Kaliber 9 Millimeter. Wird seit 1990 von der serbischen Armee verwendet. Führt uns die Spur in den Balkan?«

Eine bekannte Stimme erklang von der Tür her.

»Zum Balkan? Das würde dir so passen. Kaum habe ich dir den Rücken gekehrt, schon planst du eine Dienstreise an die Adria.«

»Jochen!«

In der Tür stand Jochen Bauer, der ehemalige Dienstgruppenleiter. Simpel machte ihn mit Mike Ziegler bekannt. Bauer schüttelte ihm die Hand.

»Ich habe damals von Ihnen gelesen. Tragische Sache, das mit Ihrem Bein. Und Sie sind jetzt mein Nachfolger?«

Ziegler wehrte ab.

»Nein, nein, ich bin hier nur der Praktikant. Aber sagen Sie ruhig Mike zu mir.«

Simpel klärte Bauer über den Sonderstatus des Hauptkommissars auf. Dann schilderte er kurz die neuesten Entwicklungen im Fall Dombrowski. Auch die Episode mit dem Dosenwurf des Kollegen Küppers erzählte er.

»Meine Herren«, lachte Bauer, »da hab ich ja was zu erzählen in Oberbayern. Kann man bei euch in der Waffenkammer jetzt Suppendosen in verschiedenen Kalibern bekommen?«

Er verzog die Mundwinkel.

»Hier in Schwabach ist endlich mal richtig was los, und ich darf mich in Rosenheim mit internen Ermittlungen herumschlagen. Mein Vorgänger hat mir ein ganz schönes Durcheinander hinterlassen. Und die Verbrecher scheinen ein Sabbatjahr einzulegen. Die Kriminalstatistik weist für das erste Halbjahr die geringste Anzahl an Straftaten der letzten zehn Jahre aus. Natürlich gut für die Bürger, aber ein bisschen langweilig für die Polizei.«

Simpel beneidete ihn fast ein bisschen.

»Über Langeweile können wir uns jedenfalls nicht beklagen«, sagte er. »Aber was führt dich eigentlich hierher?«

»Du weißt doch, den Übeltäter treibt es immer an den Ort seiner früheren Schandtaten zurück. Nein, im Ernst, morgen ist die Wohnungsübergabe und ich muss die Garage noch leer räumen. Das habe ich schon lange machen wollen. Aber ihr wisst ja, wie das ist. Und da habe ich mir gedacht, ich schau mal bei meinem untreuen Freund Stefan vorbei, der mich bisher nicht ein einziges Mal angerufen hat.«

Simpel wollte sich gerade dafür entschuldigen, da klingelte das Telefon.

»Oberkommissar Simpel, Kriminalpolizei Schwabach.«

Einen Moment lang herrschte Schweigen am anderen Ende der Leitung, dann meldete sich eine heisere, tiefe Stimme.

»Oberstleutnant Gruber, MAD.«

Der militärische Abschirmdienst, schoss es Simpel durch den Kopf, wie haben wir denn den aufgeschreckt.

Er drückte die Lautsprechertaste, damit Ziegler und Bauer mithören konnten.

»Sie haben bei Interpol eine Anfrage zu Fingerabdrücken laufen«, fuhr der Oberstleutnant fort. »Darf ich fragen, um welche Angelegenheit es sich dabei handelt?«

»Die Fingerabdrücke gehören zu einem unbekannten Toten, der das zweite Opfer einer Mordserie hier in Schwabach ist. Warum interessiert sich der MAD dafür?«

Der Geheimdienstmann ging nicht auf die Frage ein. Stattdessen sagte er:

»Ich rufe Sie gleich wieder zurück.«

Klick, er hatte aufgelegt.

Die drei Polizisten sahen sich an.

»Was war das denn?«, sagte Ziegler.

»Haben Sie schon einmal mit dem Geheimdienst zu tun gehabt?«, fragte Simpel.

»Nein, nie. Nur mit dem LKA und ein paar Mal mit dem BKA. Die tun auch immer recht geheimnisvoll.«

Da hatte Simpel dem Hauptkommissar nun endlich mal etwas voraus.

Auch Bauer hatte diesbezüglich keinerlei Erfahrung.

»Vielleicht hat das etwas mit der KFOR zu tun. Eure Waffe stammt doch aus Serbien«, vermutete er.

Simpel zuckte mit den Schultern.

»KFOR? Mit dem Militär kenne ich mich nicht aus. Aber wenn unser unbekannter Toter ein Soldat war, dann müsste es bei den Fingerabdrücken einen Treffer geben.«

Ziegler und Bauer kamen nicht mehr zu einer Antwort. Das Telefon läutete.

»Bitte entschuldigen Sie die Verzögerung. Aber ich musste erst nachfragen, welche Informationen ich Ihnen geben darf.«

»Welche Informationen Sie mir geben dürfen?«, erwiderte Simpel. »Es handelt sich hier um eine Mordermittlung. Wir haben zwei Leichen, und wenn wir nicht schnellstens den Täter fassen, könnten noch weitere hinzukommen. Sie müssen uns alle Informationen geben, die Sie haben.«

»Ich verstehe Sie ja, aber es handelt sich um Belange der nationalen Sicherheit, da muss eine Mordermittlung im Zweifelsfall zurückstehen.«

Simpel hatte schon eine wütende Entgegnung auf der Zunge, zügelte sich aber im letzten Moment. Besser wenige Informationen als gar keine.

»Der Mann ist tot«, sagte er. »Ihm können Sie nicht mehr schaden. Aber Sie können uns helfen, seinen Mörder zu finden.«

»Wir sind ebenfalls daran interessiert, den zu kriegen, der Bojan auf dem Gewissen hat.«

»Bojan?«, fragte Simpel.

»Bojan Stankovic. Ehemaliger Offizier bei der Služba državne bezbednosti, der jugoslawischen und späteren serbischen Geheimpolizei. Im Balkankonflikt war er Informant der NATO-Streitkräfte. Auch nach dem Krieg hat er weiter für uns gearbeitet. Als es da unten zu heiß für ihn wurde, haben wir ihn nach Deutschland geholt. Ich hatte das letzte Mal vor etwa einem Jahr mit ihm Kontakt. Da arbeitete er als Privatdetektiv und es schien ihm recht gut zu gehen.«

»Aber irgendetwas muss dann passiert sein. Sonst läge er jetzt nicht bei uns im Leichenschauhaus.«

»Das ist es ja, was uns Sorgen macht. Wir können es nicht dulden, dass hier in unserem Land irgendwelche alten Rechnungen beglichen werden. Sie bekommen von uns alle Unterlagen, die für Ihren Fall von Relevanz sein könnten. Behandeln Sie diese aber vertraulich. Nur sicherheitsüberprüftes Personal darf Zugang dazu haben.«

»Das ist selbstverständlich«, sagte Simpel mit einem Seitenblick auf Ziegler.

»Und eines noch«, Oberstleutnant Gruber zögerte, »Bojan hat im Krieg einige Dinge getan, die jedem normalen Menschen eine Gänsehaut über den Rücken jagen. Aber er war stets ein verlässlicher Partner. Er hatte ein Faible für das Deutsche, und mit niemandem sonst konnte man so über Literatur diskutieren wie mit ihm. Ich habe ein persönliches Interesse daran, seinen

Mörder hinter Gittern zu sehen. Zögern Sie bitte nicht, mich anzurufen, wenn Sie neue Informationen haben. Auf Wiederhören.«

»Moment bitte, sagt Ihnen der Name Benedict Dombrowski etwas?«

Kurze Stille.

»Nein, wer soll das sein?«

»Das erste Mordopfer. Wahrscheinlich vom selben Mörder umgebracht wie Ihr ... Kollege.«

Gruber lachte.

»Als Kollegen kann man Bojan weiß Gott nicht bezeichnen. Aber ich werde den Namen Dombrowski mal durch unsere Computer jagen. Wenn ich etwas finde, schicke ich Ihnen eine E-Mail. Vorausgesetzt ...«

»... sie dürfen mir, dem einfachen Beamten, darüber Auskunft erteilen, ich weiß.«

»Nehmen Sie es nicht persönlich. Wir haben unsere Vorschriften.«

»Ich hoffe, in Ihren Vorschriften steht auch, dass wir auf der gleichen Seite stehen.«

»Das tun wir, glauben Sie mir. Ich helfe Ihnen, soweit ich kann. Und darf. Ich melde mich wieder.«

»Auf Wiederhören«, sagte Simpel.

Er legte auf und sah Ziegler und Bauer an.

»Donnerwetter!«, sagten beide fast gleichzeitig.

*

»Hier müsste es sein. Da hat einer den halben Wald niedergewalzt.«

Polizeiobermeister Ingo Koch stoppte den Wagen. Zum Glück machte der Regen gerade eine Pause. Die beiden Streifenbeamten stiegen aus. Sie sollten sich in dem Waldstück bei Roth einmal umsehen. Einem Forstarbeiter waren Wagenspuren verdächtig vorgekommen.

»Wenn du mich fragst, da haben zwei eine schnelle Nummer schieben wollen und sind dabei stecken geblieben.«

Die Polizisten sahen sich an und prusteten los.

Koch schnäuzte sich in ein Papiertaschentuch.

»Ich bin ganz deiner Meinung, aber wenn wir schon mal hier sind ... Du gehst am Kanalufer entlang und ich übernehme den Waldweg. Wenn wir in zehn Minuten nichts finden, war's das.«

Der Obermeister hatte eindeutig die schlechtere Wahl getroffen. Dreimal versank er bis zum Knöchel im Schlamm, eigenartigerweise immer mit dem rechten Fuß.

»Kruzifix!«

Schlammloch Nummer vier, diesmal zum Ausgleich links. Koch sah auf die Uhr. Von den zehn Minuten waren noch zwei übrig. Am besten, er kehrte jetzt schon um. Bis zu der Schonung da vorne, dann war Schluss.

»Dunkelblauer Volvo XC 70. Kombi. Allrad. Österreichisches Kennzeichen ... Steht vielleicht schon eine paar Tage hier. Auf jeden Fall seit dem Regen heute Nacht. ... Nein, wir fassen nichts an. Ende.«

Koch hängte das Funkgerät wieder ein und ging zu seinem Kollegen, der ein Stück entfernt rauchte.

»Und?«

Koch zuckte mit den Schultern.

»Wir sollen warten, bis die von der Kripo aus Schwabach kommen. Das Auto ist auf den Toten zugelassen, den sie gestern dort gefunden haben.«

»Dann wünsche ich denen viel Spaß. Gleich fängt es wieder an zu regnen.«

Er blickte zum Himmel, der sich zunehmend dunkel färbte.

Ein Binnenschiff kam vorbeigetuckert und tutete. An Deck stand ein kleiner Junge und winkte. Die beiden Polizisten winkten zurück.

*

»Donnerwetter!«

Auch Dienststellenleiter Hertle war vom Anruf des Geheimdienstes beeindruckt. Er war bis Freitagmittag auf einer Konferenz in München gewesen und hatte soeben zum ersten Mal davon gehört.

»Da müssen wir genau aufpassen, dass uns keine Fehler unterlaufen. Big Brother is watching us.«

Er lachte.

»Wäre eigentlich gar nicht schlecht, wenn die Schlapphüte den Fall übernehmen würden. Dann müsste ich nicht ständig irgendwelche Journalisten abwimmeln.«

Simpel teilte diese Meinung nicht. Er wollte den Fall schon lieber selber lösen.

»Ich denke, die Kollegen vom MAD haben anderes zu tun. Und mit dem Mord hier in Schwabach werden wir schon alleine fertig.«

»Mit den Morden«, verbesserte Hertle. »Dann erzählt mal, was ihr habt.«

Simpel ging an die Pinnwand. Die Anzahl der Bilder und Wortkarten hatte sich seit dem letzten Meeting vervielfacht. Die Kollegen sahen ihn erwartungsvoll an. Tina klappte ihren Laptop auf und nickte ihm zu. Er konnte beginnen.

»Bleiben wir zunächst einmal beim Mord an Benedict Dombrowski. Bei den Verdächtigen hat sich nichts geändert. Nach wie vor steht die Ehefrau ganz vorne, gefolgt von Thomas Lorentz. Auch Agnetha Delarosa-Busch können wir noch nicht endgültig von der Liste streichen.«

Ziegler blätterte in dem Protokoll der Vernehmung von Hanna Felbinger.

»Bei der Ehefrau stimmt irgendetwas nicht«, sagte er. »Ich persönlich denke zwar nicht, dass sie die Mörderin ist, aber sie verschweigt uns etwas.«

Simpel nickte.

»Das auf jeden Fall. Im Gegensatz zu Herrn Ziegler glaube ich aber, dass sie sehr wohl mit dem Mord zu tun hat, zumindest als Komplizin.«

»Zum Beispiel als die von Thomas Lorentz«, warf Hertle ein.

»Oder von Agnetha Delarosa-Busch«, meinte Küppers.

»Oder es warn alle drei zusammen, wie beim *Orient-Express*«, wärmte Vogel seine alte Theorie wieder auf.

Simpel bremste seine Kollegen.

»Kann alles sein, wir haben aber momentan zu wenig Fakten für eine gesicherte Theorie. Vergessen wir auch nicht den ehrenwerten Unternehmer Buxmann.«

»Hat der schon irgendwelche Forderungen an die Witwe gestellt?«, fragte Küppers.

»Gute Frage«, sagte Simpel. »Da müssen wir uns bei Frau Felbinger erkundigen.«

Er machte sich eine Notiz. Dann stand er auf und deutete auf das Bild der zweiten Goldleiche. Während rund um das Foto von Dombrowski jede Menge verschiedenfarbiger Karten angeordnet waren, hingen unter diesem Bild nur zwei Schilder. Eines mit einer Pistole, der Zavasta CZ-99, und daneben ein kleineres mit der Aufschrift »MAD« und einem großen Fragezeichen.

»Über den zweiten Toten wissen wir so gut wie nichts. Wo ist die Verbindung zwischen den beiden Morden? Gibt es überhaupt eine? Wer war dieser Bojan Stankovic? Wir wissen nicht einmal, wo er gewohnt hat. Seine Detektei ist unter einer Wiener Adresse gemeldet. Die besteht aber nur aus einem Briefkasten.«

»Und Ihr Freund vom Geheimdienst hat dazu keine weiteren Informationen?«, fragte Hertle.

Simpel lachte bitter.

»Der hat sicher jede Menge Informationen. Die Frage ist nur, ob er sie mit mir teilt. Es steht schließlich nichts Geringeres als die nationale Sicherheit auf dem Spiel.«

Er wandte sich an die Kollegen.

»Irgendwelche Ideen? Sagt einfach, was euch durch den Kopf schießt. Völlig egal, wie absurd der Gedanke ist. Aussortieren können wir dann immer noch.«

Die Polizisten begannen, und Simpel machte sich Notizen.

»Die Felbinger hat ihren Mann umgebracht. Und der Mord an dem Serben hat damit nichts zu tun. Die Goldfolie soll uns nur verwirren.« Küppers.

Könnte sein, schrieb Simpel dazu.

»Jemand hat Stankovic für den Mord an Dombrowski engagiert, vielleicht sogar Buxmann. Der hat ja Verbindungen zur Unterwelt. Und dann hat er den Auftragsmörder aus dem Weg räumen lassen.« Hertle.

Unwahrscheinlich. Ein Mord zu viel. Der Auftraggeber hätte ja einen zweiten Killer engagieren müssen.

»Lorentz hat Stankovic beauftragt und ihn dann selber umgebracht.« Tina.

Gymnasiallehrer gegen Auftragskiller, das wäre wohl anders ausgegangen.

»Vergessen wir nicht die italienische Spur. Es könnte durchaus sein, dass Dombrowski noch eine Rechnung mit der Mafia offen hat, dass er beispielsweise jemandem mit entsprechenden Verbindungen Geld schuldet, wegen seinem Schloss. Und Stankovic hat da irgendwie mitgemischt.« Ziegler.

Hoffentlich nicht. Wenn das Mafia-Killer waren, dann sind sie schon längst über alle Berge.

»Alle zusammen, Lorentz, Felbinger und Delarosa-Busch ham den Stankovic als Auftragskiller angheuert. Dann haben's ihn in eine Falle gelockt und gemeinsam erschossn.«

Vogel sah die anderen herausfordernd an.

»Was denn? Ich bin wenigstns konsequent.«

Simpel seufzte, aber er notierte auch diese Theorie.

Eine Weile ging es noch so hin und her. Dann fasste Simpel zusammen.

»Wir sind uns also weitgehend einig, dass die beiden Morde in einem Zusammenhang stehen müssen, auch wenn wir noch nicht wissen, in welchem. Weiter sind wir uns einig, dass Felbinger, Lorentz und Buxmann unsere Hauptverdächtigen sind. Die anderen werden wir deswegen nicht vernachlässigen, aber wir stellen sie erst einmal zurück. Und es wäre durchaus möglich, dass Stankovic in den Mord an Dombrowski verwickelt war, in wessen Auftrag auch immer. Es könnte dieser Auftraggeber gewesen sein, der ihn dann wiederum ermordete oder ermorden ließ. Was das Einpacken in Goldfolie bei all dem sollte, ist mir nach wie vor schleierhaft. Bei Dombrowski machte es wenigstens noch halbwegs Sinn.«

»Wie wollt ihr weiter vorgehen?«, fragte Hertle.

Simpel überlegte.

»Aus der Witwe bekommen wir zurzeit nichts mehr heraus. Wir sollten uns noch einmal Thomas Lorentz vornehmen und auch Buxmann einen weiteren Besuch abstatten. Außerdem würde ich gerne Stankovics Bild an die Medien geben. Vielleicht hat ihn jemand in letzter Zeit gesehen. Wir müssen herausfinden, wo er in den letzten Tagen gewesen ist und vor allem, wo er ermordet wurde. Dann wären wir ein ganzes Stück weiter.«

Es klopfte an der Tür. Riedle von der Fahndung kam herein, ein Telefon in der Hand.

»Die Kollegen aus Roth. Die haben dort den Wagen von eurer Goldleiche gefunden.«

*

»Aus dem Weg!«

Simpel sprang auf die Seite, damit die Taucher mit ihrem Schlauchboot vorbeikamen. Zum Glück war hier am Rhein-Main-Donau-Kanal genug Platz für die vielen Fahrzeuge. Die Straße, die unter der Brücke hindurch nach Eichelburg führte, war ziemlich breit. Gegenüber, am anderen Ufer des Kanals, lag ein kleines Industriegebiet und wahrscheinlich ein Klärwerk, dem Geruch nach zu schließen, der herüberwehte. Simpel musste seinen Platz unter der schützenden Brücke verlassen und hinaus in den Regen, denn eben kamen zwei

Mannschaftswagen der Bereitschaftspolizei an. Die mussten eingewiesen werden. Die Hundestaffel aus Nürnberg durchkämmte bereits das Waldstück. Ein Löschzug der Freiwilligen Feuerwehr Roth wartete oben an der Straße auf seinen Einsatz, und ein Kranwagen des THW war von Neumarkt aus unterwegs, um den Volvo aus dem Schlamm zu ziehen. Simpel hatte das alles angeordnet. Ihm war etwas mulmig zumute, denn bisher hatten sie noch keine Anhaltspunkte gefunden, dass der Mord an Stankovic hier irgendwo stattgefunden hat. Doch sein Gefühl sagte ihm, dass sie richtig lagen. Sein Gefühl! Darauf hätte er früher nichts gegeben, aber hatte nicht sogar Ziegler ihm einen »echten Polizisteninstinkt« bescheinigt? Auch Hauptkommissar Hertle hatte keine Sekunde gezögert, seine Zustimmung zu dem aufwendigen Einsatz zu geben.

Ziegler kam herüber.

»Die Spurensicherung ist fast fertig. Den Rest untersuchen sie, wenn der Wagen in der Werkstatt steht. Wenn wir ihn aus dem Schlammloch da jemals herausbekommen.«

Simpel sah auf die Uhr.

»Die Kollegen vom THW schaffen das schon. Zur Not müssen wir einen Bergepanzer von der Bundeswehr anfordern.«

»Oder wir rufen den ADAC«, sagte Ziegler.

»Was? Quatsch, der nutzt uns da gar nichts. Wir brauchen schweres Gerät.«

»Schade, denn da kommt gerade einer von den Gelben Engeln«, sagte Ziegler und deutete nach vorne, wo in diesem Moment ein Abschleppwagen hinter der Feuerwehr einparkte. Langsam wurde es doch eng hier am Kanal.

»Vorgestern Abend, sagen Sie? Genau hier?«, fragte Simpel.

Der ADAC-Mann deutete nach vorne.

»Genau da, wo der Streifenwagen steht, nur ein kleines Stück weiter in den Wald hinein. Hinter der Schlehenhecke. Als ob sie sich verstecken wollte.«

»Und das kam Ihnen nicht verdächtig vor? Eine junge Frau, ganz allein im Wald, mitten in der Nacht?«

Der Abschleppwagenfahrer zuckte mit den Schultern.

»Kommt häufiger vor. Da fahren die jungen Leute in den Wald für … na ja, Sie wissen schon. Möglichst weit hinein, damit sie ungestört sind. Ich mach mir da keinen Kopf, das müssen die selber wissen. Außerdem hatte ich die junge Dame ruckzuck draußen.«

»Haben Sie auch den Namen der jungen Dame?«

»Das Auto gehörte nicht ihr, war wahrscheinlich das von ihrem Freund. Der hat sich vielleicht in der Nähe versteckt. Meinte wohl, eine Jungfrau in Nöten wird der treue Ritter vom Automobilclub kostenlos retten.«

Er lachte.

»Aber da hat er sich geschnitten. Ohne Schutzbrief kostet der Spaß 200 Euro. Weil sie nicht genug Geld dabei hatte, habe ich ihr wenigstens den Spätzuschlag erlassen, man ist ja kein Unmensch.«

»Und der Name?«, fragte Simpel erneut.

»Da muss ich im Büro nachfragen, aber der Vorname war Nina, wie meine Freundin, das hab ich mir gemerkt.«

»Nina Felbinger?«, fragte Simpel.

»Ja. Filbinger, Felbinger oder so ähnlich.«

Simpel zog sein Blackberry heraus. Dort hatte er alle Daten gespeichert, die für den Fall wichtig waren. Er zeigte dem ADAC-Helfer ein Foto von Nina Felbinger.

»Ja genau, die war's. Hat die was angestellt?«

»Danke, bitte geben Sie ihre Aussage dem Kollegen zu Protokoll. Sie haben uns sehr geholfen.«

Simpel winkte Küppers heran. Er wandte sich an Ziegler, der alles mit angehört hatte.

»Ein merkwürdiger Zufall«, sagte der.

»Ich glaube nicht an Zufälle«, erwiderte Simpel. »Die Dame hat uns einiges zu erklären.«

Ziegler rief in der Inspektion an.

»Tina, Mike hier, ich brauche die Nummer von Nina Felbinger.«

Er ging ein Stück weg, um dem Lärm des Stromgenerators zu entgehen.

Simpel sah den Tauchern eine Weile bei der Arbeit zu. Sie suchten gerade den Bereich unterhalb der Brücke ab. Eben zogen sie zwei alte Autoreifen aus dem Wasser. Simpel schüttelte den Kopf. Die konnte man in jedem Wertstoffhof kostenlos entsorgen. Es gab keinen Grund, die einfach ins Wasser zu werfen.

Ziegler kam wieder. Er steckte sein Handy weg.

»Nina Felbinger sitzt im Zug nach Wien. Irgendeine Veranstaltung ihrer Hilfsorganisation. Sie ist das ganze Wochenende dort. Aber sobald sie zurückkommt, meldet sie sich bei uns.«

»Sie haben ihr hoffentlich nicht gesagt, um was es geht?«

»Wo denken Sie hin. Ich hab nur gemeint, wir hätten ein paar Fragen wegen ihrer Schwester. Dazu war sie natürlich sofort bereit.«

»Gut gemacht.«

Simpel wurde rot. Da lobte er den erfahrenen Hauptkommissar wie einen Polizeischüler. Der schien das aber nicht krummzunehmen.

Bei den Tauchern war Jubelgeschrei zu hören. Sie hatten eine schlammverkrustete Pistole gefunden. Simpel steckte sie gleich in eine durchsichtige Plastiktüte. Dann betrachtete er sie genauer.

»Ist das eine Zavasta?«

Ziegler zuckte mit den Schultern.

»Kann sein. Amerikanisch oder deutsch sieht die nicht aus.«

»Darf ich mal?«, mischte sich einer der Hundeführer ein. »Mit Handfeuerwaffen kenne ich mich ein bisschen aus.«

Er nahm die Waffe in die Hand und musterte sie eingehend. Dann gab er Simpel die Pistole zurück.

»Eine Zavasta CZ-99, wenn ich mich nicht völlig täusche. Halbautomatisch. Standardwaffe bei der serbischen Polizei. Mit etwas Glück ist die bei Interpol in der Datenbank.«

Simpel dachte an den Anruf vom MAD. Unwahrscheinlich, dass sie es hier mit einer registrierten Waffe zu tun hatten. Er bedankte sich bei dem Kollegen. Ziegler ging los, um den Fund bei der Spurensicherung abzugeben, da quäkte das Funkgerät der Taucher. Noch ein Fund. Gespannt blickten Simpel und Ziegler zur Wasseroberfläche. Ein Taucher reckte seine Beute in die Höhe. Diesmal war es ein Handy.

*

Der Anrufbeantworter blinkte. Nina Felbinger stellte den Wäschekorb ab. Zum Glück hatte Peter einen Trockner im Keller. Sie drückte den Knopf am AB.

»Hey Nina. Peter hier. In was bist du denn hineingeraten? Die Polizei hat bei mir angerufen. Ob du mein Auto rechtmäßig benutzt hast. Ist alles in Ordnung? Wirst du heute zur Eröffnung nach Wien kommen? Ruf mich bitte zurück!«

Nina löschte die Meldung. Später.

Der Pannenfahrer hatte also tatsächlich die Polizei informiert. Aber was wollten die von ihr? Im Schlamm stecken bleiben war schließlich nicht verboten. Oder hatte Thomas ...?

Da meldete sich ihr Handy aus dem Kinderzimmer. Die Nummer kannte sie nicht. Nach kurzem Zögern ging sie doch ran.

»Felbinger« ... »Nein, Herr Kommissar, ich bin schon im Zug nach Wien. Da habe ich eine große Präsentation. Die ist sehr wichtig für unsere Organisation« ... »Gleich, wenn ich zurückkomme, natürlich« ... »Ich denke am Montag, spätestens Dienstagmittag« ... »Sie haben ja meine Nummer. Wiederhören.«

Sie legte das Handy auf den Tisch und betrachtete es. Ziegler, das war doch der nettere von den beiden Polizisten. Schade, dass sie ihn anlügen musste. Aber sie hatte jetzt keine Zeit. Es gab Wichtigeres zu tun.

Sie ging ins Badezimmer und nahm das inzwischen getrocknete Skizzenbuch von der Heizung. Jetzt würde sie endlich erfahren, was ihre Schwester zu verbergen hatte. Vorsichtig zupfte sie an dem ersten Blatt.

Verdammt, das ganze Ding klebte zusammen. Es war nur noch ein einziger Papierklumpen. Nina hätte vor Wut am liebsten geheult. Sie sah auf die Uhr. Jetzt musste sie aber los.

In größter Eile packte sie ihren Koffer, räumte ein bisschen auf und legte Aktentasche und Skizzenblock unter das Bett. Dann bestellte sie ein Taxi.

*

Simpel war zu früh dran. Um halb acht war er mit Astrid verabredet. Noch 15 Minuten.

Nach der Aktion am Rhein-Main-Donau-Kanal war er gar nicht mehr in die Inspektion gefahren, um nicht doch noch aufgehalten zu werden. Also genau genommen hatte Ziegler darauf bestanden.

»Jetzt machen Sie schon, dass Sie wegkommen, Herr Simpel. Nicht dass ich wieder Klagen über Sie hören muss.«

Simpel sah sich auf dem Parkplatz um. Er war doch richtig hier? Weit und breit sah er kein Lokal, wo eine Hochzeit hätte stattfinden können. Hier gab es nur Lagerhäuser und alte Fabrikgebäude. Weiter vorne konnte er eine Import-Export-Firma und einen Schmuckgroßhandel erkennen. Die waren natürlich geschlossen um die Zeit. Eine Gruppe festlich gekleideter junger Leute kam an ihm vorbei. Sie verschwanden in einem dieser Lagerhäuser. Eigenartig.

Simpel war gespannt, was ihn erwartete. Bei einer türkischen Hochzeit ging es ganz anders zu als bei einer deutschen. Das hatte er seiner Internetrecherche entnommen. Er war fest entschlossen, alles mitzumachen – sogar tanzen. Besser er outete sich als Tanztrottel, nicht als Spielverderber!

Gleich war es halb acht.

Da kam auch schon der rote Honda um die Ecke gebogen und hielt neben ihm. Astrid stieg aus. Sie hatte ein dunkelblaues, ganz schlicht geschnittenes Kleid an, und ihre blonden Haare waren hochgesteckt. Einfach umwerfend. Astrid lächelte ihn an. Simpel entspannte sich. Sie umarmten sich zur Begrüßung. Dann schlossen sie sich einer Gruppe von Gästen an und betraten das Gebäude, in dem auch die jungen Leute von vorhin verschwunden waren.

Das Treppenhaus war kahl und ungemütlich, doch zwei Stockwerke höher fanden sich die beiden in einem festlich geschmückten Saal wieder. An der Decke hingen riesige Kronleuchter, die Wände waren mit goldenem Stoff bespannt. Überall standen Tische mit langen, bis auf den Boden reichenden Tischdecken. Simpel war ganz geblendet. Am Eingang wurden sie von den Eltern des Brautpaares begrüßt. Astrid kannte die Eltern ihrer Freundin Selma schon sehr lange. Der Vater gab Simpel die Hand und zwinkerte Astrid zu.

»Na, vielleicht bekommt ihr zwei auch Lust auf so ein schönes Fest?«

Simpel lachte verlegen. Doch ihm blieb eine Antwort erspart, denn Cem, Selmas Bruder, brachte sie zu ihrem Tisch. Dort saßen schon einige von Selmas Freunden, Deutsche und Türken. Astrid wurde herzlich begrüßt. Auch Simpel musste Küsschen mit allen austauschen, was er tapfer über sich ergehen ließ. Astrid strahlte.

Cem schenkte allen einen Raki ein und sie tranken auf das Wohl des Brautpaares. Dann setzte er sich neben Simpel. Der fragte nach dem Brautpaar, das er nirgends entdecken konnte. Cem erklärte ihm, die würden erst später feierlich einziehen. Er deutete auf ein Podest mit zwei prachtvollen Sesseln, der Platz des Paares für diesen Abend.

Der Saal füllte sich langsam.

»Das sind doch bestimmt 400 Leute«, staunte Astrid.

»Wahrscheinlich sogar mehr. So genau weiß das keiner«, lachte Cem.

»400 Leute. So viele Menschen kenne ich gar nicht«, sagte Simpel.

»Die muss man auch nicht alle kennen. Zu einer türkischen Hochzeit wird einfach jeder eingeladen. Zum Beispiel sind Arbeitskollegen von mir da, die kennen weder Selma noch ihren Mann. Aber je mehr Leute kommen, desto mehr Geld bekommt das Brautpaar zusammen. Das wird dann für eine Wohnung oder für die Hochzeitsreise genommen. Sorry, ich komm gleich wieder, muss schnell jemanden begrüßen.«

Cem verschwand in einen anderen Teil des Saales.

Astrid und Simpel sahen sich neugierig um. Manche Gäste waren total schick, die Frauen in langen aufwendigen Abendkleidern und die Männer im Smoking. Andere hatten einfache Alltagskleidung an. Verschleierte Frauen mit kunstvollen Turbanen saßen neben Minirockträgerinnen. Berührungsängste schien es da nicht zu geben.

Dann zog das Brautpaar ein, begleitet von einem Trommler. Die beiden nahmen ihren Platz auf dem Podest ein, und das Fest begann.

Kaum hatte die Band angefangen zu spielen, strömten die Gäste auf die Tanzfläche. Die Musik klang modern, aber gleichzeitig sehr orientalisch. Standardtänze musste man jedenfalls nicht können. Simpel war erleichtert. Außerdem kam jetzt erst einmal das Essen. Er hatte ziemlichen Hunger. Die Aktion am Kanal hatte ihm keine Zeit zum Essen gelassen. Es wurde üppig aufgetischt. Cem kehrte mit einem Cousin an den Tisch zurück und es gab die nächste Runde Raki. Nach dem Essen und einer weiteren Runde Raki wurde Simpel immer lockerer. Als dann praktisch alle, die an ihrem Tisch saßen, auf die Tanzfläche verschwanden, warfen sich auch Simpel und Astrid ins Getümmel. Astrid machte es den türkischen Frauen nach. Mit eleganten Hüftbewegungen tanzte sie um Simpel herum und lachte. Als die Musik eine kurze Pause einlegte, gingen sie an ihren Platz zurück. Mittlerweile war es sehr heiß geworden in dem Saal. Simpel zog sein Jackett aus. Cem schenkte Raki nach und Astrid flüsterte Simpel ins Ohr: »Das ist schön mit dir hier.«

Plötzlich wurde es still. Mit einem Trommelwirbel schritt das Brautpaar in die Mitte. Beide hatten ein rotes Band umhängen. Die Gäste stellten sich nach und nach in einer Schlange vor dem Brautpaar auf und hefteten ihnen Geld an das Band. Ein Verwandter stand neben dem Paar und sagte laut den Namen des Schenkers und die Summe. Simpel traute seinen Augen nicht. Er sah nur 100-Euro-Scheine an den roten Bändern stecken. Nach einiger Zeit wurden die Summen etwas kleiner und Simpel und Astrid reihten sich mit den anderen Freunden von Selma in die Schlange ein.

Als sie bei dem Sprecher angelangt waren, flüsterte Astrid ihm etwas ins Ohr.

»Kriminalkommissar Stefan Simpel elli Euro!«, hörte Simpel den Sprecher sagen, und einige neugierige Blicke wurden ihm zugeworfen.

Die ganze Prozedur dauerte über eine Stunde. Danach schnitt das Brautpaar mit einem riesigen Säbel die Hochzeitstorte an. Die wurde an die Gäste verteilt, und die Musiker fingen wieder an zu spielen. Trotz des reichhaltigen Essens spürte Simpel den Raki deutlich. Um nicht noch mehr trinken zu müssen, ging er mit Astrid wieder auf die Tanzfläche. Er versuchte, sich einigermaßen geschmeidig zu bewegen, und er hatte tatsächlich Spaß dabei.

Nach einiger Zeit begann die Band, traditionelle türkische Musik zu spielen. Die Tänzer nahmen sich an der Hand und tanzten alle zusammen. Simpel war, schneller als er reagieren konnte, mit Cem in einem Kreis von Männern gelandet. Die Frauen bildeten einen größeren Kreis um die Männer herum. Simpel versuchte, die Schritte der anderen nachzumachen, was ihm auch ganz gut gelang. Ab und zu sah er Astrid in dem Frauenkreis an ihm vorbeitanzen. Sie schauten sich dann kurz in die Augen. Simpel fühlte sich ausgesprochen wohl. Beim Tanzen! Das war eine völlig neue Erfahrung für ihn. Plötzlich wurden die Männer neben ihm immer schneller, gingen dabei tief in die Hocke, wieder hoch, immer schneller und schneller. Simpel war froh, dass er so gut in Form war. Eine paar Ältere gerieten schnell außer Puste und schieden aus. Andere kamen dazu. Simpel blieb. Ging in die Hocke, stieg nach oben, seine Bewegungen wurden immer kühner. Mittlerweile standen die meisten Gäste um die Tänzer herum und klatschten. Wie lang das so ging, konnte Simpel nicht sagen. Doch irgendwann wurde die Musik langsamer und dann war das Lied zu Ende. Simpel lief der Schweiß in Bächen herunter. Seine Mittänzer gaben ihm die Hand.

Cem schlug ihm begeistert auf die Schulter.

»Mensch, das war klasse. Das hätte ich einem Deutschen gar nicht zugetraut. Darauf trinken wir einen.«

In dem Moment löste sich Astrid von den anderen Frauen, schlang ihre Arme um Simpels Hals und umarmte ihn stürmisch. Arm in Arm gingen sie an den Tisch zurück und Simpel fühlte sich richtig beschwingt, und das lag nicht am Raki.

Um halb fünf brachen Simpel und Astrid mit den letzten Gästen auf. Es begann schon ein wenig zu dämmern. Es war noch ganz still auf den Straßen. Nur eine einsame Kehrmaschine drehte ihre Runden.

Als die beiden vor ihren Autos standen, wurde ihnen klar, dass keiner von ihnen mehr fahrtüchtig war.

»Wir könnten ein Taxi nach Schwabach nehmen«, sagte Simpel und sah Astrid dabei unsicher an.

»Das wollte ich auch gerade vorschlagen, Stefan«, sagte Astrid und küsste ihn leidenschaftlich.

*

»Komm, Derrick. Wir gehen.«

Mike Ziegler wartete mit der Hundeleine in der Hand auf den alten Dackel, der langsam aus dem hinteren Teil des Gartens angewackelt kam.

Ziegler legte ihm die Leine an und kraulte ihn hinter den Ohren.

»Wir müssen zum Friedhof, alter Junge. Weißt du, heute sind es sechs Jahre, seit Gabi verunglückt ist! Mein Gott, natürlich weißt du das nicht, du dummer glücklicher Dackel. Aber ich bin heute ein bisschen von der Rolle, und du musst das jetzt aushalten. Warte, ich habe noch was vergessen.«

Ziegler nahm die Gartenschere vom Terrassentisch, schnitt eine Rose vom Rosenbusch und wickelte sie in Zeitungspapier. Dann liefen sie los.

Kurz vor dem Heuchlinger Friedhof begegnete ihnen Dr. Weidner. Der alte Arzt stattete dem Grab seiner Frau jeden Tag einen Besuch ab.

»Einen schönen guten Morgen, Herr Ziegler. Na Derrick, ein wenig spazieren bei der guten Luft?«

Ziegler nickte. Ihm war nicht nach reden.

Dr. Weidners Blick fiel auf die Rose in dem Zeitungspapier. Er warf Ziegler einen prüfenden Blick zu. Natürlich wusste er von dem Unglück, bei dem Zieglers schwangere Freundin gestorben war. Dr. Weidner lüftete seinen Hut.

»Machen Sie's gut, lieber Ziegler, machen Sie's gut«, sagte er und ging weiter.

Als Ziegler und Derrick vom Friedhof zurückkehrten, bekam der Dackel erst einmal sein Fressen.

Dann setzte Ziegler sich mit einem Zigarillo an seinen alten Gartentisch.

Sechs Jahre. Wie oft hatte er darüber nachgedacht, wie sein Leben heute aussehen würde, wenn das damals nicht passiert wäre. Gabi und er hätten geheiratet, das Kind wäre schon fünf Jahre alt und wer weiß, wo er beruflich jetzt stünde? Aber das waren alles müßige Gedanken, zu oft gedachte Gedanken. Weg damit.

Zumindest im Beruf kam er wieder voran. Es fühlte sich gut an, wieder mitzumischen.

Ziegler stand auf. Er ging in die Küche, um sich etwas Kühles zu trinken zu holen. Endlich war wieder mal schönes Wetter, nach dem vielen Regen die letzten Tage.

Als er die Küche betrat, klingelte das Telefon.

Eva-Maria, seine Tochter. Sie rief aus Schweden an, dort machte sie Urlaub mit ein paar Freunden.

Auch sie wusste, dass heute Gabis Todestag war. Sie fragte vorsichtig nach, ob bei ihm alles in Ordnung sei.

»Ja, alles in Ordnung. Derrick ist übrigens auch da. Und bei dir?« ... »Toll. Dann noch viel Spaß. Pass auf dich auf!« ... »Nein, noch nicht. Aber, wenn du wieder zurück bist, dann weiß ich sicher schon, wo ich in Zukunft Dienst schieben werde.« ... »Ich dich auch. Pass auf dich auf!«

Ziegler legte auf. Der Anruf von Eva-Maria erinnerte ihn daran, dass er heute noch nicht in den Briefkasten geschaut hatte. Eigentlich musste er jetzt bald etwas hören, von denen da oben.

Und tatsächlich. Da war er, der Brief, auf den er gewartet hatte. Seine berufliche Zukunft. Sein Schritt zurück ins Leben. Seine Hände zitterten ein wenig, als er den Brief herausholte. Er setzte sich auf die alte Gartenbank und legte ihn erst mal ungeöffnet vor sich hin. Derrick machte es sich unter dem Tisch bequem.

Also los jetzt.

Ziegler gab sich einen Ruck und öffnete den Umschlag.

Er las den Brief, legte ihn auf den Tisch, las ihn noch einmal, legte ihn wieder hin.

Dann hieb er mit der Faust auf die Tischplatte, sodass Derrick erschrak und aufjaulte.

Ziegler stand auf und ging ins Haus. Er hinkte stärker als sonst.

Als er zurückkam, hatte er eine Flasche in der Hand. Er ließ sich auf die Gartenbank fallen und entkorkte sie.

»Prost Derrick. Trinken wir diesen 21 Jahre alten irischen Whiskey auf das Wohl des Hauptkommissars Michael Anton Ziegler. Auf den alten Trottel mit dem einen Bein. Der sich eingebildet hat, dass er noch zu etwas zu gebrauchen ist. Falsch gedacht. Zum Wohl!«

Derrick winselte und Ziegler setzte die Flasche an den Mund.

*

Simpel drehte sein Autoradio lauter.

> »Fly me to the moon,
> Let me play among the stars.«

Diana Krall, seine Lieblingssängerin mit einem alten Swing-Stück von Frank Sinatra.

Gegen Mittag waren Astrid und er aufgewacht. Simpel hatte vom Bäcker Croissants geholt und sie hatten gemütlich gefrühstückt. Dann hatten sie ein Taxi genommen zurück zu dem Hochzeitssaal, wo ihre Autos standen.

> »Let me see what spring is like
> On a-Jupiter and Mars.«

Leider musste Astrid dann direkt zu ihren Eltern fahren, ihr Vater hatte Geburtstag. Simpel hätte gerne das ganze Wochenende mit ihr verbracht. Aber sie würden telefonieren, und den Sonntag wollten sie auf alle Fälle zusammen verbringen.

> »You are all I long for,
> All I worship and adore.«

Simpel schnupperte an seinem Hemdkragen. Er roch nach Astrid.

»In other words, in other words
I love ... you.«

Simpel musste lachen. Wo fuhr er denn eigentlich hin? Statt nach Hause zu fahren, war er schon fast am Rothsee gelandet. Auch gut. Eine kleine Runde um den See würde ihm guttun. Nur schade, dass Astrid nicht dabei war.

*

»Hier isses, gleich neben dem Laden mit die Indianerklamottn.«

Vogel deutete auf ein mehrgeschossiges Mietshaus, das, wie die meisten Gebäude in der Nürnberger Südstadt, seine beste Zeit schon hinter sich hatte. Küppers reagierte zu spät und musste ein ganzes Stück die Frankenstraße entlangfahren, bis er an der Einfahrt zur MAN endlich umdrehen konnte. Er blieb vor der Hofeinfahrt stehen.

»Die ist zu eng. Da passen wir mit dem VW-Bus nie durch«, sagte Küppers. »Dann stell dich halt einfach da vorn ins Halteverbot. Mir sind schließlich im Einsatz«, meinte Vogel.

Der Eingang von Bojan Stankovics Wohnung lag im Hinterhof. Eine kleine Treppe führte in den Keller hinunter. Die Tür stand halb offen. Sie hatte schon seit Jahren keinen neuen Anstrich mehr erhalten und war durch die Feuchtigkeit ganz aufgequollen.

»Des is dann wohl a gut erhaltne Souterrain-Wohnung in verkehrsgünstiger Lage«, sagte Vogel.

»Kannst sie haben. Die ist ja jetzt frei geworden«, meinte Küppers. »Wusstest du, dass Rettungssanitäter von Immobilenmaklern bezahlt werden, damit ...«

»Gut, dass ihr da seid. Entschuldigt, dass ich euch am Wochenende rausgeklingelt habe«, begrüßte Simpel seine beiden Kollegen. »Wo habt ihr denn Ziegler gelassen?«

»Bei dem meldet sich keiner. Ich habe auf die Mailbox und den AB gesprochen. Vielleicht kommt er nach«, sagte Küppers.

»Dann fangen wir ohne ihn an«, sagte Simpel. »Denkt daran, Stankovic hatte Geheimdiensterfahrung. Ihr müsst nicht nur an allen möglichen, sondern auch an allen unmöglichen Orten suchen.«

Die Polizisten machten sich an die Arbeit. Die Wohnung bestand aus zwei kleinen Räumen, zusammen höchstens 30 Quadratmeter. Im größeren Zimmer befand sich eine kleine Kochnische mit Gasherd. Das Bad war winzig, hatte aber immerhin eine Sitzbadewanne. Die ganze Einrichtung schien aus einem Secondhand-Kaufhaus zusammengewürfelt zu sein. Alles war ordentlich und blitzsauber. Simpel staunte nicht schlecht über das Bücherregal. Vom *Nibelungenlied* bis Durs Grünbein fand sich dort ein Querschnitt durch die gesamte deutsche Literatur. Die meisten Bücher machten einen viel gelesenen Eindruck. Eine komplette Goethe-Ausgabe in Ledereinband und Goldschnitt, das Prunkstück der Sammlung, wirkte in der Wohnung fehl am Platz. Simpel blätterte jedes einzelne Buch durch. Nichts. Den nagelneuen Laptop, der auf dem abgenutzten Schreibtisch ebenfalls wie ein Fremdkörper wirkte, hob er sich für später auf. Zuerst war die Wohnung dran.

»Unser toter Freund hat wohl was zu verbergen«, sagte Vogel und deutete auf die Telefonanlage, an der ein Scrambler angeschlossen war, ein Gerät, das abhörsichere Telefonate ermöglichte.

»Vo wem hast du eigentlich die Adresse, Chef? Am Klingelschild hab ich keinen Namen gsehn.«

»Die habe ich von jemandem, der auch einiges zu verbergen hat«, antwortete Simpel.

Er hatte heute morgen eine SMS erhalten. *Stankovic Nürnberg Frankenstraße 100b vv Gruber.* »vv« stand für »viel Vergnügen«. Wegen dieser SMS verbrachte Simpel seinen Sonntag damit, in den Sachen eines Toten zu wühlen. Eigentlich hatte er mit Astrid brunchen gehen wollen.

»Chef, ich glaub, ich hab da was. Gibst mir mal den Zollstock, der dort aufm Schreibtisch liegt!«

Simpel reichte Vogel das Gewünschte.

»Hier! Und hör mit dem Chef-Getue auf.«

»Scho klar, Ch... Stefan. Oder soll ich ›Herr Simpel‹ sagn, wie der Mike?«

Simpel ignorierte seinen Kollegen und startete den Computer. Eine einsame Zeile blinkte ihn an: *Please enter Password.*

»Ich hab's!«

Vogel schwenkte seinen Zollstock triumphierend in Simpels Richtung.

»Was hast du?«, fragte Simpel und wandte sich vom Laptop ab.

Vogel machte es spannend. Er legte das Metermaß außen an den Kleiderschrank an.

»Schau a mal her, was siehst du?«

Simpel hatte keine Lust auf Ratespielchen, tat seinem Kollegen aber den Gefallen. Er blickte auf den Zollstock.

»61 Zentimeter.«

»61,5«, verbesserte ihn Vogel.

Er öffnete die Schranktür, legte das Metermaß erneut an und machte eine einladende Geste.

»56,8«, las Simpel ab, diesmal um mehr Genauigkeit bemüht. »Und was heißt das?«

Er ahnte schon, was das bedeutete, wollte Horst jedoch nicht den Spaß verderben.

»Des Außenmaß is 61,5 Zentimeter, die Bretter sind 18 Millimeter stark, des heißt, dass des Innenmaß …«

»59,7 betragen müsste«, ergänzte Simpel. Er war schon immer ein guter Kopfrechner gewesen.

»Des heißt also: Es fehln drei Zentimeter«, fuhr Vogel fort.

»Ein doppelter Boden.«

»A doppelte Rückwand«, verbesserte Vogel.

Sie riefen Küppers, der in der Küche die Dunstabzugshaube auseinandernahm. Dabei hatte er feststellen müssen, dass Stankovic nicht überall sorgfältig geputzt hatte. Gemeinsam schoben sie den schweren Schrank von der Wand weg. Vogel zog ein Taschenmesser aus seiner Hosentasche und begann, die Schrauben der Rückwand zu lösen.

»Allzeit bereit, heißt's immer bei die Pfadfinder«, sagte er.

Küppers holte lieber die Werkzeugkiste mit dem Akkuschrauber aus dem Wagen. Innerhalb kürzester Zeit hatten sie Stankovics Geheimversteck freigelegt. Vogel nahm einen Umschlag heraus und öffnete ihn. Er pfiff durch die Zähne.

»Da legst' di nieder!«

Der Umschlag enthielt mehrere Bündel Banknoten.

»Des sind Schweizer Franken, Dollar, Euros und irgendwas mit kyrillische Schriftzeichn.«

»Wahrscheinlich serbische ... wie auch immer die heißen«, sagte Simpel.

Vogel blätterte die Bündel schnell durch.

»Alleins über 10 000 Euro. Franken und Dollar noch mal des gleiche.«

Die Beamten öffneten weitere Umschläge.

»Papiere mit vielen Stempeln, alle in kyrillischer Schrift.«

»Ich habe hier Pässe auf verschiedene Namen. Amerikanisch, russisch und kolumbianisch.«

»American Eagle, Krügerrand, Goldrubel, sogar zwei Kängurus.«

Simpel und Vogel sahen Küppers fragend an.

»Kängurus sind australische Goldmünzen, eine Unze schwer. Mein Opa sammelt die Dinger. Er traut den Banken nicht über den Weg«, erklärte Küppers.

»Da hat er scho recht, dei Opa«, sagte Vogel. Dann wandte er sich an Simpel.

»Mit wem ham mir's da zu tun? Des is wohl so a Art James Bond, unser Toter. Ich glaub, du musst mal dein' Freund vom MAD anrufn. Den interessiert bestimmt, was wir da gfundn ham.«

Ganz sicher interessiert ihn das, dachte Simpel und nahm sein Handy aus der Tasche. Aber gerade als er die Nummer wählen wollte, entdeckte Küppers einen Schnellhefter mit der Aufschrift ›Buxmann‹. Gleichzeitig kam ein Anruf. Von Astrid.

*

Astrid Leninger stand vor Zieglers Haus. Hoffentlich störte sie ihn nicht. Es war schließlich Sonntag. Eigentlich hatte sie sich mit Stefan treffen wollen, aber der hatte heute Morgen abgesagt, sein Mordfall. Da konnte man nichts machen. Gut möglich, dass auch Ziegler deswegen unterwegs war. Aber einen Versuch war es wert. Sie wollte ihm das geliehene Buch nun wirklich zurückgeben und ihm noch mal dafür danken, dass er sie letzte Woche in ihrem Jammer ertragen hatte. Jetzt sah die Welt ja ganz anders aus. Stefan war wirklich ein ganz Lieber. Astrid lächelte.

Sie klingelte. Nichts.

Wahrscheinlich war Ziegler tatsächlich mit Stefan unterwegs. Sie wollte gerade wieder gehen, als sie Derrick hinter der Tür jaulen und am Holz kratzen hörte. Seltsam. Ziegler hatte immer erzählt, dass es dem alten Dackel nichts ausmachte, allein zu Hause zu bleiben. Er vermutete sogar, dass der es genoss, wenn er mal seine Ruhe hatte.

So klang das Jaulen aber nicht. Sie überlegte kurz, dann stieg sie über das niedrige Gartentürchen. Es konnte ja was passiert sein. Sie klopfte an die Haustür.

»Herr Ziegler, sind Sie da?«

Derricks Jaulen und Kratzen wurde lauter. Sonst tat sich nichts. Was sollte sie jetzt machen? Vielleicht hatte Ziegler einfach vergessen, dem Hund sein Fressen zu geben, als er schnell wegen der Goldleichen wegmusste.

Da hörte sie ein lautes Scheppern. Das kam aus dem Garten. Was war da los? Sie ging um das Haus herum auf die Terrasse.

»Herr Ziegler?«

Derrick kam durch die offene Terrassentür auf sie zu gestürmt, in einem für sein Alter beachtlichen Tempo. Er sprang an ihr hoch.

»Hallo, mein Guter.«

Astrid streichelte den aufgeregt jaulenden Dackel.

»Wo ist denn dein Herrchen? Hat er dich allein gelassen?« Astrid sah sich um. Von Ziegler keine Spur. Da hörte sie wieder ein Scheppern. Es kam aus dem hinteren Teil des Gartens. Dort, wo sie letzte Woche mit Ziegler gesessen hatte.

Derrick lief bellend und jaulend in Richtung des Lärms. Astrid folgte ihm, ziemlich beunruhigt. Vielleicht hatte der Hauptkommissar einen Unfall gehabt?

Sie bog die Büsche beiseite und blieb erschrocken stehen.

Ziegler lag auf der Gartenbank. Er sah schrecklich aus. Das Hemd hing ihm aus der Hose, die Haare klebten im Gesicht. Vor ihm auf dem Tisch standen leere und halb volle Flaschen. Eine der leeren Flaschen war der gute Whiskey, den Astrid schon kannte. Bei ihrem letzten Besuch war der aber noch fast voll gewesen.

»Herr Hauptkommissar, was ist denn los? Haben Sie etwa hier draußen übernachtet?«

Ziegler schnaubte verächtlich.

»Hauptkommissar, dass ich nicht lache. Und wo ich übernachte, ist meine Sache. Magst du was trinken?«

Ziegler reichte Astrid eine Flasche Nürnberger Trichterbitter.

»Nein. Herr Ziegler, kann ich Ihnen helfen?«

»Mir ist nicht zu helfen.«

Er setzte an und nahm einen tiefen Zug. Dann lehnte er sich zurück und schloss die Augen.

Astrid ließ sich auf einen Gartenstuhl fallen. Was sollte sie tun? Sie konnte diesem erwachsenen Mann nicht verbieten, sich ins Koma zu saufen. Aber warum tat er das? Was war denn nur passiert?

Dann sah sie das Schreiben mit dem Briefkopf des Innenministeriums. Es lag zur Hälfte in einer Alkoholpfütze.

Ziegler nahm den Brief und wollte ihn Astrid reichen, aber er fiel ihm aus der Hand.

»Lies ruhig. Die wollen mich begraben, die Schweine.«

Astrid hob den Brief vom Boden auf und las.

Zieglers Antrag auf Wiedereingliederung war positiv entschieden worden, stand da.

Sie war verwirrt. War das nicht genau das, was Ziegler unbedingt wollte? Wieder als Polizist arbeiten.

Ziegler war schwankend aufgestanden und zu Astrid getorkelt. Er beugte sich über sie. Astrid musste die Luft anhalten. Ziegler deutete mit dem Zeigefinger auf den unteren Absatz. Dann schwankte er zurück zu seiner Bank und nahm einen weiteren Schluck Schnaps.

Astrid Leninger las.

»Polizeihauptkommissar (A12), Michael Anton Ziegler, Personalnummer ... wird nach Ablauf seines Praktikums am ... folgender Dienststelle zugewiesen: Bayerisches Polizeiverwaltungsamt, Abteilung II, Zentrale VOWi-Stelle, Straubing. Dienstbeginn ...«

Jetzt verstand Astrid. VOWi, das war die zentrale Verkehrsordnungswidrigkeitenstelle. Die machten dort nichts anderes, als Strafzettel verschicken. Das hatte Ziegler mit dem ›begraben‹ gemeint.

Sie wollte etwas zu ihm sagen, aber er war eingeschlafen. Astrid dachte eine Weile nach. Dann leinte sie

Derrick an, packte einige seiner Sachen zusammen und verließ zusammen mit dem Hund das Haus.

Nachdem sie den Dackel bei sich zu Hause versorgt hatte, rief sie Stefan auf dem Handy an. Er würde sich schon um Ziegler kümmern, schließlich waren die beiden Freunde.

Das Telefonat war jedoch sehr kurz.

»Ich habe mich wohl doch in dir getäuscht Stefan«, beendete sie das Gespräch. »Leb wohl.«

Sie feuerte das Handy aufs Sofa.

So ein Idiot.

Sie hatte versucht, ihm Zieglers Lage zu erklären, aber Stefan hatte wieder nicht richtig zugehört. Er sei gerade im Dienst, bei einer wichtigen Hausdurchsuchung und er habe jetzt keine Zeit, sich um Ziegler zu kümmern. Außerdem sei der erwachsen und werde sich schon wieder fangen. Er wollte sie dann später noch mal anrufen.

Das konnte er sich sparen, dieser Blödmann! Und sie hatte gedacht, Stefan sei ein netter Kerl. Von wegen! Ein elender Egoist war er, karrieregeil und herzlos.

Astrid streichelte Derrick. Das war es dann wohl gewesen mit Stefan und ihr.

*

»Schön, dass Sie auch schon kommen, Herr Buxmann«, sagte Simpel.

Er hatte es sich im Sessel des Bauunternehmers gemütlich gemacht und blätterte in einem Aktenordner.

Buxmanns Schläfenadern schwollen an. Wie jeden Montagmorgen war er auch heute bereits um 6:30 Uhr in die Firma gekommen, um etwas Ruhe zu haben, bevor das Tagesgeschäft begann. Und dann das: Überall durchsuchten Polizeibeamte die Büros und packten Akten gleich kistenweise ein.

»Was …«, polterte er los, wurde aber sofort von Simpel unterbrochen.

»… das soll? Ganz einfach. Wir sind Ihnen auf die Schliche gekommen, Buxmann.«

»*Herr* Buxmann. Und machen Sie, dass Sie von meinem Platz wegkommen.«

Da war er bei Simpel an den Richtigen geraten. Der hatte die Nacht kaum geschlafen. Astrid hatte auf keine SMS reagiert, und wenn er anrief, meldete sich nicht einmal die Mailbox. Die hatte sie wohl ausgeschaltet. Und das alles wegen Ziegler! Da hatte ihm dieser Buxmann gerade noch gefehlt.

»Ich glaube, diesen Platz werden Sie eine ganze Weile nicht mehr brauchen, *Herr* Buxmann.«

Das *Herr* hatte Simpel ausgespuckt wie ein Stück verdorbenes Essen.

Ein junger Mann in einem teuren dunklen Anzug kam herein und wischte sich den Schweiß von der schon recht hohen Stirn.

»Gut, dass du da bist, Alexander«, sagte er.

»Gut, dass du da bist, Alexander«, äffte Buxmann seinen Angestellten nach. »Wozu bezahle ich euch Rechtsverdrehern ein Höllengeld, wenn ihr nicht mal in der Lage seid, ein paar Dorfpolizisten von mir fernzuhalten. Muss ich denn alles selber machen! Wo ist eigentlich Allmann?«

Jetzt mischte sich Simpel wieder ein. Buxmanns Verärgerung hatte er zu sehr genossen, um sich über den »Dorfpolizisten« aufzuregen.

»Dr. Allmann wird gerade von meinen Kollegen verhört. Aber die müssten eigentlich bald fertig sein mit ihm.«

Wie aufs Stichwort kam der Angesprochene herein.

Buxmann stürzte sich wie ein angeschossener Löwe auf den Chef seiner Rechtsabteilung.

»Was ist hier los, Manfred? Bin ich nicht mal mehr in meinem eigenen Haus sicher? Warum unternimmst du nichts?«

Dr. Allmann verzog keine Miene.

»Alexander, ich glaube, du solltest dir einen Anwalt nehmen.«

»Warum? Du bist doch mein Anwalt. Bisher hast du noch jede Anklage gegen mich weggebügelt, bevor der Richter noch ›Guten Tag‹ sagen konnte.«

Allmann blickte seinen Chef ernst an.

»Alexander, diesmal geht es nicht nur um Steuerhinterziehung oder Schwarzarbeit.«

Simpel erhob sich aus dem ledernen Chefsessel.

»Diesmal, Herr Buxmann«, sagte er, »diesmal geht es um Mord.«

Simpel und Vogel waren zurück in der Inspektion. Buxmann und sein Anwalt warteten im Vorzimmer. Der Bauunternehmer war kleinlaut geworden, jetzt, wo sie ihn hierher verfrachtet hatten.

»Dem wern mir edz gscheit einheizn, gell?«, sagte Vogel. »Wo is eigentlich der Mike?«

Das fragte Simpel sich auch. Astrid hatte zwar erzählt, dass es Ziegler nicht gut ging, aber einfach so dem Dienst fernbleiben, war schon ungewöhnlich. Doch es war nicht seine Aufgabe, Babysitter für einen alternden

Hauptkommissar zu spielen. Trotzdem deckte er ihn – vorläufig.

»Der wird schon noch kommen. Er hat am Freitag etwas von einem Arztbesuch gesagt. Die Prothese vielleicht. Die hat ihn doch in letzter Zeit immer gedrückt.«

Weitere Fragen blieben ihm erspart, denn Küppers führte Buxmann und seinen Anwalt herein. Simpel bedeutete ihnen, sich zu setzen.

Er begann das Verhör.

»So, Herr Buxmann, es freut mich, dass Sie jetzt bereit sind, mit uns zu kooperieren.«

Statt Buxmann antwortete sein Anwalt.

»Herr Buxmann wird Ihnen zu allem Auskunft geben, was mit den beiden Mordfällen zu tun hat. Zu den Vorgängen in der Firma im Zusammenhang mit – den übrigens völlig haltlosen – Vorwürfen des Steuerbetrugs und des Hinterziehens von Sozialabgaben wird er gegebenenfalls von seinem Recht zur Verweigerung der Auskunft Gebrauch machen. Strafprozessordnung ...«

»... Paragraph 55, ich weiß, Herr Anwalt«, unterbrach ihn Simpel.

Er legte Buxmann zwei Fotos hin, absichtlich so, dass dieser nach ihnen greifen und sie umdrehen musste.

»Kennen Sie diese beiden Männer?«

Buxmann sah sich die Bilder lange an, dann nickte er.

»Kennen Sie die Namen der beiden?«, fragte Simpel.

Wieder nickte der Bauunternehmer. Simpel atmete tief durch.

»Dann sagen Sie uns bitte die Namen.«

Buxmann deutete auf das linke Foto.

»Das da ist Benedict Dombrowski, und der andere heißt, glaube ich, Stankovic.«

»Was soll das heißen, Sie glauben? Sowohl nach Auskunft Ihrer Sekretärin als auch den Aussagen des Pförtners zufolge war dieser Mann regelmäßig bei Ihnen. Sie haben ihn immer persönlich in Ihrem Büro empfangen. Die Sekretärin hatte strikte Anweisung, Sie bei diesen Gesprächen nicht zu stören und keinesfalls jemanden in der Zeit zu Ihnen zu lassen.«

Buxmann lehnte sich zurück, so gut es eben auf dem Besucherstuhl möglich war.

»Meine Mitarbeiter reden zu viel. Ich sagte ›glaube ich‹, weil man bei diesem Mann nie sicher sein konnte, wann er die Wahrheit sprach und wann nicht. Vielleicht hat er sogar bei seinem Namen gelogen, wer weiß?«

Der Anwalt meldete sich zu Wort.

»Genau, auch die Echtheit der bei Stankovic gefundenen Unterlagen, aufgrund derer die Durchsuchung der BUBA AG angeordnet wurde, ist mehr als fraglich.«

Simpel ignorierte ihn und wandte sich weiter an Buxmann.

»Und mit so einem Mann, bei dem Sie nie wissen, ob er die Wahrheit sagt, gehen Sie Geschäftsbeziehungen ein?«

»Nein.«

»Was nein?«

»Ich habe und hatte mit diesem Mann keinerlei geschäftliche Beziehungen.«

»Wie kommt es dann«, sagte Simpel und schob Buxmann einige Kopien zu, »dass hier Überweisungen vorliegen, die Zahlungen belegen, die Sie an Stankovic geleistet haben? Gut versteckt über Ihre Liechtensteiner Tochterfirma.«

Buxmann nahm den Kontoauszug und studierte ihn sorgfältig.

»Da werde ich wohl ein ernstes Wort mit dem dortigen Geschäftsführer reden müssen. Ich habe solche Zahlungen nie veranlasst.«

Diese Antwort hatte Simpel erwartet, aber er hatte noch einen Trumpf im Ärmel.

»Und diesen Barscheck, den haben Sie auch nie veranlasst? Komisch, dass er dann Ihre Unterschrift trägt.«

Buxmann sah den Scheck nicht einmal an.

»Dieser Scheißkerl! Deshalb hat er damals auf einem Scheck bestanden. Verdammter Halunke!«

Der Anwalt legte Buxmann die Hand auf die Schulter.

»Ich bitte um eine Unterbrechung. Ich muss mich kurz mit meinem Mandanten besprechen.«

Die beiden gingen in eine Ecke des Zimmers und tuschelten miteinander. Vogel nutzte die Pause und holte sich einen Kaffee. Simpel blieb in der Tür stehen und behielt Buxmann und seinen Anwalt im Auge. Die Unterbrechung dauerte nicht lange. Alle nahmen wieder ihre Plätze ein.

»Haben Sie uns etwas zu sagen, Herr Buxmann?«, fragte Simpel.

Wieder ergriff der Anwalt das Wort.

»Herr Buxmann hat die Dienste des Herrn Stankovic als Privatdetektiv einige Male in Anspruch genommen. Das ist nicht verboten.«

»Aber warum diese verdeckten Zahlungen? Wenn alles legal war, hätte er das doch ordentlich über die Bücher laufen lassen können.«

»Das liegt daran, dass Herr Stankovic auch, sagen wir mal, heikle Aufträge zu erledigen hatte.«

»So wie Mieter einschüchtern oder Konkurrenten krankenhausreif schlagen?«

Buxmann fuhr auf. Sein Anwalt legte ihm die Hand auf den Arm.

»Diese Anschuldigungen weist mein Mandant aufs Entschiedenste zurück. Wir werden gegen jeden Verleumdungsklage erheben, der solche Behauptungen aufstellt.«

»Ich habe nur eine Frage gestellt«, sagte Simpel. »Aber mich würde es schon interessieren, welcher Art diese heiklen Aufträge waren, die nicht offiziell über die Bücher laufen durften?«

»Herr Stankovic hat zum Beispiel überprüft, ob krankgemeldete Mitarbeiter nicht etwa in der Zeit, in der sie angeblich arbeitsunfähig waren, Nebentätigkeiten nachgegangen sind.«

»Und reihenweise erwischt hat er die«, meldete sich Buxmann zu Wort. »Mindestens zehn von diesen Blaumachern hat er auf frischer Tat ertappt. Hochkant rausgeworfen habe ich die, hochkant!«

Er sah zu seinem Anwalt hinüber und verfiel wieder in Schweigen.

»Gut«, sagte Simpel. »Dagegen ist nichts einzuwenden, zumindest nicht aus juristischer Sicht. Hat Stankovic auch noch anderweitige Aufträge bekommen? Wir haben eine Notiz gefunden mit dem Namen Wörgl. Ist das nicht einer Ihrer Konkurrenten?«

Wieder antwortete der Anwalt.

»Auch die Abwehr von Industriespionage gehörte bisweilen zu den Aufgaben des Herrn Stankovic. Das ist ein ganz normales Vorgehen in der Geschäftswelt.«

»Verstehe«, sagte Simpel. »Und dass der Vorarbeiter auf einer Baustelle der Firma Wörgl schwer verunglückte, weil ein Kran sabotiert worden war, das ist auch normal?«

»Damit hat mein Mandant nichts zu tun. Und soweit ich weiß, haben die Ermittlungen in dem Fall nicht zu einem Schuldigen geführt.«

Buxmann setzte sich auf.

»Zuzutrauen wäre es ihm, dem Stankovic.«

»Was wäre Stankovic zuzutrauen?«, fragte Simpel.

Der Anwalt sah Buxmann streng an. Dann versuchte er eine Erklärung.

»Es ist Herrn Stankovic zuzutrauen, dass er den Auftrag sozusagen überinterpretiert hat. Er neigte zur Gewalt. Vielleicht eine Nachwirkung seiner Kriegserlebnisse in Serbien.«

»Ich muss feststellen, Herr Anwalt, dass Sie über Bojan Stankovic erstaunlich gut informiert sind. Obwohl Ihr Mandant doch so fast nichts mit ihm zu tun hatte.«

Der Jurist lächelte.

»Nicht nur die Polizei hat so ihre Informationsquellen. Auch auf anderem Wege kann man so einiges über einen Menschen herausfinden.«

»Ich will nur noch eines herausfinden. Wann haben Sie Bojan Stankovic das letzte Mal gesehen, Herr Buxmann?«

Diesmal antwortete der Bauunternehmer selbst.

»Meine Sekretärin – oder sollte ich besser sagen meine Ex-Sekretärin – wird es Ihnen schon gesagt haben. Stankovic war vor gut zwei Wochen bei mir, ich glaube, es war ein Dienstag.«

»Mittwoch«, verbesserte Simpel mit einem Blick auf seine Notizen.

»Also Mittwoch. Stankovic kam zu mir, weil er dringend einen Auftrag brauchte. Lief wohl nicht so gut, seine Detektei. Leider konnte ich ihm nicht helfen. Ich habe ihm gesagt, dass ich vermutlich auch in Zukunft keine Aufträge mehr für ihn habe. Sie hätten seinen Blick sehen sollen. Solche eiskalten Augen habe ich noch bei niemand anderem gesehen. Eine Gänsehaut ist mir dabei den Rücken runtergelaufen. Was er danach gemacht hat, weiß ich nicht. Würde mich aber nicht wundern, wenn er sich auf etwas anderes verlegt hätte, Verbindungen in die Unterwelt hatte er genug. Und dabei hat er sich wohl mit den falschen Leuten angelegt.«

Simpel sah den Unternehmer an.

»Mit Ihnen zum Beispiel? Es ist schon sonderbar, Herr Buxmann. Da sind zwei Männer. Mit beiden machen Sie Geschäfte und mit beiden liegen Sie im Streit. Und beide Männer werden ermordet aufgefunden. Präsentiert, dass alle Welt sie sehen kann. Wie um ein Zeichen zu setzen oder eine Warnung auszusprechen. Das gibt einem schon zu denken, Herr Buxmann. Sie können jetzt gehen, aber halten Sie sich zu unserer Verfügung.«

*

»Hallo Hanna, Thomas hier.«

»Thomas, ich habe doch gesagt, ich brauche meine Ruhe. Ich muss einiges klären, alleine. Kannst du das nicht verstehen?«

»Hanna, ich muss mit dir reden, bitte.«

»Hast du das mit dem zweiten Toten gelesen, Thomas?«

»Ja. – Hanna, kann ich zu dir kommen, bitte!«

»Ich verstehe das nicht. Der Tote war in Goldfolie eingewickelt, genau wie Benedict. Was soll das?«

»Hanna, ich komme jetzt zu dir. Dann können wir reden.«

»Nein, heute nicht, Thomas. Morgen. Morgen kannst du kommen. Morgen früh. Hörst du? – Thomas, hallo, bist du noch dran?«

»Also gut, ich komme morgen.«

»Bis dann, Thomas.«

*

Simpel checkte zum x-ten Mal an diesem Tag sein Handy. Immer noch nichts von Astrid.

Tina kam herein. »Die von der Ballistik meinen, heute Nachmittag können sie dir sagen, ob die Zastava aus dem Kanal die Tatwaffe ist.«

»Super. Danke.«

»Und die Leute vom Zoll sind da. Wegen der Schwarzarbeiter bei Buxmann. Die gehen gerade die Papiere durch, die ihr bei Stankovic gefunden habt.«

Simpel nickte. Stankovic hatte eine Menge Beweise zusammengetragen, die den Bauunternehmer mit der illegalen Beschäftigung von Ukrainern in Zusammenhang brachten. Vielleicht hatte er Buxmann damit erpresst. Dem Bauunternehmer war es durchaus zuzutrauen, dass er den Privatdetektiv deswegen hatte beseitigen lassen.

Simpels Gedankengänge wurden unterbrochen. Vogel kam herein. Er trug einen verwaschenen Blaumann. Simpel und Tina lachten. Vogel sah sie böse an.

»Da gibt's gar nix zu lachn. So was hat man in einer Werkstatt eben an. Oder soll ich den Wagen vom Stankovic im Sonntagsgwand auseinandernehmen? Wenns euch ned passt, könnt ihr des selber machn.«

»Nein, Horst, ist schon gut. Du bist der Beste, wenn es darum geht, nach Fingerabdrücken und versteckten

Spuren zu suchen. Aber ich könnte dir die Kollegen vom Zoll zur Unterstützung vorbeischicken, die sind gerade im Haus. Die kennen sicher jedes Geheimversteck in so einem Auto«, sagte Simpel.

»Wegen mir. Aber was is denn mit dem Mike? Als Drogenfahnder kennt der sich doch auch aus mit so was.«

»Ziegler ...«

Simpel zögerte.

»Der hat sich noch nicht gemeldet. Dauert vielleicht länger beim Arzt.«

»Mike ist nicht da?«, meldete sich in dem Moment der unverwechselbare Bass von Dienststellenleiter Hertle.

Simpel kam noch mehr ins Stottern.

»Da ist irgendwas mit der Prothese.«

Er lief rot an. Hertle bemerkte es nicht.

»Na dann. Er soll mal bei Gelegenheit zu mir kommen. Richte ihm das bitte aus!«

Simpel biss die Zähne zusammen und nickte. Jetzt hatte er sogar den Chef angelogen. Ziegler konnte was erleben, wenn er ihn in die Finger bekam.

Küppers brachte Nina Felbinger herein. Er hatte sie von zu Hause abgeholt. Sie war gerade erst aus Wien zurückgekehrt. Die junge Frau hatte noch keine Ahnung, warum Simpel wirklich mit ihr sprechen wollte.

»Guten Tag, Herr Kommissar. Wann werden Sie Hanna endlich festnehmen?«

»Wen wir nach unserem Gespräch festnehmen werden, ist noch völlig offen, Frau Felbinger«, sagte Simpel.

Nina Felbinger sah ihn fragend an.

»Diesmal geht es nicht um Ihre Schwester, sondern um Sie«, fuhr Simpel fort. »Wo waren Sie letzten Mittwoch, abends zwischen 22 und 24 Uhr?«

»Warum? Was habe ich denn …? Was soll das?«

»Beantworten Sie bitte meine Frage, Frau Felbinger!«

»Keine Ahnung. Daheim werde ich gewesen sein. Ich habe die ganze letzte Woche die Präsentation vorbereitet. Für Wien. Über das Krankenhaus in Kenia. Das hat den Leuten super gefallen. Wir haben jede Menge Spenden gesammelt.«

»Jetzt geht es um den Mittwoch, nicht um das Wochenende. Sie waren an diesem Tag also daheim. Sie waren nicht um 22:45 Uhr auf der Staatsstraße 2237 unterwegs, zwischen Roth und Allersberg?«

Nina Felbinger biss sich auf die Lippen.

»Doch, jetzt erinnere ich mich. Ich wollte mir ein bisschen den Kopf freiblasen lassen und bin einfach so rumgefahren. Ich habe keine Ahnung mehr, wo ich überall war. Bin ich dort etwa geblitzt worden?«

Simpel lehnte sich zurück.

»Frau Felbinger, Sie wissen doch genau, um was es geht. Sie sind mit Ihrem Auto in den Wald gefahren und dort stecken geblieben. Der Abschleppwagenfahrer hat Sie eindeutig wiedererkannt.«

Sie starrte eine Weile vor sich hin. Dann hob sie den Kopf.

»Ich musste dringend pinkeln. Da bin ich ein Stück zu weit in den Wald hineingefahren und stecken geblieben. Ist das vielleicht verboten?«

»Nein, antwortete Simpel. »Das nicht. Es ist auch nicht verboten, dass Sie Ihre Schwester überwachen.«

Nina Felbingers Blick flackerte. Simpel fixierte die junge Frau.

»Nein, all das ist nicht verboten. Aber, wenn genau an der Stelle, wo Sie mit ihrem Auto stecken bleiben, ein

Mensch erschossen wird, und dieser Mensch genauso in Goldfolie verpackt aufgefunden wird wie Ihr Schwager, dann, Frau Felbinger, gibt das schon zu denken. Also, ich frage Sie noch einmal: Was haben Sie dort wirklich gemacht?«

Nina Felbinger sah Simpel an. Sie öffnete den Mund und schloss ihn dann wieder. Simpel konnte geradezu sehen, wie es in ihrem Kopf arbeitete. Dann setzte sie ein entschlossenes Gesicht auf.

»Ich habe nichts mit den Dingen zu tun, von denen Sie da reden. Und von einer zweiten Leiche in Goldfolie höre ich soeben zum ersten Mal. Ich bin gerade erst aus Wien zurückgekommen. Das können Sie gerne überprüfen. Und jetzt möchte ich bitte nach Hause gehen, wenn Sie sonst nichts mehr haben.«

»Ich habe nur noch eines für Sie, einen Namen. Bojan Stankovic. Sagt Ihnen das etwas?«

Er beobachtete das Mienenspiel der jungen Frau ganz genau. Sie zeigte keine Reaktion.

»Der Name sagt mir nichts. Tut mir leid.«

Simpel stand auf.

»Gut, Frau Felbinger. Das wäre vorerst alles. Denken Sie daran, wenn Sie uns etwas verschweigen, machen Sie sich der Beihilfe schuldig. Sie haben meine Nummer, sollte Ihnen doch noch etwas einfallen.«

Sie nickte.

»Ich habe die Nummer Ihres Kollegen. Wo ist der eigentlich? Der war ziemlich nett.«

»Mein netter Kollege ist heute nicht da. Sie müssen mit mir vorlieb nehmen, wenn Sie noch etwas loswerden wollen.«

Nina Felbinger schüttelte den Kopf.

»Dann auf Wiedersehen, Frau Felbinger.«

Kaum war die junge Frau draußen, griff Simpel zum Telefon. Der »nette« Ziegler konnte sich auf etwas gefasst machen. Doch bei ihm zu Hause nahm niemand ab. Auch auf dem Diensthandy meldete er sich nicht.

Simpel hatte jetzt genug – und er war ein bisschen beunruhigt. Er nahm seine Jacke. Dann musste er eben selber beim Herrn Hauptkommissar vorbeischauen. Vielleicht hatte Astrid Recht und Ziegler brauchte wirklich Hilfe. Und wenn nicht, dann konnte er dem sturen Kerl gleich persönlich den Kopf waschen.

»Herr Sssimpel!«

Ziegler hatte sichtlich Mühe, das Gleichgewicht zu halten. Seine Alkoholfahne hätte locker ausgereicht, einer ganzen Kompanie den Führerschein zu entziehen.

»Schön, dass Sie sich wenigstens an meinen Namen erinnern«, sagte Simpel. »Wenn Sie schon vergessen haben, wo sich die Inspektion befindet. Warum sind Sie heute nicht zum Dienst erschienen? Ich dachte, Sie wären ... krank. Wenn ich gewusst hätte, dass Sie sich dem Suff ergeben, hätte ich Sie niemals gedeckt.«

Er schob sich an Ziegler vorbei und ging ins Wohnzimmer. Bierdosen lagen auf dem Boden und eine halb leere Whiskey-Flasche stand auf dem Couchtisch.

»Wieso hast du mich gedeckt?«, fragte Ziegler.

Auch Simpel wechselte zum Du.

»Weil ich mir Sorgen um dich gemacht habe, ich Trottel. Dachte, du bist krank oder depressiv oder sonst was. Und außerdem bin ich als dein Vorgesetzter für dich verantwortlich. Sogar den Chef hab ich angelogen deinetwegen.«

Ziegler schwieg betroffen. Dann versteinerte sich seine Miene.

»Ich habe dich nicht darum gebeten. Und das mit dem Vorgesetzten ist eh vorbei. Hat dir Astrid nichts erzählt?«

»Astrid?« Simpel ließ sich aufs Sofa fallen. »Den Laufpass gegeben hat sie mir. Und nur wegen dir verdammten Idioten!«

Er vergrub seinen Kopf in den Händen. Die ganze Enttäuschung und Anspannung der letzten beiden Tage kam jetzt hoch. Am liebsten hätte er geheult. Ziegler holte ein sauberes Glas aus der Küche, füllte es zur Hälfte mit Whiskey und stellte es Simpel hin. Der blickte es kurz an, dann schob er es weg.

»Ich will dir mal was sagen«, sagte Simpel. »Ich habe genug von dir. Nur weil du ein paar Jahre mehr Erfahrung hast, bist du kein besserer Polizist als ich. Da ist es mir egal, wenn alle sagen, wie toll du bist. Ich pfeife auf dich und deine Eigenmächtigkeiten. Und auf deine Ratschläge in Liebesfragen pfeife ich dreimal. Deinetwegen habe ich die Frau verloren, die ich liebe.«

Jetzt griff er doch nach dem Glas und leerte es in einem Zug.

»Langsam, langsam!«

Ziegler klopfte dem hustenden Simpel auf den Rücken.

Simpel schüttelte den Arm ab und schenkte sich neu ein. Ziegler sah ihm zu, wie er auch das zweite Glas leerte.

»Jetzt muss ich dir auch mal was sagen, mein lieber Stefan. Mich wundert es nicht, dass Astrid dir den Laufpass gegeben hat. Du bist ein unerträglicher Technokrat, dem jedes Gefühl für das Zwischenmenschliche abgeht, ein Paragraphenreiter, dem Vorschriften wichtiger sind als alles andere. Mich wundert nur, dass Astrid überhaupt auf die Idee kam, du könntest irgendjemand anderen lieben als dich selbst. Oder deine technischen Spielzeuge.«

»Was?«

Simpel versuchte aufzuspringen, fiel aber sofort wieder auf das Sofa zurück. Ihm war schwindlig. Ziegler fuhr fort.

»Und noch etwas: Du bist nicht der einzige, der Probleme hat. Ich habe schon vor langer Zeit die Frau verloren, die ich geliebt habe, und zwar endgültig und für immer. Ich habe nur noch ein Bein, und jetzt soll ich den Rest meiner Tage zwischen Akten vergammeln. Da!«

Er knallte Simpel das Schreiben des Innenministeriums hin. Der nahm es in die Hand und las. Trotz des Alkohols, der von seinem Kopf Besitz ergriff, verstand er, warum Ziegler sich so hatte gehen lassen.

»Ich ... entschuldige. Das wusste ich nicht«, stammelte er.

Ziegler nahm das Schreiben wieder an sich.

»Was weißt du denn überhaupt? Nichts! Aber egal. Los, jetzt trinken wir auf das Ende vom kurzen Comeback des Hauptkommissars Michael Ziegler. Prost!«

Simpel hielt sein Glas hoch.

»Und auf das Ende einer noch kürzeren Liebe!«

Eine Stunde später klopfte Astrid Leninger an die offene Terrassentür. Sie hatte Derrick dabei und wollte noch mal nach Ziegler sehen. Als niemand antwortete, trat sie ein. Der Dackel lief sofort ins Wohnzimmer. Da lagen sie. Astrid traute ihren Augen nicht. Ziegler schlief im Sessel, den Kopf weit nach hinten gelehnt, Simpel lag auf dem Sofa und schnarchte laut. Es roch wie in einer Bahnhofskneipe. Sie räumte die Flaschen und Gläser weg und öffnete ein Fenster. Dann holte sie zwei Decken aus Zieglers Schlafzimmer und deckte die beiden Helden zu. Zum Abschied küsste sie Simpel auf die Stirn. Dann schloss sie sorgfältig die Tür hinter sich.

*

»Hier, euer Aspirin. Ich habe jedem einen Amethyst reingetan. Der hilft gegen Kopfschmerzen. Passt auf, dass ihr ihn nicht verschluckt!«

Tina reichte Simpel und Ziegler ein Glas.

»Ihr habt wohl gestern die Festnahme von Buxmann gefeiert, was? Endlich habt ihr den Goldmörder.«

»Buxmann ist nicht der Mörder«, sagte Ziegler, der gerade die Berichte über die Durchsuchungen vom Wochenende studierte.

»Wie kommen Sie darauf, Herr Ziegler«, sagte Simpel. Er hatte sich entschlossen, die gestrige Episode aus seinem Gedächtnis zu streichen. Er war vor Ziegler aufgewacht und gleich heimgefahren, um sich umzuziehen. Seitdem hatte er mit dem Hauptkommissar außer einem »Guten Morgen« noch kein Wort gewechselt.

Ziegler erläuterte seine Ansicht.

»Wenn Buxmann Stankovic auf dem Gewissen hätte, dann hätte er dessen Wohnung völlig auseinandergenommen und jede Spur beseitigt, *Herr* Simpel.«

»Also steht ihr jetzt wieder am Anfang, ihr Armen«, sagte Tina und ging zurück an ihren Schreibtisch.

Simpel und Ziegler widmeten sich verbissen ihrer Arbeit. Zum einen, um den Rückstand von gestern aufzuholen, zum anderen um nicht miteinander reden zu müssen.

Simpel nahm sich das Handy vor, das der Taucher am Kanal gefunden hatte. Schon am Freitag hatte er es auseinandergenommen und in ein Isopropanol-Bad gelegt. Den Tipp hatte er aus einer Computerzeitschrift. Jetzt lagen die Einzelteile vor ihm, und er föhnte sie vorsichtig trocken.

Ziegler saß am Computer und betrachtete Fotos. Zuerst die von den Durchsuchungen bei Stankovic und Buxmann, dann die Bilder aus der Rednitzhembacher Werkstatt und am Ende die Fotografien von den Fundorten der beiden Leichen. Auch die Obduktionsergebnisse ging er noch einmal durch. Bei einer Nahaufnahme der Schädelwunde Dombrowskis stutzte er.

»Ich muss mal weg, was überprüfen«, sagte er.

Simpel registrierte das Verschwinden seines Kollegen nur am Rande. Er war zu sehr konzentriert auf seine Arbeit. Erst als Hauptkommissar Hertle hereinkam und nach Ziegler fragte, wurde ihm bewusst, dass der nicht da war.

»Der ... der ist weg, was überprüfen.«

Hertle hob die Augenbrauen.

»Das wird hoffentlich nicht zur Gewohnheit, das Verschwinden des Kollegen Ziegler. Sag ihm, er soll zu mir kommen, wenn er wieder da ist.«

*

Ziegler massierte mit der linken Hand seine Schläfe. Die Wirkung des Aspirin ließ langsam nach. Der Wagen vor ihm hatte an der Ampel seinen Motor abgewürgt.

Verzweifelt versuchte der Fahrschüler, wieder zu starten. Als es ihm endlich gelang, sprang die Ampel wieder auf Rot. Die Autos hinter ihnen hupten. Doch Ziegler war ganz froh um die kleine Pause. Er kurbelte das Fenster herunter. Die frische Luft tat ihm gut.

Fünf Minuten später hielt er in der Einfahrt zu Hanna Felbingers Werkstatt. Er nahm den Schlüssel und öffnete die Tür. Die polizeilichen Siegel zerrissen. Gleich vier Stück hatten die Kollegen angebracht, eines sogar an der Katzenklappe. Er hatte natürlich Ersatz-Siegel dabei und würde sie nach seinem Besuch wieder anbringen. Es sollte schließlich alles seine Ordnung haben.

Ziegler schaute sich um. Alles war so, wie er es von der Durchsuchung in Erinnerung hatte. Die Werkbank, auf der immer noch die Werkzeuge lagen, das große Schweißgerät, die unvollständige Hebebühne und natürlich die Skulptur, die Hanna Felbinger so am Herzen lag. Ziegler verstand nichts von Kunst, aber das Ding hatte was. Wahrscheinlich gefiel es ihm, weil es aus Metall war. Schon von Jugend an hatte er gerne an Autos herumgebastelt. Da war ja bald wieder Gelegenheit dazu. Denn den Langweilerposten in Straubing würde er nicht antreten, das konnten sich die da oben abschminken.

Ziegler zog die Fotos aus der Tasche, die er sich vorhin ausgedruckt hatte und machte sich auf die Suche nach den passenden Eisenteilen. Nach einer halben Stunde waren zwei Kisten voll. Die mussten jetzt in die Inspektion. Dort konnte er seine Theorie in aller Ruhe überprüfen.

Der Mercedes ging etwas in die Knie. Die Stoßdämpfer waren nicht mehr die besten. Aber die waren als Originalteile kaum mehr zu bekommen. Deshalb wich er auf dem Weg nach Schwabach vorsichtig jedem Schlagloch aus.

Ziegler stellte die erste Kiste auf seinen Schreibtisch.

»Sie sollen gleich ins Büro vom Chef. Der wartet schon«, begrüßte ihn Simpel.

»Wahrscheinlich geht es um meine Umschulung zum zentralen Verkehrsordnungswidrigkeitensachbearbeiter. Na, dem werde ich was erzählen!«

Simpel sah ihm nach und ging dann hinüber zu Zieglers Schreibtisch. Er nahm eines der Schrottteile in die Hand. Die stammten doch aus Hanna Felbingers Werkstatt. Was wollte Ziegler damit? Simpel kehrte an seinen eigenen Platz zurück und widmete sich wieder dem Handy.

Er baute es sorgfältig zusammen. Hoffentlich waren die Daten im Speicher noch lesbar. Die SIM-Karte hatte er schon getestet, doch die war durch das Wasser unbrauchbar geworden. Er setzte den Akku ein und schaltete an.

»PIN eingeben«, blinkte das Display ihn an.

Das Gerät funktionierte also wieder. Blieb nur noch die PIN. Doch das war vielleicht gar kein so großes Problem. Fast alle benutzten einen Geburtstag als Geheimnummer, und so blieben von den eigentlich 10 000 Möglichkeiten bei einer vierstelligen PIN lediglich 365 Zahlen übrig. Das dauerte zwar etwas, war aber zu schaffen.

Er schloss das Handy an seinen Computer an. Normalerweise hatte man nur drei Versuche zur Eingabe der Geheimzahl, dann wurde das Handy gesperrt. Aber bei so einem alten Modell gab es ein paar Tricks, diese Sperre zu umgehen. Er begann zu tippen. 0101 0201, …

Ziegler kam herein und schaute ihm über die Schulter.

Genau in dem Augenblick hatte Simpel die richtige Zahl erwischt.

»29. Februar!«, rief er.

»Was hat das Handy mit dem Schaltjahr zu tun?«, fragte Ziegler.

»Die PIN, Herr Ziegler, 2902«, antwortete Simpel. »Jetzt komme ich an den internen Speicher des Handys heran. Ich lade ein Speicher-Backup in das Dekodierungsprogramm und ...«

Ziegler winkte ab.

»Ist schon gut. Lassen Sie ruhig die Erklärungen. Ich verstehe davon sowieso nichts. Sie sind hier das technische Genie. Ich bin nur für die niedere Polizeiarbeit zuständig.«

»Wie war es denn beim Chef?«, fragte Simpel. »Bleiben Sie uns erhalten, oder werfen Sie den Kram hin?«

Wäre schade drum, dachte Simpel und ärgerte sich im gleichen Augenblick, dass er es nicht laut aussprach.

Ziegler legte den Finger an die Lippen.

»Alles noch streng vertraulich. Es kommt vielleicht ganz anders. Morgen treffe ich jemanden von der Gewerkschaft. Sobald die Dinge spruchreif sind, sind Sie der Erste, der es erfährt. Aber keine Angst, zunächst einmal bleibe ich Ihnen erhalten, ob Ihnen das passt oder nicht.«

Er grinste.

»Dann machen wir uns besser gleich an die Arbeit. Wir haben ja einiges aufzuholen«, sagte Simpel.

Ziegler legte die Blechteile auf den Tisch und fing an, sie zu vermessen. Simpel nahm sich Adressbuch und Anruflisten des Handys vor. Er überspielte die

Telefonnummern auf seinen Computer und suchte die dazugehörigen Namen im Online-Telefonbuch.

Mittendrin meldete sich sein Blackberry. Eine SMS.

Bist ja doch nicht so herzlos, wie ich dachte. hdl Astrid.

Simpel hätte fasst einen Luftsprung gemacht. *hdl* – das hieß ja *hab dich lieb ...*

»Gute Nachrichten?«, fragte Ziegler.

»Sehr gute, aber auch ich habe meine Geheimnisse. Und jetzt erklären Sie mir mal bitte, was es mit dem ganzen Schrott auf sich hat!«

*

»Hanna, ich bin's! Thomas!«

Hanna erschrak. Sie kniete auf dem Boden, vor sich einen Ordner mit Papieren. Gut die Hälfte hatte sie schon aussortiert, zerrissen und in eine Tüte gestopft. Schnell schob sie Tüte und Ordner unter die alte Kommode und stand auf. Sie hatte Thomas ganz vergessen.

»Komm rauf!«, rief sie und setzte sich auf eines ihrer Sitzkissen.

Thomas ließ sich neben Hanna auf ein Kissen fallen. Er war blass und sah übernächtigt aus.

Eine ganze Weile starrte er auf den Boden und knetete seine Hände. Dann brach es aus ihm heraus.

»Hanna, ich habe dich angelogen. Ich habe den Erpresser doch getroffen.«

»Was? Aber du hast das Geld doch wieder mitgebracht?«

Hanna sah Thomas verständnislos an.

»Der wollte dich weiter erpressen. Er hatte nicht vor, dich in Ruhe zu lassen, verstehst du?«

Hanna schüttelte den Kopf.

»Ich verstehe gar nichts mehr. Jetzt erzähl schon. Der hat dich doch nicht einfach mit dem Geld wieder gehen lassen.«

Thomas schloss die Augen, schluckte, konnte die Tränen nicht mehr zurückhalten.

»Es hat so geregnet. Ich wollte, dass er dich in Ruhe lässt. Er sollte mir geben, was er dir gestohlen hat. Ich habe ihn mit dem Regenschirm erwischt und dann hat er sich auf mich gestürzt und ...«

Thomas wischte sich die Tränen aus dem Gesicht.

»... dann sind wir beide hingefallen und es hat plötzlich geknallt.«

Hanna sah Thomas entsetzt an.

»Was meinst du damit, es hat geknallt?«

»Der Kerl hatte eine Pistole in der Hand, die muss losgegangen sein.«

Thomas konnte jetzt nur noch flüstern.

»Er war sofort tot, das habe ich gleich gemerkt. Der lag auf mir, Hanna. Ich musste ihn erst runterschubsen.«

»Und dann?«

Auch Hanna sprach jetzt ganz leise.

»Ich wusste erst überhaupt nicht, was ich tun sollte. Ich bin einfach nur dagesessen. Aber dann habe ich ihn zum Auto gezerrt und in den Kofferraum gelegt. Das war gar nicht so einfach. Im Kofferraum lag noch die Goldfolie, die mir der Optiker nach der Goldschlägernacht geschenkt hatte, für meine Kunstklasse. Das hat mich auf die Idee gebracht. Ich ...«

»Die zweite Goldleiche, das warst du?«, schrie Hanna.

Sie sprang auf. Dann ließ sie sich wieder auf das Kissen fallen.

»Ja, das war ich.«

»Warum?«

»Damit man dich nicht mehr verdächtigt. Die Polizei weiß jetzt, dass du es nicht gewesen sein kannst, das mit Benedict. Die suchen einen Serientäter. »Goldfolienmörder« nennen sie ihn in der Zeitung. Jetzt hast du endlich deine Ruhe, Hanna.«

Hanna sah Thomas lange an. Dann stand sie auf, nahm ein Päckchen Taschentücher von der Kommode und setzte sich neben Thomas.

»Das habe ich nicht gewollt«, sagte sie. »Wirklich nicht. Was machen wir jetzt bloß?«

*

»Stelln Sie sich nur vor, Frau Leuthel. Jetzt kann man nicht einmal mehr den Bio-Eiern trauen. Da haben's jetzt auch des Bioxid drin gfunden.«

»Rechd hamms, Fraa Meisner, scho mei Michl seelich hod imma gsachd, dass des a Gschmarri is, mid dem Bio. Viel z'deier und däi Bio-Bauern sin genau a solche Lummbn wäi däi andern Bauern aa. Rechd hodder ghabbd, mei Michl seelich.«

Die alte Dame schlug ein Kreuz und sah zum Himmel hinauf.

»He, Sie da! Wo wolln'S denn hin?«

Frau Meisner stellte sich den beiden Männern in den Weg, die durch die offenstehende Tür das Treppenhaus betreten wollten.

Der jüngere der beiden stotterte eine Entschuldigung. Der ältere zückte seinen Dienstausweis.

»Hauptkommissar Vogel, Kripo Schwabach. Wir wolln zu Frau Felbinger. Bitte lassn'S uns rein, Frau Meisner.«

»Woher wissen Sie, wie ich heiße? Werd ich jetzt auch scho überwacht, wie die arme Hanna?«

»Frau Meisner, wir tun nur unsre Pflicht, bitte machen'S den Weg frei! Sie behindern eine Polizeiaktion.«

Frau Meisner verschränkte die Arme und stellte sich breitbeinig hin.

»Hier rein kommen'S nur über meine Leiche. Das arme Mädchen hat scho genug mitgemacht. Lassen'S die endlich in Ruh. Mit dem Mord hat die Hanna eh nichts zu tun, das kann ich beeiden, wenn's sein muss.«

Horst Vogel sah seinen Kollegen Küppers fragend an. Sie konnten doch einer alten Frau gegenüber keine Gewalt anwenden. Er seufzte.

»Is gut, Frau Meisner, aber Sie können doch bittschön der Frau Felbinger ausrichtn, dass wir mit ihr sprechn müssn. Wir wardn solang hier draußn.«

Frau Meisner überlegte kurz.

»Gut, aber Sie bleiben hier stehen. Wenn'S nur einen Fuß in mein Haus setzen, zeige ich Sie an, egal ob'S von der Polizei sind oder nicht. Frau Leuthel, Sie stellen sich jetzt da in die Tür, und keinen Zentimeter rücken'S auf die Seite, bis ich wieder da bin, verstanden?«

Die alte Dame verschwand im Treppenhaus. Frau Leuthel tat, wie ihr geheißen, machte aber einen deutlich weniger resoluten Eindruck als ihre Freundin. Unsicher blickte sie die Polizisten an.

»Sie wern mi doch hoffendli ned verhaffdn. Iich mach blouß, wos däi Frau Meisner gsachd hod. Außerdem mou i eh glei hamm. Iich hob nu a Sauerkraut affm Herd. Heid gibbds frische Leberwöschd mit Bodaggn.«

Vogel setzte einen strengen Blick auf, und die arme Frau Leuthel machte einen Schritt zur Seite. Da kam Hanna Felbinger die Treppe herunter.

»Da bin ich, meine Herren, gehen wir. Ich bin es ja inzwischen gewohnt, von der Polizei abgeholt zu werden.«

Zu Frau Meisner gewandt, fügte sie hinzu: »Machen Sie sich keine Sorgen. Ich bin bald wieder da.«

Die alte Dame funkelte die Polizisten böse an.

»Wenn's in zwei Stunden nicht wieder da ist, die Hanna, dann ruf ich meinen Anwalt an. Oder ich komm selbst vorbei und hol die Hanna wieder ab.«

»Des wolln wir lieber ned riskiern«, sagte Vogel. »Wir bringen Ihnen die Frau Felbinger so schnell wie's geht wieder zurück. Auf Wiedersehn.«

Den ganzen Weg zum Wagen spürte Horst Vogel Frau Meisners bohrenden Blick in seinem Nacken. Im Rückspiegel sah er, wie sie sich das Kennzeichen des Dienstwagens notierte. Mit der alten Dame legte man sich besser nicht an.

*

»Frau Felbinger, ich denke, es wird Zeit, dass Sie uns endlich die Wahrheit sagen. Das Blut aus der Werkstatt in Rednitzhembach ist von Ihrem Mann. Das hat der DNA-Test eindeutig ergeben.«

Simpel umkreiste den Stuhl, auf dem Hanna Felbinger saß, sodass die sich ständig umdrehen musste, um ihn anzusehen. Er mochte solche Verhörtricks nicht, aber sie funktionierten. Je unsicherer der Beschuldigte sich fühlte, desto eher beging er einen Fehler. Hanna Felbinger blieb jedoch ganz ruhig.

»Ich habe Ihnen bereits beim letzten Mal die Wahrheit gesagt. Ich habe Benedict nicht ermordet. Kapieren Sie das endlich und lassen Sie mich in Frieden. Frau Meisner ist zu Tode erschrocken, als Ihre Kollegen auftauchten und mich wie eine Verbrecherin abführten. Mitgefühl ist Ihnen wohl ein Fremdwort?«

»Wissen Sie, mit wem ich Mitgefühl habe, Frau Felbinger? Mit den Opfern von Verbrechen und deren Angehörigen. Für die Täter habe ich nichts übrig.«

»Für Sie bin ich also ein Täter. Dass ich meinen Mann verloren habe, zählt wohl nicht?«

»Nicht, wenn Sie ihn selbst umgebracht haben oder in den Mord verwickelt sind. Sollte ich Ihnen Unrecht tun, werde ich mich in aller Form entschuldigen. Aber im Moment sind Sie die Hauptverdächtige in zwei Mordfällen.«

»In zwei? Sie meinen die zweite Goldleiche. Da muss ich Sie aber enttäuschen. Da habe ich ein wasserdichtes Alibi. Fragen Sie doch die beiden Polizisten, die mich Tag und Nacht nicht aus den Augen lassen!«

»Ich sage nicht, dass Sie die Morde eigenhändig begangen haben. Aber Sie sind in beide verwickelt. Für den zweiten Mord kann ich das sogar beweisen. Erkennen Sie das wieder?«

Simpel legte ein Mobiltelefon auf den Tisch.

»Was soll das? Das ist mein Handy. Ihre Kollegen haben es mir abgenommen, als sie mich abholten.«

Simpel tippte auf den Tasten herum. Er hielt der Künstlerin das Display hin.

»Ist das Ihre Handynummer, Frau Felbinger?«

»Ich kann Sie zwar nicht ganz auswendig, aber ich glaube ja.«

Simpel legte ein zweites Telefon auf den Tisch.

»Dieses Handy gehört Bojan Stankovic. Sagt Ihnen der Name etwas?«

Hanna Felbinger schüttelte den Kopf.

»Den Namen habe ich noch nie gehört.«

»Bojan Stankovic ist der zweite Tote. Der genauso in Goldfolie eingewickelt wurde wie Ihr Mann. Auf seinem Handy haben wir abgehende Anrufe an Ihre Nummer gefunden. Elf Stück. Alle am Mittwoch. Den letzten um 22:16 Uhr. Und am nächsten Morgen fand man Bojan Stankovics Leiche. Todeszeitpunkt 23 Uhr plus/minus eine Stunde. Was sagen Sie dazu?«

Hanna Felbinger starrte die beiden Mobiltelefone lange an. Dann hob sie den Kopf.

»Kann ich ein Glas Wasser haben, bitte?«

Vogel stand auf. Bevor er jedoch die Tür öffnen konnte, wurde diese von außen aufgerissen und Thomas Lorentz stürmte herein, gefolgt von Küppers und Ziegler.

»Hanna!«, rief Lorentz.

Die starrte ihn entgeistert an.

»Hanna, ich kann nicht mehr! Ich kann nicht zulassen, dass sie dich verhaften.«

»Ich bin nicht verhaftet, der Kommissar hat nur ein paar Fragen an mich.«

Sie blickte ihren Freund eindringlich an. *Verschwinde!*, konnte Simpel in ihren Augen lesen.

»Ganz so ist das nicht, Herr Lorentz«, sagte er. »Wir können Frau Felbinger mit dem zweiten Mord in Verbindung bringen.«

Lorentz' Blick hetzte zwischen Simpel und Hanna hin und her.

»Wie in Verbindung bringen? Hanna!«

»Geh nach Hause, Thomas! Ich komme alleine klar. Herr Kommissar, sehen Sie nicht, dass er ganz von Sinnen ist vor Sorge um mich. Schicken Sie ihn weg. Ich erzähle Ihnen dann alles, was ich weiß.«

»Das darfst du nicht! Hanna, das darfst du nicht.«

Hanna stand auf. Sie sah Lorentz fest in die Augen.

»Du gehst jetzt nach Hause, Thomas. Wir reden später. Bitte geh!«

Thomas Lorentz war kurz davor, der Bitte nachzukommen. Simpel musste das verhindern.

»Sie werden heute nicht mehr miteinander reden können, Frau Felbinger. So wie es aussieht, werden Sie die Nacht im Gefängnis verbringen. Ich werde einen Haftbefehl beantragen.«

Bei dem Wort »Gefängnis« weiteten sich die Augen von Thomas Lorentz. Simpel hatte ihn da, wo er ihn haben wollte.

»Niemals lasse ich zu, dass Hanna ins Gefängnis kommt. Ich war es, Herr Kommissar. Ich habe den Mann umgebracht, der Hanna erpresst hat. Sie hat damit nichts zu tun.«

Und er erzählte von den Anrufen, vom Treffen im Wald, wie der Erpresser sich lustig gemacht hatte über ihn. Er erzählte vom Kampf, von seiner Idee, wie er Hanna entlasten könnte. Er schilderte detailliert, wie er die Leiche eingewickelt und sie so abgelegt hatte, dass man sie schnell finden musste.

Die ganze Zeit saß Hanna Felbinger regungslos daneben. Ab und zu floss eine Träne ihr Gesicht hinunter. Manchmal schüttelte sie den Kopf.

Als Thomas fertig war, stand sie auf, nahm seinen Kopf in ihre Hände und sagte nur: »Ach Thomas!«

Simpel hatte noch viele Fragen an die beiden. Dazu musste er sie aber erst einmal trennen. Eine Frage wollte er noch stellen, solange die beiden zusammen waren.

»Herr Lorentz, wer hat Benedict Dombrowski umgebracht?«

Thomas Lorentz sah den Polizisten an, dann Hanna, die sich wieder gesetzt hatte, dann wieder den Polizisten.

»Benedict hat Hanna schlecht behandelt, und ich wollte sie für mich haben. Ja, ich habe Benedict getötet, und er hat es verdient.«

»Nein!«

Hanna schlug die Hände vors Gesicht und begann zu schluchzen.

*

Nachdem Thomas Lorentz den Mord an Benedict Dombrowski gestanden hatte, war er zusammengebrochen. Simpel musste das Verhör abbrechen. Lorentz wurde abgeführt, und vorsichtshalber hatte man einen Arzt gerufen. Hanna Felbinger wirkte die ganze Zeit über wie erstarrt. Auch aus ihr war nichts mehr herauszubekommen. Zwei Streifenpolizisten brachten sie schließlich nach Hause.

Simpel und Ziegler saßen eine Weile stumm an ihren Schreibtischen. Simpel kritzelte mit dem Kugelschreiber auf einem Notizblock herum. Ziegler spielte mit seinem Feuerzeug. Da kam Hauptkommissar Hertle hereingestürmt.

»Glückwunsch, meine Herren. Ich ...«

Als er die Mienen seiner Kommissare sah, verstummte er.

»Nanu, ich dachte, der Fall ist gelöst? Stimmt etwas nicht?«

Hertle setzte sich.

Simpel und Ziegler sahen sich an. Dann räusperte sich Simpel.

»Es gibt da noch viel zu viele Ungereimtheiten. Irgendetwas passt da nicht zusammen. Was meinen Sie dazu, Herr Ziegler?«

»Mir geht es genauso«, antwortete Ziegler und warf sein Feuerzeug auf den Schreibtisch. »Thomas Lorentz hat zwar gestanden, aber ich glaube ihm nicht, dass er Benedict Dombrowski umgebracht hat.«

Mittlerweile waren auch Küppers, Vogel und sogar Tina hereingekommen. Küppers lehnte am Fenster, Vogel hatte sich auf Zieglers Schreibtisch gesetzt. Tina stand im Türrahmen, damit sie ihr Telefon hören konnte, falls es läutete.

»Dann setzt mich mal ins Bild«, forderte Hauptkommissar Hertle die beiden auf. »Ich bin ja gerade erst wiedergekommen. Das Meeting über Internetkriminalität hat länger gedauert als geplant. Da werden wir in Zukunft viel zu tun bekommen. Aber jetzt zu unseren Goldleichen, ich bin gespannt.«

»Lorentz hat erzählt, dass Hanna Felbinger erpresst worden ist. Womit sie erpresst wurde, das weiß er angeblich nicht«, begann Simpel.

»Und Frau Felbinger schweigt dazu eisern«, ergänzte Ziegler.

»Richtig«, fuhr Simpel fort. »Den Grund für diese Erpressung müssen wir unbedingt herausfinden. Was konnte Stankovic gegen Hanna Felbinger in der Hand haben? Und warum ist sie auf die Erpressung eingegangen?«

»Vielleicht hatte Stankovic den Warhol«, mischte sich Manuel Küppers ein. Alle sahen ihn fragend an.

»Stankovic ist bei Hanna Felbinger eingebrochen«, erläuterte er seine Theorie, »und er hat den Warhol mitgenommen. Weil man so ein Kunstwerk nicht so einfach verkaufen kann, wollte er Lösegeld von Hanna Felbinger. Das wäre doch möglich, oder?«

Er sah in die Runde.

»Aber wo is der Warhol edz?«, warf Horst Vogel ein. »Glaubt ihr, die Felbinger hat ihn wieder? Oder hat ihn der Lorentz behaltn? Naa, des macht kan Sinn, der Kerl weiß ja, dass er in' Knast wandert.«

Tina mischte sich ein.

»Vielleicht wurde ja auch Dombrowski ursprünglich wegen dem Warhol umgebracht. Vielleicht hatte den die Witwe die ganze Zeit, und sie hat nur auf einen günstigen Moment gewartet, den zu verkaufen und dann ins Ausland zu verschwinden. Vielleicht auch mit dem Lorentz zusammen, und dann kam der Stankovic dazwischen und ...«

»Langsam, langsam«, stoppte Hertle seine Mitarbeiter. »Fassen wir erst einmal die Tatsachen zusammen, bevor wir hier wilde Theorien aufstellen. Es nützt uns nichts, wenn wir alle zwei Stunden einen neuen Hauptverdächtigen aus dem Hut zaubern. Sammeln wir erst einmal alle Fakten. Die werden überprüft, dann die Verdächtigen vernommen, und so weiter. Wie wir es auf der Polizeischule gelernt haben.«

Nach dem Rüffel versuchte Küppers, sich in der Fensternische etwas kleiner zu machen, und Tina flüchtete an ihren Schreibtisch. Zum Glück läutete gerade das Telefon.

Ziegler schilderte nun, wie Thomas Lorentz den Erpresser am Rhein-Main-Donau Kanal bei Roth getroffen hatte und wie dann bei dem Gerangel die Waffe losgegangen war und die Kugel Stankovic getroffen hatte.

»Das mit der Waffe klingt plausibel«, sagte Simpel. »Stankovic wurde aus nächster Nähe erschossen, das konnte Lorentz aus der Zeitung nicht wissen. Diese Information haben wir zurückgehalten. Auch die bisherigen Ergebnisse der Rechtsmedizin stützen seine Aussage.«

»Zu klären ist noch, was Nina Felbinger mit der Sache zu tun hat«, sagte Ziegler. »Die war nicht zufällig in demselben Waldstück, in dem Lorentz den Stankovic erschossen hat. Wir müssen sie uns noch mal vornehmen.«

Hertle fasste zusammen.

»Das klingt alles so, als ob ihr dem Lorentz die Sache mit Stankovic abnehmt.«

Simpel und Ziegler nickten.

»Aber ihr glaubt nicht, dass er Dombrowski umgebracht hat?«

Die beiden nickten wieder.

»Stankovic wurde zwar auch in Goldfolie verpackt gefunden«, sagte Simpel, »aber bei dem wissen wir, warum. Lorentz wollte Hanna Felbinger entlasten. Die Frage bleibt, warum der Mörder, der wirkliche Mörder, Dombrowski auf diese Art und Weise eingepackt hat.«

»Also, des is zwar bloß a Kleinigkeit. Aber die Folien von dem Dombrowski und die von dem Stankovic sind ned die gleichen. Ich habs mir ja scho dacht, aber jetzt hammers schwarz auf weiß ausm Labor«, warf Vogel ein.

Hertle stand auf.

»Es ist spät. Machen wir Feierabend. Wie wollt ihr morgen weitermachen?«

»Nun, wir werden Herrn Lorentz richtig in die Mangel nehmen. Er muss uns den genauen Tathergang beim Mord an Dombrowski schildern. Dann laden wir Nina Felbinger noch mal vor, und Hauptkommissar Ziegler fährt morgen früh als Erstes in die Rechtsmedizin. Er muss da was überprüfen«, sagte Simpel.

»Und die Hanna Felbinger?«, fragte Vogel. »Solln wir die weiter beobachtn? Edz, wo der Lorentz gestandn hat?«

Simpel schüttelte den Kopf.

»Ich glaube nicht, dass die sich jetzt aus dem Staub macht. Und mit Thomas Lorentz kann sie keinen Kontakt aufnehmen, den haben wir in Gewahrsam. Außerdem liegt gegen Frau Felbinger im Augenblick nichts vor.«

Ziegler hatte einen Vorschlag.

»Wir könnten die Kollegen von der Schutzpolizei bitten, bei ihren Streifenfahrten ein Auge auf Hanna Felbingers Haus zu haben.

Außerdem finde ich es schon wichtig, alle denkbaren Szenarien durchzugehen und auf ihre Wahrscheinlichkeit hin abzuklopfen. Da dürfen wir auch abwegige Gedanken nicht unausgesprochen lassen.«

Die letzten Sätze hatte er an Küppers und Tina gerichtet. Die war gerade wieder hereingekommen. Sie lächelte ihn an.

Hertle erhob sich.

»Gut, soll mir recht sein. Macht es so, wie ihr meint, Mike. Aber so langsam brauche ich etwas, das ich nach oben weitermelden kann. Und zwar Fakten, keine Vermutungen. Ich denke, da habt ihr noch ein gehöriges Stück Arbeit vor euch. Also haltet euch ran. Trotzdem einen schönen Feierabend!«

*

Wegen einer Razzia waren an diesem Vormittag alle Dienstwagen der Kripo im Einsatz. So mussten Ziegler und Vogel mit dem Mercedes nach Erlangen in die Rechtsmedizin fahren.

Vogel strich über das Lederpolster am Armaturenbrett.

»A schöner Wagen, den du da hast, Mike. Aus die Siebziger, oder?«

»1972. Und alles original. Sogar der Handgas-Umbau ist mit alten Originalteilen von Mercedes gemacht worden.«

»Donnerwetter. Ich fahr nur so an langweiligen Japaner. Da kannst nix mehr dran machn, da is alles elektronisch. An deim Auto kann ma wenigstens noch selber den Schraubnschlüssl anlegn.«

»Wenn du in Pension bist, kannst du dir ja auch einen Oldtimer zulegen. Vielleicht ein Cabrio. Das gefällt dann auch deiner Frau. Wenn du willst, helfe ich dir beim Suchen. Übrigens, wo hast du denn dein Maßband? Das habe ich schon länger nicht mehr gesehen.«

»Ach des! Hab ich irgendwo verschmissn. Is ja auch a weng albern gwesn, oder?«

Ziegler sah seinen Kollegen erstaunt an. Das passte nicht zu Vogel, sein geliebtes Maßband einfach zu verlieren.

»Grüß Sie Gott, Herr Ziegler. Wo haben sie denn Ihren jungen Kollegen mit dem empfindlichen Magen gelassen? Und was haben Sie mir da mitgebracht? Ist das die Tatwaffe?«

Dr. Pfeiffer deutete auf die Tüte in Zieglers Hand, aus der eine Eisenstange ragte.

»Könnte sein, Frau Doktor. Das werden wir ja gleich sehen.«

»Die Leiche liegt schon auf dem Tisch. Kommen Sie mit!«

Die drei betraten den Aufzug.

»Es ist gut, dass Sie kommen, meine Herren. Ich wollte Sie sowieso anrufen. Das Labor hat einige eigenartige Werte festgestellt, und daraufhin habe ich … Aber eins nach dem anderen. Sehen wir uns mal das Mordwerkzeug an. Sie nahm die Eisenstange aus der Tüte und ließ sie durch die Luft sausen. Vogel trat einen Schritt zurück, was in dem engen Fahrstuhl nicht einfach war.

Dr. Pfeiffer gab die Stange nicht mehr aus der Hand. Im Sektionssaal probierte sie sofort an Dombrowskis Leiche herum, bis sie die richtige Position gefunden hatte.

»Passt wie die Faust aufs Auge, Herr Ziegler! Gratuliere, Sie haben die Tatwaffe gefunden.«

Dr. Pfeiffer gab Ziegler die Stange zurück.

»Freun wir uns ned zu früh«, entgegnete Vogel. »Solche Eisenteile kriegst du in jedem Baumarkt. T-Stahl, rundkantig, 80 x 80 x 9, der Meter um die zehn Euro.«

»Da hast du recht Horst«, sagte Ziegler. »Aber das hier bekommst du nicht im Baumarkt.«

Er zog ein etwa DIN A4 großes rostiges Blech aus seiner Tüte. Es wies drei T-förmige Löcher auf.

»Lassen Sie mich mal«, sagte Dr. Pfeiffer und hielt das Blech neben die Schädelwunde Dombrowskis.

»Da legst' di nieder! Genau dieselbe Form und Größe«, rief Vogel. »Wie gibt's denn des?«

»Hm«, überlegte die Ärztin. »Vielleicht hat der Tote versucht, sich mit dem Blech zu schützen und der Mörder hat erst beim vierten Schlag den Schädel getroffen.«

»So etwas habe ich mir auch gedacht«, sagte Ziegler. »Aber ich habe in der Werkstatt noch zwei weitere Bleche mit ähnlichen Spuren gefunden.«

»Seltsam«, sagte Dr. Pfeiffer. »Aber auch unser Labor hat etwas Seltsames entdeckt. Moment, ich hab es doch eingesteckt.«

Sie holte ein Blatt mit Zahlenkolonnen und kryptischen Abkürzungen aus der Tasche ihres Arztkittels.

»Hier: Quecksilber 63 erhöht, Krea 1,7 stark erhöht, Blei 28,6 ...«

»Halt, halt!«, stoppte Ziegler den Redefluss der Ärztin. »Bitte für uns Laien verständlich.«

Die Rechtsmedizinerin lächelte nachsichtig.

»Also die Kurzfassung. Das Opfer hatte ungewöhnlich hohe Werte an Quecksilber, Blei, Titan, Antimon und anderen Schwermetallen im Blut. Teilweise waren die sogar stark erhöht. War er Schweißer oder Schlosser oder so etwas?«

»Er war Künstler und hat viel mit Metall gearbeitet. Doch was hat das mit seinem Tod zu tun? Er ist ja nicht an einer Bleivergiftung gestorben.«

»Nein, das hätte noch eine Zeit lang gedauert. Solche Werte sind nicht wirklich gesund, aber man stirbt nur daran, wenn man den Schadstoffen über Jahre und Jahrzehnte ausgesetzt ist. Trotzdem bin ich stutzig geworden und habe nach Symptomen für eine Schwermetallvergiftung gesucht. Dabei habe ich Methoden angewandt, die bei einer Autopsie nicht zur Routine gehören.«

»Und das wären?«

»Magnetresonanzuntersuchung, Lumbalpunktion, Muskelbiopsie, die ganze Palette. Mein Chef wird einen Herzinfarkt kriegen, wenn er die Kostenabrechnung sieht. Aber ich hatte den richtigen Riecher. Wir haben eine Rückbildung des Rückenmarks entdeckt, und bei der neuropathologischen Untersuchung gab es deutliche Auffälligkeiten.«

Sie machte eine Pause und blickte die Polizisten an.

»Der Mörder hätte sich die Mühe sparen können. Das Opfer hatte nur noch ein paar Monate zu leben. Sagt ihnen die Abkürzung ALS etwas?«

»Des, was die Schulkinder heutzutag alle ham?«, sagte Vogel. »Des Zappelphilipp-Syndrom.«

Die Ärztin lachte.

»Das ist ADS, bzw. ADHS. Und das haben nicht alle Schulkinder. Meistens nicht einmal die, bei denen es diagnostiziert wird. Nein, unser Mann hatte amyotrophe Lateralsklerose.«

»Amotryphe was?«, fragte Ziegler.

»Amyotrophe Lateralsklerose, eine Nervenkrankheit. Fängt ganz harmlos an. Kribbeln in den Fingern, Muskellähmungen ...«

»Man lässt dann zum Beispiel einen Stift fallen?«, fragte Ziegler.

Er musste an die Aussage des Hausmeisters vom Wenzelschloss denken.

»Zum Beispiel. Es fängt mit solchen kleinen Dingen an, aber es schreitet unaufhaltsam fort. Nach einiger Zeit kann man die Arme nur noch schwer heben, bekommt Probleme beim Gehen, hat Schluckbeschwerden. Manchmal ist der Schließmuskel betroffen. Der Verlauf ist nicht einheitlich, aber eines ist in allen Fällen gleich: ALS endet immer tödlich.«

»Und es gibt kein Gegenmittel?«

Dr. Pfeiffer schüttelte den Kopf.

»Keines. Die Forschung tappt noch völlig im Dunkeln. Auch was die Entstehung der Krankheit angeht. Manchmal ist die Schadstoffbelastung der Patienten erhöht, wie bei unserem Opfer, manchmal geht eine Borreliose voraus. In anderen Fällen trifft es völlig gesunde Menschen. Aber immer vergehen von der ersten Diagnose bis zum Tod maximal drei Jahre.«

»Und wie stirbt man?«

»Wie gesagt, die Lähmung schreitet immer weiter fort. Schließlich ist die Atemmuskulatur betroffen und man erstickt bei vollem Bewusstsein.«

Vogel schüttelte sich.

»Muss furchtbar sei, so a Tod.«

»Wir sollten uns einmal mit Dombrowskis Arzt unterhalten«, sagte Ziegler. »Er muss doch irgendwo in Behandlung gewesen sein, oder?«

»Ganz sicher. Jemand hat ihm Riluzol verschrieben. Davon haben wir geringe Spuren im Urin gefunden. Das war das letzte Puzzlestück. ALS lässt sich nämlich nur sehr schwer diagnostizieren, selbst bei einem lebenden Patienten. Riluzol ist das einzige Medikament, das die Krankheit etwas bremsen kann. Wenn Sie seinen Arzt finden wollen, suchen Sie nach einem Neurologen! Ich kann mich ja mal umhören, wer auf ALS spezialisiert ist.«

»Vielen Dank, Frau Doktor. Wir bleiben in Verbindung.«

Bevor Sie ins Auto stiegen, zündete Ziegler sich eine Cohiba an. Vogel lehnte sich an den Kotflügel und sah zwei Krankenpflegern zu, die gerade eine Trage aus ihrem Rettungswagen ausluden. Der Körper darauf war mit einer schwarzen Plane bedeckt.

*

Seit zwei Stunden lag das Skizzenbuch, das Nina Felbinger in der Aktentasche am Rhein-Main-Donau-Kanal gefunden hatte, jetzt schon im Backofen. Auf 50 Grad Heißluft, so wie Henning es ihr gesagt hatte. Zufällig hatte sie den Restaurator in Wien auf der Benefizveranstaltung kennengelernt. Er war zwar auf das Restaurieren alter Möbel spezialisiert, aber er hatte ihr für das Skizzenbuch ein paar gute Tipps geben können. Sie hatte ihm erzählt, dass Erinnerungen ihrer Oma einem Wasserrohrbruch zum Opfer gefallen waren. Er hatte ihr aus seiner Werkstatt sogar eine Flüssigkeit mitgebracht, in die sie die Papiere für zwei Tage einlegen sollte.

Das Wochenende in Wien hatte sie viel Kraft gekostet. Alle wollten etwas von ihr, dabei hatte sie nur eines im Kopf: Was würde sie in Hannas Skizzenbuch finden?

Ihre Fotoausstellung war ein voller Erfolg gewesen. Ein ganzes Jahr hatte sie daran gearbeitet, und jetzt konnte sie sich nicht einmal richtig darüber freuen. Zum Glück hatte Peter ihre Geschichte wegen seines Autos geschluckt. Dass sie nachts Fotos am Kanal habe machen wollen und dann stecken geblieben war. Warum die Polizei deswegen bei ihm angerufen hatte, wollte er gar nicht wissen. Er war zu sehr damit beschäftigt, Sponsoren für das Krankenhaus zu gewinnen.

Als sie vor zwei Tagen zurückgekommen war, hatte sie als Erstes das Skizzenbuch in die Flüssigkeit eingelegt.

Wie ein Tiger war sie seitdem um die Schüssel herumgeschlichen. Außer schlafen und durchs Fernsehprogramm zappen hatte sie nichts weiter fertiggebracht.

Jetzt klingelte auch noch das Telefon. Es war die Polizei.

»Ja, Herr Kommissar, ich komme morgen um zehn. Wiederhören.«

Was wollten die eigentlich schon wieder? Egal. Vielleicht konnte sie denen morgen schon die Täterin liefern.

Nach einer weiteren halben Stunde nahm sie das Buch aus dem Ofen. Anschließend holte sie Zahnseide aus dem Badezimmer. Genau wie Henning es ihr erklärt hatte, löste sie damit die Seiten voneinander und legte jeweils ein Blatt Löschpapier dazwischen. Ihr Herz begann, wie wild zu klopfen. Es schien zu funktionieren. Seite für Seite legte sie frei. Allerdings konnte Nina bisher nichts Interessantes erkennen. Nur irgendwelche Skizzen zu Hannas Schrottgebilden. Warum wollte Thomas das beseitigen?

Nina mahnte sich zur Geduld.

Nächste Seite.

Wieder dasselbe Eisending. Diesmal aus einer anderen Perspektive.

Sollte die ganze Warterei umsonst gewesen sein? Sie blätterte weiter.

Da war es. Ihr blieb fast das Herz stehen.

Sie hatte es ja gewusst.

Das war der Beweis, den sie gebraucht hatte. Hastig löste sie die restlichen Seiten voneinander, entdeckte aber nichts Neues. Sie packte das Skizzenbuch in eine Tüte und verließ die Wohnung.

*

Simpel ging noch einmal die Aussagen von Thomas Lorentz und Hanna Felbinger durch. Irgendetwas passte da nicht. Er hätte die Witwe dabehalten sollen. Er war einfach zu gutmütig. Heute Nachmittag würde er die beiden aber richtig hart rannehmen.

»Guten Tag!«

Ein Mann stand in der Tür, hager, groß gewachsen, gepflegter Dreitagebart, die schon leicht ergrauten Haare zu einem Zopf zusammengebunden. Er trug eine rote Chino-Hose und ein weißes Baumwollhemd, das Outfit des typischen Sylt-Urlaubers. Nur der schwarze Aktenkoffer, den er in der rechten Hand trug, passte nicht so recht dazu.

»Bin ich richtig bei Kommissar Simpel? Ich bin Oberstleutnant Gruber.«

Simpel stand auf und schüttelte seinem Besucher die Hand.

»Freut mich, Sie kennenzulernen, Herr Gruber«, sagte er. Sein Blick blieb an den weißen Espandrillos hängen. Gruber lachte.

»Schick, die neue MAD-Uniform, oder? Nach 50 Jahren Trenchcoat und Schlapphut war es mal Zeit für was Neues.«

Simpel lachte mit und bat den Oberstleutnant, sich zu setzen.

»Was führt Sie zu mir? Ich habe Ihnen doch schon am Telefon erzählt, dass wir den Tod Ihres Mitarbeiters weitgehend aufklären konnten.«

»Meines ›Mitarbeiters‹? Ja, so könnte man ihn durchaus nennen. Aber ich bin nicht hier, um Ihre Ermittlungen nachzuprüfen. Ich möchte lediglich Bojans Sachen abholen.«

»Welche Sachen?«

Gruber zog eine Liste aus der Tasche und legte sie auf den Tisch.

»12 000 Euro in 100- und 50-Euro-Scheinen. 15 500 US Dollar, 8 000 Schweizer Franken, 5 Goldrubel zu einer Viertelunze, Prägung St. Georg, zwei Schnellhefter …«

»Stopp, stopp, stopp!«, unterbrach ihn Simpel. »Woher haben Sie diese Liste? Und wie kommen Sie darauf, dass ich Ihnen die Sachen einfach aushändige?«

Gruber sah den Kommissar ernst an.

»Ich habe Ihnen ja gesagt, dass ich ein persönliches Interesse an dem Fall habe. Meinen Vorgesetzten hingegen geht es um die Unterlagen, die Sie bei Bojan sichergestellt haben. Deshalb sitze ich jetzt auch hier bei Ihnen in Franken, anstatt in Marbella die Füße ins Wasser zu hängen.«

»Was will denn der MAD mit Goldrubeln? Außerdem sind die Ermittlungen noch nicht abgeschlossen. Wir haben schließlich noch einen zweiten Mord aufzuklären. Da kann ich Ihnen keine Beweismittel aushändigen.«

Gruber öffnete seinen Aktenkoffer.

»Hier ist die Anordnung des zuständigen Staatsanwaltes. Sie sollen mir alle Papiere zur Verfügung stellen, die Sie bei der Hausdurchsuchung gefunden haben. Ich werde sie durchsehen und diejenigen mitnehmen, die für uns von Belang sind. Wenn wir die Unterlagen bearbeitet haben, bekommen Sie Kopien davon, außer ...«

»... außer es sind Belange der Sicherheit der Bundesrepublik Deutschland betroffen. Das weiß ich inzwischen.«

Simpel nahm das Schreiben und studierte es genau. Dann griff er zum Telefon. Er wählte die Nummer der Staatsanwaltschaft.

»Ich verstehe, Dr. Bayer« ... »Das glaub ich Ihnen, dass Sie darüber auch nicht glücklich sind« ... »Das Bundesinnenministerium, natürlich« ... »Auf Wiederhören, Dr. Bayer.«

Gruber hatte sich zurückgelehnt und aus dem Fenster gesehen, bis Simpel sein Gespräch beendet hatte.

»Ist schon in Ordnung«, sagte er. »Ich hätte auch nachgefragt, bevor ich einem Wildfremden wichtige Unterlagen anvertraue.«

»Sie haben offenbar beste Verbindungen, bis ganz nach oben, Herr Oberstleutnant. Ich hoffe, die Sache ist es wert. Wenn uns deswegen ein Mörder durch die Lappen geht, müssen Sie das mit Ihrem Gewissen ausmachen.«

Gruber legte die Fingerspitzen aneinander und sah Simpel lange an. Dann begann er zu erzählen.

»Sie scheinen jemand zu sein, der seine Aufgaben sehr ernst nimmt, Herr Simpel. Ich glaube, ich bin Ihnen eine Erklärung schuldig. Mit Bojan und mir hat es eine besondere Bewandtnis. Was wissen Sie vom Kosovo-Konflikt?«

Simpel zuckte mit den Schultern.

»Wenig. Ich war damals noch auf dem Gymnasium. Siebte oder achte Klasse. Da hat man andere Dinge im Kopf als die Weltpolitik. Hat das was mit der KFOR zu tun?«

Gruber schüttelte den Kopf.

»Die KFOR kam erst sehr viel später. Nein, die Operation, um die es hier geht, begann 1993 und hieß ›Deny Flight‹. Nach Massakern an der Zivilbevölkerung richtete die UN verschiedene Schutzzonen ein und verhängte ein Flugverbot. Bei dessen Überwachung führte die NATO auch Angriffe auf Bodenziele durch, etwa auf Luftabwehrstellungen. Und trotz aller Satellitentechnik und Radaraufklärung ...«

»... brauchten Sie Informanten vor Ort. Und Stankovic war so ein Informant«, ergänzte Simpel.

»Stankovic war sehr viel mehr als ein einfacher Informant. Er war Offizier der serbischen Geheimpolizei. Was er dort so genau gemacht hat ... sagen wir mal, das wollen Sie gar nicht wissen. Ich kam damals ins Spiel, weil ich schon vor dem Balkankonflikt Kontakt mit Bojan hatte. Während des Krieges hat er mich dann regelmäßig mit Informationen versorgt. Wir haben uns einige Male sogar persönlich getroffen. Und bei einem dieser Treffen ging etwas schief.«

Gruber griff sich an die rechte Seite, als würde ihn die Erinnerung körperlich schmerzen.

»Ich wurde gefangengenommen. Zuerst haben sie mich zusammen mit einigen Blauhelmsoldaten an eine Brücke gekettet, als menschliche Schutzschilde. Doch dann hat irgendjemand herausgefunden, dass ich ein Spion bin.«

Simpel schluckte.

»Und Stankovic hat Sie gerettet?«

Gruber lachte heiser.

»Sagen wir mal, er hat aufgesammelt, was von mir übrig war. Das hat er dann vor einem UN-Militärposten abgeladen. Es dauerte drei Tage, bis ich transportfähig war und in ein Militärhospital ausgeflogen werden konnte. Aber Sie haben recht, er hat mich gerettet. Ohne Bojan Stankovic säße ich jetzt nicht hier.«

»Also war er auf unserer Seite?«

»Bojan war immer nur auf der Seite von Bojan. Für ihn war ich so eine Art Versicherung. Jemand, der für ihn aussagt, wenn der Krieg schiefgeht. Und er hat gut daran getan vorzusorgen. Der Krieg ging schief, und ich habe für ihn ausgesagt. Dann hat er in Den Haag noch einige seiner ehemaligen Kameraden ans Messer geliefert. So kam Bojan ohne jeden Kratzer aus der Sache heraus. Als Kronzeuge bekam er Amnestie für alle im Krieg begangenen Straftaten, eine neue Identität und unbefristete Arbeits- und Aufenthaltserlaubnis in der gesamten EU.«

»Er heißt also gar nicht Bojan Stankovic?«

»Bojan schon, aber der Rest ist immer noch streng geheim. Er hat Familie in Serbien.«

»Ich verstehe«, sagte Simpel. »Aber was wollen Sie mit dem Geld und den Goldmünzen? Davon stand übrigens nichts im Schreiben der Staatsanwaltschaft.«

»Das Geld ist für Bojans Familie. Die hat er finanziell unterstützt. Die Mutter ist alt und die Schwester hat Krebs. Sie können sich denken, dass das öffentliche Gesundheitswesen in Serbien nicht das beste ist.«

»Und die dortigen Privatkliniken sind sicherlich teuer. Trotzdem kann ich Ihnen das Geld nicht einfach so geben. Ich brauche ...«

Gruber zog weitere Papiere aus seiner Aktentasche.

»... einen Erbschein, ausgestellt von der serbischen Botschaft und die beglaubigte Übersetzung vom deutschen Außenministerium. Hier die Zoll-Ausfuhrgenehmigung für die Devisen und die entsprechenden Einfuhrpapiere für Serbien. Sehen Sie sich alles in Ruhe an. Vergessen Sie auch nicht, die Verschwiegenheitserklärung zu unterschreiben. Nicht, dass ich Ihnen misstraue, aber das ist so Vorschrift. Sie können auch gerne bei den entsprechenden Behörden nachfragen. Ich nehme die Sachen dann mit, wenn ich mit Bojans Unterlagen durch bin. Das wird eine Weile dauern.«

Er lehnte sich zurück.

»Nächstes Jahr gehe ich in Pension. Da will ich keine unbeglichene Schuld hinterlassen. Die Sachen werde ich der Familie persönlich überreichen. Es ist schon seltsam, wie es mit Bojan zu Ende ging. Zehn Jahre schmutzigsten Krieg hat er ohne jeden Kratzer überstanden, und hier in Bayern bringt ihn ein Gymnasiallehrer zur Strecke.«

Simpel gab dazu keinen Kommentar ab. Er hatte zwar keinen Zweifel an der Aufrichtigkeit Grubers, trotzdem prüfte er jedes einzelne Dokument. Schließlich erhob er sich.

»Dann kommen Sie mal mit zur Asservatenkammer, Oberstleutnant. Das Büro daneben ist momentan leer. Das können Sie benutzen. Der Kopierer steht gleich auf dem Gang.«

»Danke.«

Die beiden erhoben sich. Als Simpel die Tür öffnete, stand Ziegler davor, die Hand nach der Klinke ausgestreckt. Er musterte Simpels Besucher von oben bis unten.

»Darf ich vorstellen«, sagte Simpel, »Oberstleutnant Gruber vom militärischen Abschirmdienst.«

Ziegler war so verblüfft, dass er vergaß, dem Mann die Hand zu geben. Seinen Mund machte er erst wieder zu, als die beiden im Treppenhaus verschwunden waren.

*

Simpel kam ins Büro zurück. Ziegler berichtete gerade Küppers von Dombrowskis Krankheit. Simpel setzte sich dazu.

»Schon komisch, der Mann ist also sterbenskrank gewesen. Hätte der Mörder nicht einfach warten können, bis der eines natürlichen Todes gestorben wäre?«, sagte Küppers und googelte »ALS«.

»Von dieser Krankheit hat der Mörder vielleicht gar nichts gewusst«, warf Simpel ein.

Er schaute Küppers über die Schulter.

»Das denke ich auch«, sagte Ziegler. »Niemand, mit dem wir gesprochen haben, hat davon etwas erwähnt, nicht einmal seine Frau. Die Krankheit hat mit dem Mord wahrscheinlich gar nichts zu tun. Wir sollten trotzdem seinen Arzt aufsuchen. Manuel, hängst du dich da mal dran? Telefoniere einfach mal alle Neurologen im Umkreis durch.«

Küppers nickte.

»Und wir beide«, sagte Simpel zu Ziegler gewandt, »verhören noch einmal Thomas Lorentz. Der soll uns mal ganz genau erklären, wie er Dombrowski getötet hat. Was war eigentlich mit der Eisenstange? Hat sie zur Wunde gepasst?«

»Wie die Faust aufs Auge. Genau so ein T-Stahl hat sich in Dombrowskis Hirn gebohrt. Die Spurensicherung muss sich noch mal über die Werkstatt in Rednitzhembach hermachen.«

Simpel informierte Ziegler auf dem Weg zum Verhörraum, was Oberstleutnant Gruber hierhergeführt hatte, zumindest soweit er ihm davon erzählen durfte.

Kurze Zeit später saßen die beiden Kommissare Thomas Lorentz gegenüber. Lorentz war sehr blass, blickte aber ruhig von Simpel zu Ziegler.

»Sie wollen jetzt sicher wissen, wie ich Benedict umgebracht habe. Ich ...«

»Moment, Herr Lorentz«, unterbrach Simpel. »Dazu kommen wir schon noch. Wir haben viel Zeit. Haben Sie einen Anwalt verständigt? Wir können Ihnen einen stellen, wenn Sie das wünschen.«

»Ich brauche keinen Anwalt. Ich möchte jetzt gerne meine Aussage machen.«

Lorentz wirkte gleich nicht mehr so ruhig.

»Also gut, wenn sie unbedingt meinen«, ergriff Ziegler das Wort. »Dann erzählen Sie mal.«

Lorentz holte tief Luft.

»Ich habe Benedict in der Werkstatt in Rednitzhembach abgepasst. Ich habe ihm gesagt, dass ich Hanna liebe und dass er sich endlich von ihr trennen soll. Er hat mich ausgelacht, und da habe ich ihn erschlagen. Ich habe ihn nach Schwabach gefahren, in Folie eingewickelt und bei Ullas Installation abgelegt. So war das.«

»Warum haben Sie das denn gemacht, das mit der Goldfolie?«, fragte Simpel, lehnte sich dabei in seinem Stuhl zurück und verschränkte die Arme hinter dem Kopf.

»Ich wollte, dass alle den großen Benedict tot sehen. Ich wollte ihn demütigen.«

»Na ja, das hat ihm wahrscheinlich nichts mehr ausgemacht, so tot wie er war«, sagte Ziegler und gähnte demonstrativ. »Aber sagen Sie mal, mit was haben Sie denn den Dombrowski erschlagen? Mit einem Hammer, oder?«

Lorentz sah die beiden Polizisten irritiert an.

»Mit einem Hammer, ja. Da liegen ja jede Menge herum in der Werkstatt. Den Hammer habe ich dann ...«

»Soso, mit einem Hammer also. Mit was für einem Hammer denn? War es ein Schmiedehammer oder ein Schlosserhammer?«, fragte Simpel.

»Vielleicht ein Zimmermannshammer?«, sagte Ziegler.

Lorentz überlegte kurz, schaute etwas ratlos und gab sich dann einen Ruck.

»Das war ein Hammer mit einem großen Kopf, so ein Schmiedehammer. Den habe ich aber ...«

Simpel sprang von seinem Stuhl auf.

Lorentz zuckte erschrocken zusammen.

»Sie lügen, Herr Lorentz. Sie haben Dombrowski nicht getötet. Sie waren nicht einmal dabei, als der Mord geschah. Wen decken Sie? Hanna Felbinger? Raus mit der Sprache!«

Lorentz schaute die beiden Polizisten mit großen Augen an, machte den Mund auf, machte ihn wieder zu. Dann verschränkte er die Arme vor der Brust.

»Ich habe Benedict umgebracht, und ich würde es wieder tun. Was wollen Sie denn noch, Sie haben doch Ihren Mörder.«

Ziegler stand nun auch auf.

»Herr Lorentz, wir wollen den wirklichen Mörder. Und Sie sind das ganz bestimmt nicht.«

Simpel und Ziegler verließen den Verhörraum. Lorentz ließen sie wieder in seine Zelle bringen.

»Meinen Sie, er bleibt bei seinem Geständnis?«, fragte Simpel auf dem Weg zum Büro.

Ziegler schüttelte den Kopf.

»Ich denke nicht. Der weiß jetzt, dass wir ihn durchschaut haben. Und selbst wenn, der Staatsanwalt sieht das sicher genauso wie wir.«

Im Büro wartete Küppers auf sie. Er hatte Dombrowskis Neurologen ausfindig gemacht.

»Dr. Mlady hat bestätigt, dass Dombrowski an einer sehr schnell fortschreitenden Form von ALS litt. Seine Lebenserwartung betrug nur noch ein paar Monate. Allerdings hat Dombrowski die letzten Arzttermine abgesagt und auch keine Rezepte mehr abgeholt. Dr. Mlady sagte, dass Dombrowski in sehr schlechter psychischer Verfassung gewesen war. Er traut ihm durchaus zu, dass er die Behandlung absichtlich abgebrochen hat, um schneller zu sterben.«

»Na, dann konnte er seinem Mörder doch fast dankbar sein«, meinte Ziegler und schüttelte den Kopf. »Der Fall wird immer seltsamer.«

»Morgen früh lassen wir Hanna Felbinger herbringen. Die hat etwas zu verbergen, und das wird sie uns morgen verraten«, sagte Simpel.

Er war wütend. Sie drehten sich dauernd im Kreis, und das schlug ihm auf die Stimmung. Er sah auf die Uhr.

»Machen wir Schluss für heute. Ich habe noch was vor. Man kann nicht immer nur Mörder jagen.«

Simpel fuhr seinen Computer herunter und räumte seinen Schreibtisch auf. Auch Ziegler und Küppers packten zusammen. Da fiel Simpel etwas ein.

»Herrje, ich habe den Oberstleutnant ganz vergessen.«

Simpel lief ins Sekretariat.

»Oberstleutnant Gruber lässt dich grüßen«, empfing ihn Tina.

»Die Papiere dort hat er für euch hiergelassen. Ihr wart noch beim Verhör, und er konnte nicht länger warten.«

Tina drehte sich rasch zu ihrem Computer um. Simpel hatte den Eindruck, als hätte sie geweint. Er wollte gerade etwas sagen, da kam Ziegler zur Tür herein, schüttelte den Kopf und deutete Richtung Papierkorb.

Im Papierkorb lagen das Raumspray, der Rosenquarz und das Foto von Sebastian, Tinas Freund.

*

Nina Felbinger konnte sich kaum auf den Verkehr konzentrieren. Fast hätte sie eine rote Ampel überfahren.

Sie hatte also die ganze Zeit Recht gehabt. Hanna hatte Benedict umgebracht.

Natürlich würde sie mit der Zeichnung zur Polizei gehen, aber zuerst musste sie Hanna persönlich zur Rede stellen.

Sie parkte den Wagen, nahm die Tüte mit dem Skizzenblock und fischte den Schlüssel zum Haus ihrer Schwester aus dem Handschuhfach. Sie würde Hanna eine schöne Überraschung bereiten.

Vor dem Haus sah sie sich um. Nirgends war Polizei zu sehen? Hatte man Hanna womöglich schon verhaftet?

In ihrer Wohnung war sie nicht. Was für ein Chaos bei der sonst so ordentlichen Hanna. Geschirr stapelte sich in der Spüle und überall lagen Klamotten verstreut. Wahrscheinlich war sie in ihrem Atelier. Dahin verkroch sie sich ja immer.

Nina lief über den Hof und riss die Tür zum Atelier auf. Hanna bemerkte Nina gar nicht. Sie stand an einer Werkbank, eine große Feile in der Hand. Vor ihr lag ein Eisenblock, eingespannt im Schraubstock. Sie feilte wie wild an dem Block herum, legte die Feile weg, nahm einen Hammer und drosch auf das Eisen ein. Dann hielt sie plötzlich inne und drehte sich um.

»Nina.«

»Ja, Schwesterherz, ich bin's, und jetzt habe ich den Beweis. Du hast Benedict umgebracht. Er wollte dich endgültig verlassen, und das konntest du nicht ertragen, nicht wahr?«

Hanna schüttelte den Kopf.

»Das stimmt nicht, Nina, es war ganz anders als du denkst. Anders als alle denken und – jetzt haben sie Thomas verhaftet und ich bin schuld. Aber was soll ich jetzt tun? Ich habe Benedict doch versprochen ...«

Sie nahm wieder die Feile in die Hand und bearbeitete den Eisenblock.

Nina holte das Skizzenbuch aus der Tüte, schlug es auf und knallte Hanna das Buch vors Gesicht. Hanna starrte die Zeichnung an, dann Nina.

»Wo hast du das her? Das hatte doch der Erpresser. Oh Gott, der arme Thomas. Wo hast du das her, Nina?«

»Das ist doch völlig egal. Wichtig ist, was da zu sehen ist. Das ist doch in deiner Werkstatt in Rednitzhembach, oder? Du bist wirklich total pervers, Hanna. Du bringst deinen Mann um, und dann machst du in aller Seelenruhe eine Zeichnung davon. Benedict erschlagen unter einem deiner bescheuerten Schrotthaufen. Du gehörst in die Psychiatrie, hörst du.«

Nina hatte die letzten Worte geschrien. Jetzt stand sie mit hängenden Armen vor Hanna. Sie war fertig. Es war alles gesagt.

Hanna sah Nina lange stumm an. Dann nahm ihr Gesicht einen entschlossenen Ausdruck an.

»Komm mit, Nina. Ich zeige dir etwas, was beweist, dass ich Benedict nicht umgebracht habe. Niemand sollte das je zu Gesicht bekommen, aber jetzt muss es wohl sein. Thomas darf nicht ins Gefängnis, nicht für etwas, was er nicht getan hat. Ich muss das alles jetzt beenden, ein für alle Mal. Komm.«

Hanna sprach so bestimmt, dass Nina ihr wortlos folgte. Sie verließen das Atelier und stiegen die Treppe zu Benedicts Dachstudio hinauf. Hanna ging geradewegs zum DVD-Spieler und schaltete ihn ein. Auf dem Bildschirm war Benedict zu sehen. Nina schaute vom Fernseher zu Hanna und zurück. Sie verstand überhaupt nichts mehr. Hanna gab ihr die Fernbedienung.

»Schau es dir an, und dann geh damit zur Polizei.«

Mit zitternder Hand drückte Nina die Fernbedienung. Die Aufnahme lief weiter.

Benedict saß an seinem Schreibtisch hier im Dachstudio, vor sich das Modell der *cubos*. Er räusperte sich, seine Stimme klang belegt.

»Mein Name ist Benedict Dombrowski. Ich hatte eigentlich gehofft, dass niemand jemals diese Aufnahme zu sehen bekommt. Wenn Sie das jetzt anschauen, dann bedeutet das nämlich, dass mein Plan nicht funktioniert hat. Das ist schrecklich, aber daran kann ich jetzt nichts mehr ändern.

Im Folgenden werde ich Ihnen mein Vorhaben und die Gründe dafür erläutern.«

Mit vor Schreck geweiteten Augen hörte sich Nina an, was Benedict in den nächsten Minuten Unglaubliches berichtete.

Als die Aufnahme zu Ende war, blieb Nina noch eine ganze Weile mit der Fernbedienung in der Hand stehen. Schließlich wischte sie sich die Tränen aus dem Gesicht, nahm die DVD aus dem Recorder und verließ das Dachstudio.

Sie lief die Treppe hinunter.

»Hanna.«

Doch Hanna war nicht in ihrer Wohnung. Vielleicht war sie im Atelier. Auf dem Hof traf Nina Frau Meisner. Die machte einen ziemlich verstörten Eindruck.

»Frau Meisner, haben Sie Hanna gesehen?«

»Nina. Gut, dass du da bist. Die Hanna ...«, die alte Frau konnte kaum sprechen, »die Hanna hat sich gerade von mir verabschiedet.«

»Verabschiedet? Was meinen Sie damit? Wo wollte sie denn hin?«

Nina hätte Frau Meisner am liebsten geschüttelt.

»Sie hat sich von mir verabschiedet, endgültig, verstehst du? Ich glaub, die Hanna tut sich was an.«

Frau Meisner hielt sich an einem großen Blumenkübel fest, sie zitterte am ganzen Körper. Nina erschrak.

Hatte Hanna das gemeint, als sie vorhin gesagt hatte, sie müsse das alles jetzt beenden?

»Frau Meisner. Haben Sie eine Ahnung, wo Hanna hin ist? Hat sie noch irgendetwas gesagt?«

Plötzlich kam wieder Leben in die alte Frau.

»Gesagt hat sie nix, aber sie hat den Schlüssel von der Werkstatt in Rednitzhembach in der Hand gehabt. Den kenn ich, der hängt an so einem riesigen Anhänger aus einem Stück Blech. Nina, vielleicht ist sie dort. Du musst hinfahren.«

Nina kramte ungeduldig in ihrer Umhängetasche nach ihrem Handy. Sie ging die Anrufliste durch und wählte Zieglers Nummer. Mailbox. Mist!

*

»Hallo, Herr Ziegler! Sind Sie da?«

Astrid Leninger klingelte noch einmal. Als wieder keine Antwort kam, klopfte sie ans Fenster. Zieglers Mercedes stand in der Einfahrt. Er müsste eigentlich zu Hause sein. Sie wollte ihm Derrick zurückbringen. Hoffentlich hatte er nicht wieder …

Da begann Derrick, zu bellen und an der Leine zu zerren. Er zog Astrid um das Haus herum in den Garten. Mike Ziegler saß mit abgeschnallter Prothese auf seiner Gartenbank und rauchte eine Cohiba. Auf dem Tisch neben ihm stand eine halb volle Weinkaraffe. Er bemerkte Astrids Blick.

»Keine Angst, Frau Kollegin, das ist Traubensaftschorle. Von Alkohol habe ich erst einmal genug. Es wird ein paar Tage dauern, bis ich wieder einen guten Rotwein genießen kann.«

Astrid ließ Derrick von der Leine. Der lief zu seinem Herrchen, schnupperte kurz und ließ sich dann zu seinen Füßen nieder. Ziegler tätschelte dem alten Dackel den Kopf.

»Vielen Dank, Frau Leninger, dass Sie sich um Derrick gekümmert haben. Und um mich. Ist zwischen Ihnen und Stefan alles wieder in Ordnung?«

Astrid lief rot an.

»Ja, Herr Ziegler. Wir wollen uns nachher zum Essen treffen, im *Mauerstübchen.* Möchten Sie nicht mitkommen?«

»Danke für die Einladung, aber ich lasse Sie besser alleine. Ich möchte keinesfalls einer jungen Liebe im Weg stehen.«

»Ach, Herr Ziegler, wir sind doch keine Teenager mehr.«

Sie wechselte das Thema.

»Ich habe Derricks Sachen dabei. Wo soll ich die hintun?«

»Stellen Sie einfach alles in die Küche. Ich räume es dann später auf.«

Derrick spitzte die Ohren. Er erhob sich und folgte Astrid, als wüsste er, dass sich in der großen Tüte auch seine geliebten Hundekekse befanden. Doch Astrid war mit den Gedanken schon ganz bei ihrer Verabredung mit Stefan. Sie beachtete Derrick gar nicht. Der Dackel begann einen Rundgang durch das Haus.

Astrid setzte sich wieder zu Ziegler. Der schenkte ihr ein Glas Schorle ein.

»Wie läuft es denn bei Ihnen so in Nürnberg, Frau Leninger? Sind die Kollegen in Ordnung? Als Frau hat man es ja nicht so einfach mit uns Polizisten.«

Astrid erzählte, dass es ihr sehr gut gefiel. Aber nachdem sie letztes Jahr bei den Ermittlungen zum Kunigundenmord dabei gewesen war, wollte sie ihr Abitur nachmachen und Kriminalkommissarin werden.

»Die Kollegen sind total nett, Herr Ziegler. Es hat auch noch keiner versucht mich anzubaggern. Ich trainiere seit einem Jahr Taek Won Do, und das wissen alle.«

Sie lachte. Ziegler hob sein Glas.

»Frau Leninger ... Astrid. Warum sagen wir nicht ›du‹ zueinander. Wenn es Ihnen nichts ausmacht, mit Traubensaft anzustoßen.«

»Gerne, Herr ... ich meine Mike. Nanu, Derrick, was hast du denn da?«

Leninger nahm Derrick ein Handy aus dem Maul.

»Ist das Ihres ... deines?«

Ziegler wischte das Gerät am Ärmel ab.

»Mein Diensthandy! Das suche ich schon seit ... es mir nicht so gut ging. Wo der kleine Kerl das nur aufgetrieben hat?«

Er schaltete es ein.

»Funktioniert jedenfalls noch. Zehn verpasste Anrufe vom Kollegen Simpel. Der scheint ja wirklich besorgt gewesen zu sein. Und da ist was auf der Mailbox.«

Er drückte ein paar Tasten.

»Das war erst vor ein paar Minuten.«

»Hör es dir halt an, Mike. Vielleicht ist es wichtig.«

Ziegler hörte die Mailbox ab. Seine Miene versteinerte.

»Was ist? Etwas Schlimmes?«

Statt einer Antwort stellte Ziegler das Handy auf laut und startete die Aufzeichnung erneut.

»Hallo Herr Kommissar. Hier ist Nina Felbinger. Hanna war es nicht. Es war ganz anders. Wir hatten Unrecht. Ich habe ein Video, das erklärt alles. Aber Hanna, die will sich was antun. Ich bin auf dem Weg nach Rednitzhembach in die Werkstatt. Wenn Sie das abhören, kommen Sie bitte sofort. Bitte!«

Leninger leinte Derrick an. Ziegler schnallte seine Prothese fest.

»Dann los«, sagte er. »Wir nehmen deinen Wagen. Du fährst und ich versuche, Stefan zu erreichen. Hoffentlich kommen wir rechtzeitig.«

*

»Gut, dass ihr da seid«, sagte Simpel, der schon vor einigen Minuten eingetroffen war. »Astrid, kannst du dich bitte um Nina Felbinger kümmern, die ist völlig durcheinander und redet nur wirres Zeug. Vielleicht kannst du etwas aus ihr herausbringen.«

Simpel deutete auf die junge Frau. Sie saß in sich zusammengesunken auf einem Betonsockel und starrte vor sich hin.

»Klar, mach ich. Was ist denn eigentlich los?«

»Hanna Felbinger hat sich in der Werkstatt eingeschlossen und reagiert nicht auf Klopfen oder Rufen. Man hört sie aber drinnen irgendetwas arbeiten.«

»Dann ist sie wenigstens noch am Leben«, sagte Ziegler. »Gibt es keinen anderen Eingang? War da nicht ein Fenster?«

Simpel schüttelte den Kopf.

»Nein, nur einige Dachluken. Aber um aufs Dach zu kommen, müsste man am Blitzableiter hochklettern. Das ist zu gefährlich. Aber die Feuerwehr kommt gleich, und das Sondereinsatzkommando habe ich auch angefordert.«

Ziegler nickte.

»Gut, dann müssen wir Frau Felbinger hinhalten, bis die Kollegen uns die Tür aufbrechen.«

»Sprechen Sie mit ihr, Herr Ziegler! Dann kann ich die Einsatzkräfte einweisen, sobald die da sind«, sagte Simpel.

Ziegler ging zur Tür und klopfte.

»Frau Felbinger, Hanna, hören Sie mich? Ich bin Mike Ziegler. Sie kennen mich ja.«

Keine Antwort.

»Hanna, es wird alles in Ordnung kommen. Machen Sie bitte die Tür auf!«

In dem Augenblick kam mit heulender Sirene der Löschzug der Feuerwehr um die Ecke gebogen. Simpel lief ihm entgegen, winkte und legte den Finger auf die Lippen. Es dauerte eine Zeit lang, bis der Fahrer begriff und die Sirene ausschaltete.

»Sagen Sie denen, die sollen wegbleiben!«

Hanna Felbingers Stimme war durch die dicke Tür kaum zu hören.

»Hanna, keine Angst, die kommen, um Ihnen zu helfen.«

»Mir kann niemand helfen. Benedict ist tot, und Thomas kommt wegen mir ins Gefängnis.«

»Niemand kommt wegen Ihnen ins Gefängnis, Hanna. Öffnen Sie die Tür, dann können wir über alles reden.«

»Nein! Und sagen Sie denen, die sollen wegbleiben. Wenn jemand versucht, die Tür aufzumachen, sprenge ich hier alles in die Luft. Sagen Sie denen das.«

Ziegler winkte Simpel zu sich heran und berichtete ihm flüsternd. Der ging daraufhin zurück zu den Feuerwehrleuten, die inzwischen Verstärkung durch drei Streifenwagen und einen Notarzt bekommen hatten. Das Sondereinsatzkommando aus Nürnberg lud gerade die Ausrüstung ab. Alle zogen sich zurück, und die Streifenbeamten sperrten das Gelände ab.

Astrid kam zu Simpel. Nina Felbinger wurde von einem Notarzt versorgt.

»Ich bin aus ihrem Gestammel kaum schlau geworden. Aber soweit ich verstanden habe, soll Benedict Dombrowski sich selbst getötet haben. Hanna ist unschuldig, und Nina tut es unendlich leid, dass sie ihre Schwester verdächtigt hat.«

»Sich selbst getötet?«, sagte Simpel. »Wie soll das denn gehen? Und wer hat ihn dann in die Goldfolie eingewickelt?«

»Ist doch erst einmal egal. Jetzt müssen wir Hanna Felbinger da heil herausbekommen. Hat Mike schon was erreicht?«

»Bisher nicht. Aber er redet immer noch mit ihr. Das ist ein gutes Zeichen.«

Ein Mitglied des SEK kam hinzu. Er hatte ein Gerät in der Hand, das aussah wie ein Handy mit einer überdimensionalen Antenne.

»Unser neuestes Spielzeug, Herr Kommissar, eine Lichtleitfaserkamera mit Infrarot-LED. Die hat Sensoren für Sprengstoffe und Drogen. Dagegen kann Ihr Spürhund einpacken.«

Er deutete auf Derrick, der sein Herrchen vorne an der Tür nicht aus den Augen ließ.

Ziegler hatte schon länger keine Antwort mehr erhalten. Trotzdem redete er weiter.

»Wissen Sie, Hanna, auch ich war einmal am Ende, so wie Sie. Auch ich habe den Menschen verloren, den ich geliebt habe. Aber glauben Sie mir, Hanna, das Leben geht weiter. Ich weiß, das klingt jetzt furchtbar doof, aber es ist trotzdem wahr. – Was ist denn?«

Die letzten Worte hatte Ziegler nur geflüstert. Sie galten Simpel und dem SEK-Beamten.

»Reden sie weiter«, flüsterte der Spezialist ihm zu, »wir sehen uns da drin mal ein wenig um.«

Er schob die dünne Lichtleitfaser vorsichtig durch den Spalt bei der Katzenklappe.

»Sehen Sie sich Ihr Kunstwerk an, Hanna.«

Ziegler wollte ihre Aufmerksamkeit von der Tür weglenken.

»Ich verstehe nichts von Kunst, aber das hat mich wirklich beeindruckt. Sie wollen es doch fertigstellen, oder nicht, Hanna?«

Der SEK-Mann berichtete flüsternd.

»Die Verdächtige sitzt hinten rechts auf einem Stuhl, etwa fünf Meter entfernt. Sie hat ihr Gesicht von uns abgewandt. Ich schlage vor, wir brechen die Tür auf und schnappen sie uns, bevor sie auch nur einen Finger rühren kann.«

»Langsam, langsam«, zischte Ziegler. »Das ist keine Terroristin.«

»Und sie ist unschuldig«, sagte Simpel, »Jedenfalls nach Aussage ihrer Schwester.«

Ziegler sah ihn fragend an. Aber bevor Simpel antworten konnte, fluchte der SEK-Beamte. Er blickte auf die Anzeige seines Gerätes.

»Verdammt, da drin ist alles voller Gas. Butan, Propan, Acetylen. Das ganze Gebäude kann jeden Moment in die Luft fliegen. Wir müssen hier weg!«

Simpel zupfte Ziegler am Ärmel, aber der schüttelte nur den Kopf.

»Lassen Sie mir das Ding da«, sagte er zu dem SEK-Beamten. »Dann kann ich Hanna weiter beobachten und mich immer noch in Sicherheit bringen, wenn es notwendig wird.«

»Was ist mit Mike?«, fragte Astrid. »Warum kommt er nicht?«

»Der sture Bock will nicht.«

»Vielleicht schafft er es wirklich, Hanna Felbinger zum Aufgeben zu bringen.«

»Oder er schafft es, mit ihr zusammen in die Luft zu fliegen. Wir bringen uns erst einmal hinter dem Feuerwehrauto in Sicherheit.«

Astrid wollte Derrick gerade auf den Arm nehmen, als der alte Dackel unerwartet losstürmte. Er rannte laut bellend auf Ziegler zu, die Leine schleifte er hinter sich her. Ziegler hatte ununterbrochen auf Hanna Felbinger eingeredet und dabei immer die Kamera im Auge behalten. Er wehrte den Hund ab.

»Derrick, pfui! Geh weg! Geh zu Astrid! Los!«

Doch Derrick dachte gar nicht daran. Er schnüffelte an dem seltsamen Ding, das sein Herrchen da in der Hand hatte und bevor der reagieren konnte, war der Dackel durch die Katzenklappe verschwunden. Die Kamera riss er mit sich, die Leine hatte sich in der Lichtleitfaser verheddert.

»Derrick!«

Ziegler rief verzweifelt nach dem Hund. Er versuchte, durch die Katzenklappe zu schauen, aber sowohl Hanna Felbinger als auch Derrick befanden sich außerhalb seines Sichtfeldes. Simpel kam angerannt.

»Kommen Sie! Sie müssen jetzt weg, das ist ein Befehl!«

Er zerrte an Zieglers Schulter.

»Ich kann nicht! Derrick ...«

»Derrick wird schon zurechtkommen. Komm jetzt, Mike, oder muss ich dich von zwei SEK-Leuten abführen lassen?«

Ziegler war vom plötzlichen »Du« und Simpels Befehlston so überrascht, dass er sich widerstandslos wegführen ließ.

Die beiden waren gerade an der Absperrung angelangt, als sich die Tür der Werkstatt öffnete und Hanna Felbinger erschien. Sie trug Derrick auf dem Arm. Sofort stürzten sich SEK-Beamte auf sie und zerrten sie vom Gebäude weg. Keinen Moment zu früh. Es gab einen lauten Knall und eine meterlange Stichflamme schoss aus der Tür. Das Wellblechdach hob ab und flog durch die Luft. Es blieb kurz vor dem Feuerwehrauto liegen. Ein Feuerwehrmann konnte sich gerade noch durch einen beherzten Sprung in Sicherheit bringen.

»Astrid, Mike, alles in Ordnung?«

Simpel sprang auf. Er hatte hinter einem Streifenwagen Deckung gesucht. Er rannte zu den beiden. Sie lagen am Boden. Um sie herum regnete es Trümmerteile, zum Glück hauptsächlich Papier und Stofffetzen. Die Wand der Werkstatt hatte der Explosion standgehalten. Nicht auszudenken, was passiert wäre, wenn die vielen Metallteile durch die Gegend geflogen wären.

Astrid und Ziegler rafften sich auf. Beide waren unverletzt. Wie durch ein Wunder war auch sonst niemand ernsthaft zu Schaden gekommen. Ein paar Schürfwunden waren alles, was der Notarzt zu versorgen hatte.

Die Feuerwehr bekam den Brand schnell unter Kontrolle.

Hanna und Nina Felbinger waren auf dem Weg ins Krankenhaus. Ziegler und Simpel drehten eine Runde über den Platz. Es sah aus wie nach einem Bombenanschlag. Doch dafür waren die Brandermittler zuständig. Ihr eigener Fall, der Mord an Benedict Dombrowski, war anscheinend gelöst. Auch wenn den Kommissaren noch vieles unklar war. Aber da mussten sie erst einmal die DVD anschauen, die sie von Nina Felbinger bekommen hatten.

»Na, du Held! Ein richtiger Lebensretter bist du!«, sagte Astrid und streichelte Derrick über den Kopf. »Hanna Felbinger hat es wohl einfach nicht übers Herz bringen können, dich nettes Hundchen mit in die Luft zu sprengen.«

Auch Ziegler strich dem Dackel über den Kopf.

»Das hätte aber auch dumm ausgehen können, mein Lieber. Und was hätte ich dann Mama gesagt?«

Simpel vervollständigte das Trio, beziehungsweise das Quartett, wenn man Derrick mitzählte.

»Ist es aber nicht«, sagte er, »und nur das Ergebnis zählt. Ihr bringt jetzt am besten unseren Helden nach Hause. Ich warte noch auf die Kollegen vom Branddezernat.«

Die drei stiegen in Astrids Auto. Simpel sah ihnen hinterher.

Da wehte ihm ein Papierfetzen vor die Füße. Er hob ihn auf. Ziemlich dickes Papier, und es war etwas darauf geschrieben, mit schwarzer Tinte. Simpel stutzte. Er hielt den Fetzen gegen das Licht. Da stand eindeutig »Andy Warh«. Der Rest war verbrannt.

*

Küppers legte die DVD ein, die Nina Felbinger ihnen gegeben hatte. Vogel, Ziegler und Simpel saßen mit ernsten Mienen dabei und warteten. Gleich würden sie so etwas wie die Aussage eines Toten hören. Hauptkommissar Hertle und Tina kamen dazu, dann startete Küppers die Aufnahme.

»Mein Name ist Benedict Dombrowski. Ich hatte eigentlich gehofft, dass niemand jemals diese Aufnahme zu sehen bekommt. Wenn Sie das jetzt anschauen, dann bedeutet das nämlich, dass mein Plan nicht funktioniert hat. Das ist schrecklich, aber daran kann ich jetzt nichts mehr ändern.

Im Folgenden werde ich Ihnen mein Vorhaben und die Gründe dafür erläutern.

Ich weiß seit einem Jahr, dass ich nicht mehr lange zu leben habe. Ich habe ALS, Amyotrophe Lateralsklerose. Bis jetzt hat das niemand gemerkt, ich konnte es noch einigermaßen verbergen. Aber die Krankheit schreitet sehr schnell voran, und wenn ich noch lange warte, dann kann ich mein Vorhaben nicht mehr ausführen. Meine Muskeln werden immer schwächer, und auch meine Atmung ist bereits betroffen. Wenn ich länger warte, dann werde ich jämmerlich ersticken. Ich habe nicht vor, wie Jörg Immendorf, mein hoch geschätzter Kollege, zu enden. Deshalb habe ich mich zum Selbstmord entschlossen.

Doch einfach von der Bildfläche zu verschwinden, ist nicht mein Stil. Ich werde einen Mord an mir selbst inszenieren. Dazu habe ich Versuche angestellt. Es wird hundertprozentig funktionieren. Ich lasse mich von einem Eisenträger erschlagen. Den Moment bestimme ich selbst, wenn ich den Elektromagneten deaktiviere. Doch damit nicht genug. Ich habe meine Frau dazu gebracht, meinen toten Körper im Rahmen der Goldschlägernacht angemessen zu präsentieren. Schwabach ist dafür natürlich nicht ideal, aber ich habe keine andere Wahl. Hanna hat sich lange geweigert, mir zu helfen, aber letztendlich kann sie mir nichts abschlagen, das war schon immer so.«

Dombrowskis Gesicht kam jetzt ganz nah an die Kamera.

»Wer auch immer das jetzt sieht. Zerstören Sie mir nicht meinen letzten Auftritt. Ein ungelöster, mysteriöser Mord hat das Leben des Künstlers Benedict Dombrowski beendet. So soll es sein.«

Der Bildschirm wurde schwarz.

Keiner der Polizisten sprach ein Wort.

*

»Schaut mal, der Jochen kommt!«

Hertle erhob sich von der Bierbank und winkte Jochen Bauer, seinem ehemaligen Mitarbeiter, zu. Der wurde gerade von Horst Vogel begrüßt. Es war das zweite Septemberwochenende und Horst Vogel feierte seine Pensionierung, in Kronach, auf seiner Ranch. Hinter dem alten Bauernhaus, auf einer Wiese mit alten Obstbäumen waren 20 Bierbankgarnituren aufgestellt. Es war ein schöner Spätsommertag, immer mehr Gäste strömten herein und die Stimmung war bombig, schon jetzt, am frühen Abend. Vogel lief wie ein aufgescheuchtes Huhn hin und her, begrüßte neue Gäste, verteilte Bier und überwachte das Grillgut. Alle waren sie gekommen.

Ehemalige und jetzige Kollegen, Freunde aus dem Chor, dem Sportverein und natürlich seine Familie. Onkels, Tanten, Cousins, Cousinen, Schwiegerneffen, alles, was irgendwie über fünf Ecken mit ihm verwandt war, hatte er eingeladen.

Die Schwabacher Polizisten rückten zusammen, damit sich Jochen Bauer zu ihnen setzen konnte.

Simpel stellte ihm Astrid vor. Bauer war begeistert von der hübschen Polizistin.

»Astrid, ich darf doch Astrid sagen? Ich weiß zwar nicht, wie du es mit dem Stefan aushältst, aber ich freu mich natürlich für euch. Ich habe gehört, ihr habt euch beide wacker geschlagen, beim Triathlon in der Schweiz.«

Das stimmte. Beide waren letztes Wochenende beim International Swiss Police Triathlon in ihrer Klasse unter die besten Zehn gekommen.

Bauer klopfte Simpel anerkennend auf die Schulter. Ob er damit den Erfolg beim Triathlon oder bei Astrid meinte, verriet er allerdings nicht.

Er wandte sich an Ziegler.

»Mike, Horst hat mir erzählt, du hast mich würdig vertreten. Auch dein Hund hat Heldentaten vollbracht. Wo ist der eigentlich?«

Derrick, der Held, lag bis oben hin voll mit Bratwürsten neben Ziegler und schlief.

»Aber jetzt erzählt doch mal. Stimmt das? Der Bildhauer hat sich selbst umgebracht, und seine Frau musste ihn in Goldfolie einpacken und an der Schwabach ablegen? Das ist aber ganz schön schräg.«

Simpel nickte und sie erzählten Bauer die ganze Geschichte.

»Und der Serbe, was hatte der damit zu tun?«, fragte Bauer.

»Der war als Privatdetektiv für Buxmann tätig gewesen. Als der ihn gefeuert hat, wollte er anderweitig zu Geld kommen. Er fand bei Hanna Felbinger die Zeichnung mit dem toten Dombrowski unter dem Schrottkunstwerk. Daraus schloss er wahrscheinlich, dass Hanna Felbinger ihren Mann umgebracht hatte. Er versuchte, sie zu erpressen. Tja, und dabei wurde er erschossen«, erzählte Ziegler.

»Wird der Gymnasiallehrer angeklagt, deshalb?«, fragte Bauer.

»Angeklagt ja«, antwortete Simpel. »Aber er wird sicher freigesprochen. Es war schließlich der Serbe, der die Pistole gezogen hat. Auch Hanna Felbinger muss mit einer Anzeige rechnen, aber ich denke nicht, dass ihr viel passieren wird. Aber erzähl doch mal von Rosenheim. Gibt es da was Neues?«

Bauer seufzte.

»Personell ist da zurzeit alles im Wandel. Das einzig Gute ist, dass ich die Veränderungen mitgestalten kann. Das wird schon werden. Aber jetzt habe ich Durst. Gibt es hier eigentlich kein Bier?«

Manuel Küppers schälte seine langen Beine unter der Bierbank hervor.

»Ich hole Nachschub. Wie viele?«

Sechs Arme schnellten in die Höhe.

Küppers zog davon, Richtung Bierfass. Dort zapfte Vogels Schwager in einer schwarzen Schürze mit der Aufschrift »Bin in Rente, aber sonst wie neu«. Es war wirklich alles hervorragend organisiert. Aber man wurde ja auch nur einmal im Leben pensioniert.

»Sagt mal, wo ist denn Tina?«, fragte Ziegler. »Die wollte doch auch kommen.«

Er schaute sich suchend um. Hauptkommissar Hertle lachte.

»Da vorne steht sie doch. Die in der Motorradkluft. Tina hat einen neuen Freund, einen Biker, habt ihr das nicht gewusst? Nichts mehr mit Wünschelrute und Duftwässerchen. Nächste Woche will sie mit dem Motorradführerschein anfangen.«

Als hätte sie gemerkt, dass man über sie redete, winkte Tina zu ihnen rüber. Neben ihr stand ein blonder, in schwarzes Leder gekleideter Hüne. Er prostete ihnen zu.

»Zum Wohle!«, sagte Ziegler und alle stießen an.

»Wenn ich mal so direkt fragen darf, Mike«, sagte Bauer, nachdem er sich den Schaum vom Mund gewischt hatte. »Was machst du denn jetzt? Deine Zeit in Schwabach ist doch bald vorbei, oder?«

Alle wurden still. Natürlich hatte es sich herumgesprochen, dass man Ziegler in die Verwaltung stecken wollte. Auch Zieglers Wut darüber war nicht verborgen geblieben.

Ziegler zog an seinem Zigarillo und grinste.

»Unserem Chef, Hauptkommissar Hertle, habe ich es zu verdanken, dass ich nicht unter Akten verstauben muss.«

Hertle winkte ab.

»Doch, doch, ohne dich wäre das nicht gegangen.«

Die anderen waren jetzt wirklich neugierig. Nur Simpel wusste schon Bescheid und grinste ebenfalls.

Ziegler stand mit theatralischer Miene auf. Das Bier zeigte langsam seine Wirkung.

»Ihr seht vor euch, einen zukünftigen Fallanalytiker, neudeutsch Profiler. Ich muss zwar noch einige Zeit die Schulbank drücken, aber ich freue mich auf die Aufgabe. Noch mal Danke an unseren Chef. Der hat alle Hebel in Bewegung gesetzt, um das möglich zu machen. Sogar den Hauptpersonalrat im Innenministerium hat er eingeschaltet.«

Alle klatschten. Ziegler setzte sich wieder, sichtlich gerührt.

Die Band hatte aufgehört zu spielen. Ein lautes Pfeifen kam aus den Lautsprechern, und alle schauten Richtung Bühne.

Horst Vogel kämpfte kurz mit dem Mikrofon, dann begann er seine Rede.

»Liebe Freunde, schee, dass ihr alle da seid. Des Wetter is subber, des Bier kalt und Essen is bestimmt genug da. Ich will edz auch ned mit so einem Gschwafel die gute Stimmung kaputt machn. Ich freu mich einfach, dass ihr mit mir feiert. Bloß eins muss ich euch edz scho noch sagn.«

Horst Vogel machte eine bedeutungsschwangere Pause.

»Ihr denkt ja alle, dass ich mei Pensionierung feier. Damit lieg ich euch ja scho seit Monatn in die Ohrn.«

Noch einmal legte er eine Pause ein. Es wurde mucksmäuschenstill.

»Also, ich mach's kurz. Mei Frau, die Helga, arbeitet ja noch a Jahr, und alleins will ich edz doch ned da her auf die Ranch. Ihr müsst mich deshalb noch a Zeit lang ertragn, ich hab a Jahr verlängert, ich geh erst nächstn Sommer in Pension.«

Alle begannen durcheinanderzureden, das hatte keiner erwartet.

Doch Vogel war noch nicht ganz fertig. Er hielt jetzt einen Bierkrug in der Hand.

»Des heißt, des heut is edz bloß die Generalprob für des Fest im nächstn Jahr.

Prost.«

***